비교문학의
열쇠

비교문학의
열쇠

왕샹위안 지음 — 문대일 옮김

KCSi 한국학술정보㈜

일러두기

1. 이 책은 2002년 3월에 중국 장시교육출판사(江西敎育出版社)에서 출판된 『비교문학학과 신론(比較文學學科新論)』을 저본으로 하였다.

2. 중국인명 및 지명은 기본적으로 교육부 중국어표기법에 따랐다.

3. 주석은 원전을 쉽게 찾을 수 있게 원문으로 표기하였다.

4. 원주는 각주로 하고, 역주는 미주로 한다.

5. 이 책에서 사용한 기호는 다음과 같다.

   『　』은 단행본, 작품집, 문집 등의 제목을 가리킨다.

   「　」은 논문의 제목을 가리킨다.

   "　"은 인용문을 가리킨다.

   '　'은 인용문 내에서의 인용이나, 강조를 필요로 하는 낱말 또는 구절을 가리킨다.

한국어판 서문

본서는 2002년도에 출판된 저자의 첫 번째 비교문학 학과이론 저서이다. 지금까지 중국에서는 수많은 비교문학 학과이론 저서들이 출판되었다. 그러나 대부분의 저서들은 여러 학자들이 공동으로 편집한 것이며, 이러한 저서들에서 주장하는 개념 및 이론 체계들은 대부분 서양에서 건너온 저서들의 내용을 그대로 답습하여 집필한 것이다. 저자는 이러한 학술계의 상황에 불만을 느꼈으며, 이를 개선하기 위해서는 중국을 비롯한 수많은 동양의 학자들이 반드시 서양의 비교문학 학술이론을 완벽하게 흡수한 기초 위에 비교문학에 대한 자신의 연구내용을 충분하게 총괄해 내야만 하며, 또한 자기만의 독특한 비교문학 학과이론을 형성해야 한다고 생각하였다. 본서『비교문학의 열쇠』를 집필하게 된 연유도 여기에 있다. 중국에서『비교문학의 열쇠』가 출판된 이후, 중국의 비교문학 학자들은 본서에 대하여 광범위한 관심을 나타내었으며, 비교문학 학계에서는 본서에 대한 심도 있는 토론들이 이루어지기도 하였다. 그리고 여러 학자들이 각종 서평과 글들을 통해 본서를 긍정적으로 평가하기도 하였다. 본서는 이미 중국에서 여러 차례 재판(再版)되어, 이미 4만 권 정도 발행되었다. 본서가 순수한 학술저서임을 감안한다면, 그 발행량은 결코 적은 양이 아님을 알 수 있다. 또한『비교문학의 열쇠』가 출판된 지 십여 년이

지났음에도 불구하고, 저자는 본서가 여전히 시대에 뒤처지지 않는다고 생각한다. 어쩌면 저자의 학술적인 위치가 제자리걸음만을 걷고 있기 때문일 수도 있으나, 저자는 빠르게 진보하고 있는 현재의 학술계에서도 본서가 여전히 선도적인 위치를 차지하고 있다고 생각한다.

상술한 몇 가지의 이유를 통해 저자는 『비교문학의 열쇠』가 한국어로 번역되어 한국에서 출판되는 것을 흔쾌히 승낙하였다. 저자는 여러 한국의 비교문학 학자들의 충고와 가르침을 바라는 바이며, 한국의 비교문학 학계를 비롯한 한국의 독자들과도 교류하기를 희망한다. 저자는 과거 몇 차례 한국의 고려대학교, 연세대학교, 목포대학교, 한국과학기술원, 계명대학교 등을 방문하면서, 한국 학술계의 자유롭고 활기찬 학술 분위기에 깊은 감명을 받았다. 만약 『비교문학의 열쇠』한국어판의 출판을 계기로 한국독자들의 비평과 가르침을 받을 수 있다면, 저자는 더할 나위 없이 기쁠 것 이다.

한국어판『비교문학의 열쇠』를 번역한 역자 문대일 선생은 저자가 지도하는 한국 국적의 비교문학 전공 박사생이다. 그는 평소 근면하고, 배움에도 항상 열성적이다. 또한 중국어에 정통하고, 전공지식의 기초가 견실하며, 이미 여러 편의 번역서들을 발표하였다. 때문에 저자는 그가 『비교문학의 열쇠』를 한국에 소개할 적임자라 믿어 의심치 않는다. 마지막으로 저자는 역자인 문대일 선생과 본서를 출판하는 한국학술정보(주)에게 깊은 사의를 표하는 바이다.

왕샹위안(王向遠)

2011년 6월 12일 북경에서

비교의 열쇠, 비교문학 '신'론

비교문학은 비교적 최근에 생긴 학과이다. 18세기 후반 괴테가 '세계문학'을 제기한 것을 시작으로 1886년에 뉴질랜드 오클랜드대학교의 영국문학 교수였던 포스네트(Hutcheson Mcavlay Posnett)가 최초로 '비교문학'이라고 명명된 전문저서를 출간하였다. 이를 비교문학의 시작이라 여긴다면 비교문학은 120여 년이란 비교적 짧은 역사를 가지고 있다고 할 수 있다. 그렇다면 비교문학 학과이론의 역사는 상대적으로 더 짧다고 할 수 있다. 물론 학과이론과 관련된 비교문학의 서지와 학술지의 출판 및 이에 대한 강좌까지 따지자면 비교문학의 기원은 1800년대 후반으로 더 거슬러 올라가야만 한다.① 하지만, 프랑스학파를 대표하는 방 티겜(Van Tieghem)의 『비교문학론』(1931년)이 출판된 시기가 비교적 자각적인 '비교문학 학과' 의식이 생성된 시기라고 가정한다면, 비교문학 이론의 역사는 고작 80여 년밖에 되지 않는다.

비교문학과 비교문학 이론은 비록 짧은 역사를 가지고 있으나, 그 짧은 기간 동안 수차례의 '위기'를 맞게 되었다. 상하이 푸단대학의 천쓰허(陳思和) 교수가 『중국비교문학(中國比較文學)』에서 "비교문학의 학과이론은 아직 성숙되지 않았고, 학과역사도 비교적 짧기 때문에, 완전한 이론이 갖추어지지 않았다. 사용하는 이론은 대부분 모두 이와 비슷한 학문들에서 차용된 것이다. 이 때문에 다른 사람들은 비교문

학이 커다란 광주리 같아 무엇이든 집어넣을 수 있다고 비웃는다."라
고 한 비유는 약간 극단적이긴 하지만, 일리가 있다. 이러한 학과의
'위기'가 초래하게 된 근본적인 원인은 그동안 비교문학의 학과정의
와 연구방법, 그리고 연구대상이 명확하게 정립되지 않았기 때문이
다. 프랑스의 비교문학 학자 에티앙블(Rene Etiemble)이『비교는 이성이
아니다. 비교문학의 위기』에서 논한 것과 같이 비교문학이 이러한 위
기를 모면하려면 우선적으로 "서지(書誌)와 학술용어" 등을 정립해야
만 한다. 이러한 점으로 볼 때, 한국의 비교문학 연구는 중국의 연구
업적을 참고하지 않을 수 없다. 비록 비교문학이 서양에서 기원되었
지만, 중국의 비교문학은 1986년에 중국비교문학학회가 정식적으로
성립된 이후로 현재까지 많은 발전을 이루었다. 중국의 여러 대학들
은 이미 비교문학학과를 독립적인 정식학과로 인정하였으며, 비교문
학과 관련된 과목들은 중문과 학부생들의 필수과목으로 지정되어 있
다. 그리고 중국의 비교문학 학과이론에 대한 연구는 서양의 이론을
가져다 '중국화'시킴으로써 많은 발전을 이루었다.

  또한 최근 들어 중국의 학계에 "자기만의 책을 쓰고, 자기의 책으
로 강의하자"라는 슬로건이 유행함에 따라 베이징대학교, 베이징사
범대학교 등 권위 있는 학교의 대부분 교수들은 직접 집필한 학술저
서를 교재로 사용하고 있다. 때문에 학생들은 매 학기 같은 제목의
수업에 다른 내용, 다른 제목, 다른 각도로 수업을 들을 수 있게 되었
으며, 교수들은 자신의 '강의록' 내용을 중심으로 저서를 집필하여 출
판할 수 있게 되었다. 왕샹위안(王向遠) 교수의『비교문학의 열쇠』는 바
로 이런 학술분위기에서 나온 산물이라고 할 수 있다.

  수많은 비교문학 이론서 중에서 왕샹위안 교수의『비교문학의 열

쇠』는 그동안 명확하게 정립되지 않은 애매모호한 개념들을 논리적으로 재정립하고 재해석한 저서라 할 수 있다. 『비교문학의 열쇠』가 가장 긍정적으로 평가되는 부분은 기존에 무비판적으로 받아들였던 비교문학의 개념과 관념 그리고 원리와 이론에 대해 새롭게 재해석을 하고 '새로운' 정의를 내렸다는 점이다. 맹목적으로 비교문학의 학술용어와 개념 등을 '수입'하기만 하고, 현실적인 상황에 맞게 '개량'하지 않는 동양 비교문학자들의 학술풍토를 개혁하고자 하였다는 점 역시 긍정적으로 평가되어야 할 부분이다.

　『비교문학의 열쇠』는 구체적으로 "비교문학은 무엇인가?(학과정의)", "비교문학은 어떻게 하는 것인가?(연구방법)", "비교문학은 무엇을 연구하는 것인가?(연구대상)"와 같은 비교문학의 기본적인 문제에 대해 명확한 답을 제시하였으며, 이를 통해 비교문학 이론이 실질적인 연구에 응용될 수 있도록 하였다. 또한 엄격한 의미에서 학과사(學科史)는 단독으로 연구해야 할 영역이며, 이론연구가 포함해야 하는 영역이 아니기 때문에, 『비교문학의 열쇠』는 대부분의 비교문학학과 이론교재들이 다룬 비교문학 학과사나 외국문학이론에 대한 소개나 설명을 과감하게 빼버렸다.

　『비교문학의 열쇠』가 언급한 구체적인 연구방법과 연구대상은 다음과 같다. 저자는 비교문학의 연구방법을 크게 전파연구법(傳播研究法), 영향분석법(影響分析研究法), 평행관통법(平行貫通研究法), 초문학연구법(超文學研究法)으로 나누었다. 본서는 실증적 연구를 주된 특징으로 하는 프랑스학파의 대명사인 '영향연구'에서 '전파연구'를 분리시켰으며, 전파연구라는 용어를 사용하여 프랑스학파의 특징을 정리하였다. 또한 프랑스학파가 사용한 연구방법을 전파연구법이라 정의하였다. 본서에서 말하는 전파연구법이란 전파된 사실을 기본적인 목적으로 하고, 국제관계에서 사실관계를 연구하는 것에 적합한 실증중심의 연구법을 가리킨다. 그리고 영향연구법에서 전파연구법을 분리시키면서, 영향연구법을 더 구체화한 '영향분석법'을 제시하였다. 만약 '전파연구'가 국제적으로 문학작품이 전파된 사실관계를 연구하는 것이라면, '영향분석법'은 전파연구를 통해 찾아낸 사실관계를 기초로 하여, 국제관계 속에서 작가나 작품에 나타나는 정신적인 영향관계를 연구하는 데 사용된다. 때문에 영향분석법은 사실관계를 연구하는 실증적인 연구법과도 다르고, 사실관계가 없는 평행연구법과도 차이를 보인다. 또한 저자는 사실관계가 없는 작가나 작품들을 비교함으로써 과문화(跨文學)적인 국제문학의 공통규율과 민족특색을 탐구하는 '평행관통(平行貫通)'법을 제시함으로써 종적인 '평행'과 횡적인 '관통'을 강조하였으며, 국제적 '정신관계'를 연구하는 데 사용할 수 있는 연구 방법을 재정립하였다.

그리고 『비교문학의 열쇠』는 미국학파의 대표적인 학자인 레마크(Henry H. Remark)가 주장한 '과학과(跨學科) 연구'(문학과 기타학과 간의 연구)를 제외하고, '초문학(超文學)'이라는 개념을 새롭게 내놓았다. 비교문학 연구는 당연히 문학을 중심으로 이루어져야 한다. 하지만 '과학과 연구'는 종종 문학보다 다른 학문에 더 치중되는 경우가 생기게 되므로, 저자는 문학이라는 범위를 초월하여 문학과 외국문화 사이의 관계를 연구하는 '초문학 연구'라는 개념을 내놓게 되었다. 이처럼 문학성을 중시하는 것은 두 가지 이유가 있다. 첫째는 비교문학의 학과가 무한하게 팽창되는 것을 억제하기 위함이고, 둘째는 비교문학이 과학과적 시각을 필요로 하기 때문이다. 그동안 무비판적으로 받아들여겼던 개념에 대해 새로운 이해를 시도하였다는 점에 있어서 이러한 주장은 중국학계에서도 긍정적인 반응을 보이고 있다.

그렇다면 『비교문학의 열쇠』는 어떠한 것들을 비교문학의 연구대상으로 정립하였을까? 본서는 비교문학의 연구대상을 '일반적인' 연구대상과 '특수한' 연구대상으로 각각 나누어 설명하였다. 저자는 '비교문체학', '비교창작학', '비교시학'과 같이 자각적으로 과문화적 비교문학 방법을 운용해야만 비교문학 연구가 성립되는 연구대상들을 '일반적인' 연구대상으로 보았다. 그리고 '번역문학연구', '섭외문학연구', '비교구역문학사와 세계문학사연구'와 같이 특별한 연구방법을 운용하지 않더라도 그 연구대상의 성격 자체가 비교의 성질을 띠고 있는 연구대상들을 '특수한 연구대상'으로 보았다. 또한 저자는 그동안 다른 학과에서 차용하여 사용하였던 '문예학', '주제학', '매개학'과 같은 용어를 비교문학의 성격에 맞게 각각 '비교문체학', '비교창작학', '번역문학연구'로 바꾸었으며, 각 개념들을 명확하게 정리해냈다.

역자는 『비교문학의 열쇠』가 비교문학의 정의, 연구방법, 연구대상을 새롭고 명확하게 정립함으로써 더 이상 "다른 사람들은 비교문학이 커다란 광주리 같아 무엇이든 집어넣을 수 있다고 비웃"을 수 없게 될 것이라 생각한다. 또한 이론을 위해 존재하는 이론이 아닌, 실질적으로 활용되고 사용될 수 있는 이론을 정립해야겠다는 저자의 일관된 의지는 명확한 학술용어의 정립으로부터 구체적인 예시에 이르기까지 본서 전체에 반영되어 있다.

그동안 중국의 비교문학 연구는 마치 맞지 않는 열쇠로 문을 열려고 하는 것과 같이 명확하지 않은 개념과 용어를 사용하여 비교문학에 대해 이해하고 설명하려 하였다. 하지만 『비교문학의 열쇠』는 그동안 무비판적으로 사용했던 개념과 이론들을 비판적인 시각으로 재해석하여, 비교문학에 대한 새로운 개념과 이론을 정립하였다. 『비교문학의 열쇠』를 번역하면서, 역자는 본서가 비교문학이라는 '문'을 열 수 있는 '새로운' 열쇠가 되길 희망한다.

2011년 5월 3일
베이징사범대학에서 문대일

---

① 예를 들면, 1877년에는 헝가리의 머즐(Hugo Von Merzl, 1846~1908)은 세계에서 최초로 비교문학 잡지인 『비교문학 학보』를 창간하였다. 그리고 1897년에는 프랑스 학자인 텍스트(Joseph Texte, 1865~1900)는 리앙대학교에서 첫 번째 비교문학 강좌를 개설했으며, 1900년에는 스위스 학자인 베쯔(Lous Paul Betz, 1861~1903)는 비교문학과 관련된 『서지목록』을 편집했다.

서문

비교문학은 다른 학문에 비해 비교적 최근에 생긴 학문이며, 비교문학의 학과이론은 상대적으로 더 늦게 생겨났다고 할 수 있다. 만약에 프랑스 학자 방 티겜(Van Tieghem)의 『비교문학론』이 1931년에 세상에 나온 것을 시작으로 삼는다면, 비교문학 학과이론의 역사는 고작 70여 년 정도밖에 되지 않는다. 중국의 비교문학 학과이론은 1980년대 초기에 흥기(興起)된 이래, 오늘날까지 20여 년의 역사밖에 되지 않는다. 비록 비교적 늦게 연구가 시작되었으나 중국의 비교문학 학과이론은 맹속(猛速)으로 발전하였다. 1980년대부터 2000년대에 이르기까지 중국 학술지에 발표된 비교문학 이론에 관한 논문은 모두 600여 편에 다다른다. 또한 1984년에 중국 최초의 비교문학 학과 저서인 『비교문학 입문』①이 출판된 이후 2000년 연말까지 중국에 출판된 비교문학 학과이론 방면의 교재 및 전문 학술서적은 모두 10여 편이나 된다. 학과이론의 형성과 발전은 비교문학 학과의 자각(自覺)을 의미함과 동시에 학과연구의 성숙을 나타내는 지표라고 할 수 있다. 비교문학 관련 논문과 서적들의 대량 출판은 중국 비교문학 학과이론의 건설과 학과지식의 보급 및 비교문학의 '케이스' 연구방법을 제시하는 것 등에 중요한 영향을 미쳤다. 그중 필자도 적지 않은 가르침과 영감을 얻었음은 두말할 것도 없다.

비교문학의 연구가 끊임없이 발전되어야 하고 심화되어야 하는 것과 마찬가지로, 비교문학 학과이론도 반드시 비교문학 연구의 확대와 심화에 발맞추어 함께 발전해야 하며 새로워져야 한다. 사실상 전체적으로 보면 최근 20여 년 동안 이루어진 중국의 비교문학 학과이론 연구는 끝없는 탐구 속에 발전하였지만 여전히 몇 가지 문제점을 지니고 있다. 첫째, 중국의 비교문학 학과이론은 전체적인 테두리에서부터 개념과 전문용어까지 대부분 서양에서 들여왔다. 현재 중국 학술연구 상황으로 볼 때 서양의 이론적 성과물들은 반드시 도입되어야만 한다. 또한 도입한 이후 그 이론에 대하여 반드시 자기 것으로 소화하여, 비교문학 이론의 중국화와 그 이상의 성과를 이루어 내야만 한다. 하지만 지금까지 중국의 비교문학 학계는 이러한 부분에 대한 이해와 노력이 부족하였다. 둘째, 비록 20여 년 동안 출판된 중국의 비교문학 학과이론서의 수량 및 그 종류는 비교적 많은 편이나, '편집' 위주로 집필되는 현상이 발생하거나 편집만 할 뿐 창작하지 않는 경우가 생겨났다. 특히 교육부가 몇 년 전에 비교문학 학과의 이론 과목을 중문과 학부생의 전공기초과목으로 분류해 놓은 후부터 비교문학 교재의 편집 붐이 일었다. 또한 최근에 공동 집필 형식으로 출판된 교재는 억지로 끼워 맞춰 출판하기만 했을 뿐 학술적인 면에서의 발전은 보이지 않았다. 비록 비교문학이라는 학과는 중국에서 새롭게 나타난 신흥학문이지만, 벌써부터 일부 전통적인 학과들의 폐단을 따라 수많은 교재들은 천편일률적인 모습을 나타낼 조짐을 보이고 있다. 이러한 모습들은 분명 비교문학의 학술적 번영이 이루어지는 모습이라 할 수 없을 것이다.

현재 중국비교문학 학과이론을 세우는 데 있어 급선두는 이미 수용된 외국 이론의 기초 위에 점차 중국 특색의 비교문학 학과이론 체계를 탐색해내는 것이다. 비교문학 학과이론은 인문과학 연구에 속한다. 인문과학 연구와 자연과학 연구의 가장 큰 차이점은 바로 자연과학은 세계적이며 국경이 없는 연구이지만, 인문과학 연구는 반드시 민족색채를 구현하며 국가, 민족, 학자의 독특한 학술입장과 연구방법 및 사고의 방향, 독특한 관점, 그리고 견해와 학술적인 부분에서의 지혜를 구현해 낸다는 것에 있다. 비교문학 학과이론을 세우는 과정에서 우리는 중국 전통문학과 전통학술의 비교문학사상을 총괄하여 상세히 밝혀야 하며, 백여 년에 달하는 중국 비교문학의 풍부한 연구경험을 체계적으로 정리하고 총괄해야 한다. 이러한 기초 위에 특히 연구자는 스스로 연구 활동에 더욱더 힘써 한층 더 높은 수준의 이론 형태로 구현시켜야 한다. 이러한 과정 중에 점진적으로 외래 학술에 대해 맹목적으로 숭배하는 심리를 잘 극복해야 하며, 외국에서 온 개념, 범위, 명제, 체계 등에 대해서 대담하게 의문을 가져야 한다. 그래야만 중국의 비교문학 학과이론이 비로소 자신의 목소리를 낼 수 있으며, 학술적으로 외국학계와 평등한 대화를 나눌 수 있다.

이 책은 그동안 필자가 비교문학 학과이론에 대해 학습하고 연구한 수확물이자, 최근 비교문학 연구활동의 결과물이라 할 수 있다. 어떤 학과연구든지 반드시 이미 이루어진 연구 성과를 기초로 하거나 그것을 출발점으로 삼는다. 본서도 예외가 아니지만 주관적인 관점으로 말하자면 필자는 자각(自覺)적으로 '창의성'을 염두에 두고 본서를 집필하였다. 그리하여 본서를 과감히 『비교문학 열쇠』(원서명은 『比較文學學科新論』이다)라고 명명하였다. 비록 '신론(新論)'이라고 불렀지만, "객관으로 볼 때, 무엇을 '새로운 것'이라고 하는 것인지?", "'새로운 것'을 어느 부분에서 찾아볼 수 있는지?", "'신론(新論)'이란 것이 황당무계한 이론은 아닌지?"는 전문가 및 독자 여러분들이 지적해 주며 비평해 줘야 할 것들이다.

2001년 11월 12일

왕샹위안(王向遠)

---

① 원서명은 『比較文學導論』이며 1984년 黑龍江人民出版社에서 출판되었고 盧康華와 孫景堯에 의해서 공동 집필되었다.

목차

제1장

학과정의

제2장

연구방법

연구대상

제1장

학과정의

제1절 정의 및 그 설명

어떠한 학과든지 마찬가지로 그 학과에 대하여 정의를 내린다는 것은 쉬운 일이 아니다. 특히 비교문학과 같은 학과는 학자들마다 학과의 연구범위, 연구대상 및 연구방법에 이르기까지 그 인식과 이해가 다르기 때문에 정의를 내리는 것이 더더욱 어렵다. 비교문학 학과가 성립된 후 지난 백여 년 동안 여러 학자 및 학술학파는 비교문학에 대하여 서로 다른 정의를 내렸다. 이러한 여러 학과정의들은 중국에서 출판된 중국비교문학 이론저서들을 통해 자주 소개되어졌다. 때문에 필자는 지나친 중복을 피하기 위해 몇 가지의 대표적인 정의만을 예로 들어 새로운 정의의 기초로 삼도록 하겠다.

먼저, 프랑스학파 학자들의 정의이다. 프랑스학파의 가장 대표적인 정의는 프랑스의 비교문학 학자 까레(Jean Marie Carre)가 1951년에 제기한 정의로서 그가 그의 제자 기야르(Marius Francois Guyard)의 『비교문학』이란 책에 써준 서문을 보면 다음과 같다.

비교문학은 문학사의 한 분야이다. 그것은 여러 문학들에 속하는 사실들의 관계와 국제적인 정신관계에 대한 연구이다. 즉, 바이런과 푸시킨, 괴테와 칼라일, 월터 스코트와 알프레드 비니 사이의 상호관계, 또는 작품과 작품 및 창작동기 사이의 상호관계, 그리고 몇 개의 상위한 문학에 속하는 작가의 생활에 이르기까지 거기에 존재했던 사실의 상호관계를 연구하는 것이다.[1]

까레의 비교문학에 대한 정의는 '프랑스학파'의 절대적인 권위가 있는 대표적인 정의라고 할 수 있다. 비교문학 연구는 당연히 여러 나라 간의 작가와 작품의 '실제관계'를 강조해야만 한다. 이러한 모든 사실들을 기반으로 하는 실증주의 신념은 바로 비교문학 '프랑스학파'의 근본적인 특징이라 할 수 있다. 기야르의 『비교문학』 내용 중의 '비교문학은 국제문학 관계사이다'라는 주장은 그의 스승인 까레가 제기한 의견과 완전히 일치된다. 또한 그보다 앞서 프랑스 비교문학이론가 방 티겜 역시 그의 『비교문학론』에서 일찍이 다음과 같이 주장하였다. "진정한 비교문학의 특징은 바로 역사과학의 성격과 같다. 이는 서로 다른 출처의 최대한 많은 사실들을 채택하여, 모든 사실들에 대해 충분한 분석과 해석을 해야 한다." 이러한 내용들을 통해 우리는 대부분의 '프랑스학파' 이론가들이 '사실'과 '실증'을 강조하고 있다는 점을 알 수 있다.

1950년대 후반에 이르러 미국학자 르네 웰렉(René Wellek)과 헨리 레마크(Henry H. Remark), 그리고 오언 올드리지(A. Owen Aldridge) 등은 계속해서 '프랑스학파'의 주장에 이의를 제기하였으며 자신들만의 비교문학 정의를 제시하였다. 그중에 가장 대표적인 것은 헨리 레마크가 「비교문학의 정의와 기능」이란 글에서 제시한 비교문학에 대한 범주이다.

---

1) J-M伽列: 『「比較文學」初版序言』, 中文譯文見 『比較文學硏究資料』, 北京師範大學出版社, 1986年, 第43頁

비교문학이란 한편으로는 하나의 특정한 나라의 한계를 넘어선 문학을 의미하는 것이며, 다른 한편으로는 지식과 신념의 다른 영역, 예를 들어 문학과 예술(회화, 조각, 건축, 음악), 문학과 철학, 문학과 역사, 문학과 사회과학(정치학, 경제학, 사회학), 문학과 과학, 문학과 종교 등을 비교하는 것을 의미한다. 간단히 말해서 비교문학은 한 나라의 문학과 다른 혹은 여러 나라의 문학을 비교하는 것이며, 또한 문학과 인간의 또 다른 표현영역을 비교하는 것이다.[2]

레마크의 정의는 '미국학파'의 정의 중 가장 세련되고 개괄적인 정의로 손꼽힌다. 그가 내린 정의와 프랑스학파 학자들이 내린 정의의 가장 큰 차이점은 '사실관계'라는 점에서 나타난다. 그는 비교문학 연구가 반드시 사실관계의 기초 위에서만 성립된다고 여기지 않았으며, 비교문학의 연구범위와 연구대상의 범주를 크게 확장시켜 놓았다. 그가 주장한 비교문학 연구는 국가 간의 문학연구뿐만 아니라 문학과 인류의 모든 지식 및 학과영역을 비교연구하는 '과학과(跨學科)' 연구라 할 수 있다.

상술한 프랑스학파와 미국학파의 비교문학에 대한 정의는 전 세계적인 비교문학 학술연구에 지대한 영향을 미쳤다. 일본고- 같이 프랑스학파의 관점에 치중되어 비교문학이 연구되고 있는 국가가 있는가 하면, 중국과 같이 두 학파의 의견을 절충 및 조절하여 비교문학을 연구하는 국가도 있다. 또한 오히려 미국학파의 관점에 치중되어 비교문학이 연구되고 있는 국가들도 있다.

중국에서 출판된 비교문학 학과이론 저서 및 교재와 논문들에 나타난 비교문학의 정의들은 대부분 기본적으로 외국학자들의 관점을

---

2) 亨利·雷馬克: 「比較文學的定義和功用」, 中文譯文見 『比較文學硏究資料』, 第1頁.

종합한 것들이며, 대부분 미국학파의 관점을 따르고 있다. 지셴린(季羨林) 선생은 "명칭을 보면 알 수 있듯이 비교문학이란 다른 국가의 문학과 서로 비교하는 것이며, 이것은 좁은 의미의 비교문학이라고 할 수 있다. 넓은 의미의 비교문학은 문학과 다른 학문을 함께 비교하는 것이고, 다른 학문은 인문학과와 사회학과, 심지어 자연과학까지도 포함 한다."라 하였다. 루캉화(盧康華)와 쑨징야오(孫景堯)가 공동집필한 중국 최초의 비교문학 학과이론 저서인 『비교문학 입문』을 보면 비교문학을 다음과 같이 정의하였다.

> 비교문학은 국경과 언어의 한계를 뛰어넘는 문학연구이며, 두 가지 혹은 그 이상의 민족문학이 서로 미치는 영향과 상호관계를 연구하는 문예학 학과이다. 이는 주로 문학현상의 보편성과 특수성을 비교분석하여 그 상호작용의 과정 및 문학과 기타 예술의 형식 그리고 사회 의식형태의 관계를 연구하며, 문학의 공통규율을 인식 및 탐구한다. 비교문학의 목적은 민족문학의 독창(獨創)적인 특징 (특수규율)을 알아가는 것이며 민족문학과 세계문학을 더 잘 발전 시키는 것이다. 즉, 비교문학은 독립적인 연구대상, 범위, 목적, 방법과 역사가 있는 문예학 학과이다.[3]

상술한 비교문학의 정의는 비록 표현상 약간 치밀하지 못하기는 하나, 하나의 정의로서 비교적 완전하다고 할 수 있다. 비교문학의 연구대상과 범위를 제시했을 뿐만 아니라, 학과의 속성(屬性)과 연구목적까지 밝혔기 때문이다. 이 정의는 프랑스학파와 미국학파의 관점을 종합하였으나 비교문학은 "문학과 기타 예술형식 및 사회의식형태의 관계"를 연구해야 한다는 것을 강조한 점에서 비교적 미국학파의 관

---

3) 盧康華, 孫景堯: 『比較文學導論』, 黑龍江人民出版社, 1984年, 第76頁.

점에 가깝다고 할 수 있다.

천둔(陳惇) 등이 집필한 대학 교재 『비교문학개론(比較文學槪論)』에서 내린 정의는 다음과 같다.

> 비교문학은 개방성이 있는 문학연구이다. 민족과 언어, 문화 그리고 학과의 한계를 뛰어넘은(跨民族´跨語言´跨文化´跨學科) 각종 문학관계를 연구대상으로 하며, 넓은 시야와 국제적인 안목을 필요로 한다. 이론과 방법적인 면에서는 비교의 의식을 갖고 모든 것을 포괄한다는 특색을 갖고 있다.[4]

이 정의 역시 "모든 것을 포괄하는 특색"을 갖고 있다. 이 중에서 주목할 점은 "민족, 언어, 문화, 학과의 한계를 뛰어넘는"의 네 가지 "뛰어넘는(跨)"에 대한 대구법식 문장이다. 이보다 앞서 친엔종슈(錢鍾書)는 비교문학이란 하나의 전문적인 학과로서 "국경과 언어의 한계를 넘어서는 문학을 비교하는 것"이라 하였다.[5] 여기서 친엔종슈가 제시한 "넘어서야 되는 두 가지"는 훗날 발전하여 『비교문학개론』에서 네 가지가 되었다. 이 네 가지 "과(跨)"의 표현방식은 프랑스학파와 미국학파의 관점을 모두 수용한 것이며 이후 중국에서 출판된 많은 비교문학 교재와 저서들의 내용에 지대한 영향을 미쳤다.

그렇다면 비교문학의 정의는 어떠한 요건을 갖추어야간 할까? 필자는 비교문학의 정의는 반드시 다음과 같은 세 가지의 기본요소들을 갖추어야 한다고 생각한다. 그중 첫 번째는 비교문학의 학과성질 및 목적이 잘 나타나야 한다는 것이다. 그리고 두 번째는 비교문학

---

4) 陳惇, 劉象愚: 『比較文學槪論』(修訂版), 北京師範大學出版社, 2000年, 第21頁.
5) 張隆溪: 「钱钟书谈比较文学与 "文学比较"」见『比较文学研究资料』, 第89页.

학과의 독특한 연구대상과 연구범위를 드러내야 한다는 것이다. 마지막으로 세 번째는 비교문학 학과의 독특한 연구방법을 설명해야 한다는 것이다. 이러한 필자의 기본적인 생각을 기초로 하여 필자는 비교문학에 대해 새로운 정의를 내리고자 한다.

> 비교문학은 인류문학의 공통규율과 민족특색을 찾는 것을 취지로 하는 문학연구이다. 이는 세계문학의 안목으로 비교의 방법을 활용하여 각종 문학관계에 대해 연구하는 과문화(跨文化)적 연구이다.

이 정의는 필자의 비교문학에 대한 기본적인 이해를 나타내었다. 그것은 이미 내려진 각종 정의와 긴밀한 연관이 있으나, 그 내용과 범위 그리고 서술에 있어서 미묘한 차이가 있다.

첫째, '인류문학의 공통규율과 민족특색을 찾는 것'을 비교문학의 근본적인 목적과 취지로 삼는 것은 다른 어떠한 형식의 문학연구로도 대신할 수 없는 것이다. 모든 국가에서 이루어지고 있는 일반적인 문학연구 역시 '인류문학의 공통규율'을 밝히는 것에 도움을 준다. 하지만 국가별로 이루어지고 있는 일반적인 문학연구의 본질적이고 직접적인 목적은 '인류문학의 공통규율'을 찾아내는 것이 아니며, 이러한 연구만을 통하여 '인류문학의 공통규율'을 밝혀내기란 쉬운 일이 아니다. 또한 국가별로 이루어지고 있는 일반적인 문학연구를 통해 각 국가들의 민족특색을 발견해낼 수는 있지만, 만약 여러 민족문학 간의 자각적인 비교가 선행되지 않는다면 '민족적인 특색'은 찾기 어렵다. 즉, '인류문학의 공통규율'과 문학의 '민족특색'은 동전의 양면과 같으며, 각각은 문학의 일반성과 특수성을 나타낸다. 예를 들어,

문학을 하나의 음악작품이라 가정한다면 '민족특색'은 작품을 이루는 하나의 악장이라 할 수 있으며 '공통규율'은 서로 다른 악장들로 구성된 완전하고 조화로우며 통일된 음악이라 할 수 있다. 즉, 이 두 가지는 서로 긴밀하게 연결되어 의존하는 관계라 할 수 있다는 것이다. 따라서 우리는 비교문학의 연구목적과 취지는 '인류문학의 공통규율과 민족특색을 찾는 것'임을 잊지 말아야 하며, 특히 '공통규율'과 '민족특색'이라는 것은 서로 떼려야 뗄 수 없는 것임을 강조해야만 한다. 이것은 비교문학 연구역사에 나타난 '민족주의적' 편향(偏向)과 '세계주의'적 편향이라는 두 가지 학술적 편향을 극복하는데 도움이 된다. '민족주의'는 서로 다른 것을 추구하는 것을 중점으로 하여 서로 다른 문학체계의 특수성을 강조하는 반면, '세계주의'는 서로 같은 것을 추구하는 것을 중점으로 하여 서로 다른 문학체계의 공통성을 강조한다. 예를 들면 초기 프랑스학파의 비교문학 연구는 본국의 문학이 외국으로 전파되어 외국문학에 미친 영향만을 강조하였을 뿐, 받아들인 민족의 입장에서 제대로 이해하고 수용되었는지, 그 후에 독창적으로 발전 가능성이 있는지에 대한 이해와 설명은 소홀히 하였다. 이는 무의식중에 '프랑스 중심주의'의 경향을 보여준다고 할 수 있다. 또한 일본과 한국의 '극문학 연구' 중 몇몇 학자들은 자기 민족문학의 독창성을 심하게 강조한 나머지 중국문학에서 받은 영향을 미미하게 보거나 심지어 부정하기도 한다. 이 역시 비교문학 연구의 '민족주의적' 편향을 잘 나타내는 경우라 할 수 있다. 이와는 반대로 '사람들의 느낌과 생각이 서로 크게 다르지 않다'는 관점에서 인류문학의 공통성을 지나치게 강조하게 되면, 민족 간의 사고방식 및 사유의 심오한 차이에 대해 소홀히 하게 될 수도 있다. 이것이 바로 비교문학 연구 중의 '세계주의' 경향이라 할 수 있다. 비교문학 연구는 전적으로 과학적인 연구가 되어야 하며, 언제나 '민족주의'나 '세계주의'로 치우치지 않도록 주의해야 한다. 즉, 인류문학의 공통규율을 발견하고 총괄해야 하는 동시에 비교하는 과정을 통해 문학이 지닌 민족특색을 부각시켜야 한다. 물론 이러한 과정은 끊임없는 심화의 과정이라 할 수 있다.

둘째, 위에서 말한 정의는 비교문학이 '세계문학의 안목'을 통해 이루어지는 문학연구라는 점을 강조하고 있다. '세계문학'의 시각은 비교문학 연구에 반드시 필요하다. 왜냐하면 세계문학이란 세계 각 민족문학의 종합체이며, 세계 각 민족문학은 광범위하고 밀접하게 서로 관계를 맺고 있기 때문이다. 다른 학문들과 마찬가지로 비교문학은 반드시 구체적인 문제 및 구체적인 대상을 근거로 하여야 한다. 그리고 이와 동시에 '세계문학의 안목'을 지녀야만 한다. 하나의 민족문학과 다른 민족문학의 비교는 통상적으로 비교문학 연구에 속한다. 하지만 만약 이러한 비교가 '세계문학의 안목'을 갖추지 못한다면 일반적인 의미상의 비교만 될 뿐, 완전한 의미상의 '비교문학'이라 할 수 없다. 이와 마찬가지로 국가별로 문학을 연구할 때에 만약 그 국가의 문학이 세계문학이라는 커다란 배경 아래 있으며 '세계문학의 시각'을 통해 문학을 연구한다면, 비록 일부러 해당 국가의 문학과 외국문학을 비교하지 않더라도 이 연구는 비교문학의 근본 취지에 부합된다고 할 수 있다. 많은 학자들이 강조하는 '비교문학은 문학의 비교가 아니다'라는 주장은 주로 이러한 관점에서 이해한 것으로 볼 수 있다. 다시 말해서 만약 '세계문학의 안목'이 없다고 가정한다면, '비교'가 있어도 '비교문학'이라 할 수 없고, 이와는 반대로 '세계문학의 안목'이 있다면 설령 직접적인 '비교'가 없더라도 그것을 '비교문학'이라고 할 수 있다는 것이다.

셋째, 모든 독립적인 학과의 성립에는 독립적인 연구범위와 연구대상뿐만 아니라, 상대적으로 독특한 연구방법이 있어야 한다. 우리가 내린 정의에서 '비교의 방법을 사용한다'라고 한 것은 비교문학의 기본적인 연구방법은 '비교'라고 여겼기 때문이다. 비교문학은 당연히 비교를 하는 것이므로 이는 두말할 필요도 없는 일이라 하겠다. 그러나 비교문학 학과이론에서 '프랑스학파'와 '미국학파'에 관계없이 많은 학자들은 '비교' 및 '비교문학'이라는 어휘에 불만을 나타내고 비평을 하였다. 그들은 '비교'라는 연구방법이 모든 과학연구에서 사용하는 일반적인 방법이며 문학연구에만 사용되는 방법이 아니라고 생각하였기 때문에 이 학과를 '비교'에 '문학'을 더한 '비교문학'으로 명명(命名)하는 것은 합당치 못하다고 여겼다. 또한 비교문학이라는 명칭은 학과의 본질적인 특징을 나타내지 못할뿐더러 단순히 문학을 비교하며 연구하는 것이 바로 비교문학이라는 오해를 발생시킨다고 여겼다. 때문에 그들은 현재 사용하는 '비교문학'이란 명칭이 비록 오랫동안 관습적으로 사용된 것이나, 불합당한 것이라 주장하였다. 사실상 어떠한 어휘를 사용하여 학과의 이름을 정하는가는 그다지 중요한 문제가 아니다. 관건은 그 학과에 대하여 얼마나 과학적인 정의를 내리는가이다. '비교문학'이라는 명칭이 현재에 이르기까지 여전히 다른 것으로 대체되지 못하는 이유는 이 명칭이 '비교'라는 이 학과의 방법론상의 특징을 어느 정도 합당하게 나타내고 있기 때문이다. 물론 모든 과학연구가 비교의 방법을 사용하고 있지만 비교문학의 '비교'는 다른 학문의 '비교'와 다르며, 이는 일반적인 의미의

'비교'가 아니다. 일반적인 '비교'는 갑(甲)이라는 것과 을(乙)이라는 것의 단순하고 표면적인 비교를 나타내나, 비교문학의 '비교'는 이러한 무조건적인 비교가 아니다. 비교의 범위에서 보자면 '비교문학'의 '비교' 대상은 두 가지 이상의 서로 다른 국가나 민족의 문학작품 혹은 두 가지 이상의 문화체계를 뛰어넘는 문학작품이다. 즉, 같은 문화 속의 서로 다른 작가의 작품을 비교하는 것은 비교문학의 비교가 아니며, 서로 다른 작가끼리 혹은 서로 다른 작품끼리의 폐쇄적이고 독립적인 비교는 더더욱 비교문학이 표방하는 비교가 아니라는 것이다. 비교문학의 '비교'는 반드시 문화를 뛰어넘는 넓은 시야를 가져야 한다. 비교방법의 운용을 보자면, '비교문학'의 '비교'는 간단한 대비(對比)가 아니고 표면상 비교도 아니며 단순하게 같은 것과 다른 것을 찾아내는 비교도 아니다. 비교문학의 비교란 세계 여러 나라의 문학 작품들 사이의 각종 복잡한 내재적 관계를 탐구해내는 것이다. 때문에 비교문학 중의 '비교'는 일반적으로 같고 다름을 밝혀내는 비교가 아니며, 서로 다른 문학체계의 연구대상끼리 서로 밀접한 관계를 갖도록 하여, 이를 바탕으로 비교와 대조의 방법으로 연구하는 것이다. 이런 의미에서 보면 '비교'는 '비교문학'이 가지고 있는 상대적으로 독특한 연구방법이라 할 수 있다. '비교문학'적으로 보면 '비교'는 기본적인 방법이며, '비교'라는 기본적인 방법은 몇 가지 구체적인 방법으로 구분되어진다. 예를 들면 전파연구(傳播研究)법, 영향분석(影響分析)법, 평행관통(平行貫通)법, 초문학(超文學)법 등이 있다.

넷째, 앞에서 밝힌 정의 가운데 '각종 문학관계에 대해 연구하는 과문화(跨文化)적 연구이다'라는 부분의 '각종 문학관계'란 인류 문학현상 간의 각종 복잡한 관계를 뜻한다. 이는 문학교류와 전파(傳播) 과정의 사실관계, 문학을 통해 영향을 주고받은 정신적 관계, 문체상의 동종(同種)관계, 제재, 플롯, 주지, 인물형상, 문학이론과 문학관념, 문학풍격 등의 보편성과 특수성을 모두 포함한다. 여기서 강조하고자 하는 것은 '과문화 연구'라는 키워드이다. '문화'라는 단어는 여러 가지로 정의되어진다. 일반적으로 '문화'라는 것은 인류의 물질문명과 정신문명을 추상적으로 종합하여 개괄해낸 것이라 할 수 있다. 그러나 비교문학에서 말하는 '문화'란 향촌문화, 도시문화 등과 같은 단순히 지리상으로 구분한 지역문화를 가리키는 것이 아니며, 궁정문화, 귀족문화, 상인문화, 평민문화 등과 같은 사회집단의 문화를 가리키는 것 역시 아니다. '과문화 연구'라는 개념 속의 문화는 바로 '민족문화'를 의미한다. 전 세계의 각 민족들은 각기 서로 다른 문화양식을 갖고 있다. 세계문화에 속해 있는 독특한 민족문화양식의 형성은 반드시 그 독자적인 역사 및 전통을 근거로 하여 발생하였다. 바꿔 말하자면 문화는 오랜 기간 동안 누적되어온 전통적인 것이자 정신적인 것이며, 상대적으로 안정적이고 지속적인 것이라 할 수 있다. 문화의 여러 유형들 중에서 민족문화는 상대적으로 안정적이고 독립적이며 자신만의 독특한 체계와 전통을 지니고 있다. 그러나 민족문화가 항상 자신만의 독특한 체계를 지녔다고는 볼 수 없다. 종종 서로 다른 민족문화들은 인구의 수, 민족의 구성, 지역적 특색 등 여러 조건들의 제약으로 인하여 동일한 문화체계에 속하기도 한다. 예를 들면, 중국 서남지역의 몇몇 소수민족은 기본적으로 동일한 문화체계에 속한다. 그리고 미국 역시 다민족 국가이나, 여러 민족의 문화가 모두 '미국문화'라는 커다란 범주에 포함된다. 이러한 사실들을 통해 우리는 '문화'의 범위가 '민족'의 범위보다 크다는 것을 알 수 있다. 즉, 민족을 초월한다는 것이 반드시 문화를 초월한다는 것을 의미한다고 볼 수 없다는 것이다. 또한 '문화'와 '언어'의 관계에서 보자면, '문화'의 범위는 '언어'의 범위보다 크다고 볼 수 있다. 즉, '과(跨)언어'가 '과(跨)문화'를 뜻하는 것이 아니며, 서로 다른 언어가 하나의 문화에 속할 수 있다는 것이다. 예를 들면, 인도에서는 천여 가지의 다른 언어가 있으며, 공식적으로 사용하는 언어만 16가지나 된다. 그러나 16가지 언어에 따라 인도의 문화가 각각 독립된 특성을 갖는 것이 아니다. 인도의 문화는 언어를 초월하여 형성된 공통된 특성을 지니고 있다. 따라서 인도문학의 연구는 언어를 초월한 문학연구라 할 수 있지만, 이를 비교문학 연구로 볼 수는 없다. 또한 '과(跨)국경' 역시 반드시 '과(跨)문화'와 동일한 개념이라 할 수 없다. 국경을 초월하였다고 해서 반드시 문화를 초월한 것은 아니기 때문이다. 법적인 '국경'은 근대 이후 점차적으로 형성된 것이며, 현재에도 국제정치의 변화에 따라 많은 국가들이 분열되고 통일되는 등 끊임없이 변화하고 있다. 예를 들자면, 한국과 북한은 현재 '두 개'의 국가이지만 모두 같은 문화에 속한다. 이로써 현재 보편적으로 통용되는 '과(跨)민족, 과(跨)언어, 과(跨)국경'과 같은 표현들은 의미상으로 중첩되는 부분이 많아 듣는 이로 하여금 혼란스럽게 만든다는 것을 알 수 있다. 즉, 비교문학 연구는 '과문화(跨文化)' 연구라 할 수 있다. 물론 모든 연구자마다 '문화'라는 단어에 대해 서로 다르게 이해하고 있으므로, 문제를 바라보는 관점과 연구과제 역시 각기 다르다. 때문에 '과문화'에 대한 이해도 조금씩 다르게 되었다. 또한, '과문화'라는 표현은 사실상 비교문학 학과의 위치를 정하여 주었다. 비교문학이 문학연구에 속한다는 것은 분명한 사실이다. 하지만 일반적인 문학연구는 중국문학 연구, 영국문학 연구, 프랑스문학 연구, 러시아문학 연구와 같이 특정한 문화 속의 문학 연구로 제한되어 있다. 그러나 비교문학 연구는 이러한 민족, 언어 혹은 국경 등의 요소들로 구성된 문화적 한계를 넘어서는 일종의 '과문화'적 문학연구라는 점에 그 차이점이 있다. 때문에 비교문학 연구의 시공간적 범위는 특정한 문화 내부의 문학연구의 범위보다 크다. 일반적인 문학연구(또는 문예학)는 문학사와 문학이론 그리고 문학비평 이렇게 세 부분으로 구성된다. 경우에 따라서 특정한 비교문학 연구는 위와 같이 구분하기도 하나, 대부분 비교문학 연구는 이러한 구분이 없다. 비교문학은 문학사에 입각하고 문학비평을 활용하며 문학이론에 정통해야 한다. 다시 말하자면 비교문학 연구는 문학사 속에서 그 제재를 찾고 구체적인 작가나 작품의 비교연구 중에서 문학비평의 방법을 사용해야 하며, 연구를 통해 얻은 결론은 반드시 문학이론과 서로 깊이 통해야 한다는 것이다. 따라서 비교문학의 학문적 지위는 '과(跨)'라는 의미 즉, '초월'하는 것에 달려 있다. 바꿔말하자면, 비교문학 연구란 세계문학의 시야로 문화적 한계와 일반적인 문학연구의 영역구분을 초월하여 다른 문화체계의 문학과 소통하는 한 차원 높은 문학연구라는 것이다. 이처럼 우리는 '과(跨)'라는 의미를 통하여 명확하게 비교문학의 학문적 지위를 나타낼 수 있다.

여기서 반드시 짚고 넘어가야 할 부분이 있다. 어떤 학자는 '과문화' 연구를 단지 '중국학파' 비교문학의 '기본이론의 특징'이라 주장하기도 하는데, 이는 명백히 그릇된 주장이라는 점이다. 앞에서 설명한 것과 같이 모든 나라의 비교문학 연구는 본질적으로 모두 '과문화'의 문학연구라 할 수 있다. 이것은 비교문학 이론의 가장 기본적인 상식이자, 모든 비교문학의 기본적이고 공통적인 전제이자 특징이라 할 수 있다. 모든 민족과 나라는 각기 자신의 독특한 문화양식을 갖고 있다. '프랑스학파'의 비교문학 연구는 일찍이 프랑스문화를 포함하여 영국문화, 독일문화, 이탈리아문화, 러시아문화 등 여러 나라의 문화를 초월한 연구를 하였다.

또한 뒤이어 '미국학파'는 민족문화와 국가별 문화를 초월한 연구뿐만 아니라, 대륙 간의 문화(유럽문화와 미주문화)까지 초월하여 연구하였다. 어쩌면 몇몇 학자들은 '과문화'란 이러한 것이 아닌, '동서양의 서로 다른 문화를 뛰어넘는 것'이라 반박할지도 모른다. 그러나 '동서양의 이질문화'라는 표현 역시 겉으로 보기에는 맞는 것 같으나, 실제로는 그렇지 않다. 모든 민족문화는 모두 그 본질적인 면에 있어서 일정한 규칙성이 있기 때문에, 두 가지 이상의 민족문화를 비교하게 되면 항상 차이가 있을 수밖에 없다. 물론 동양과 서양의 문화 역시 서로 다른 모습을 띠고 있을 수밖에 없다. 하지만 동서양간의 민족문화 차이가 항상 서양의 여러 민족문화 간의 차이나 동양의 여러 민족문화 간의 차이보다 크다고 볼 수 없다. 문학을 예로 들어 설명하자면, 중국문학과 일본문학 간에 나타나는 이질감은 오히려 중국문학과 서양문학에서 나타나는 것보다 크다. 따라서 동양문학 간의 질적인 차이 혹은 서양문학 간의 질적인 차이가 동서양 문학 간의 차이보다 적게 난다고 생각하거나, 동서양의 문화만이 서로 차이를 갖고 있다고 생각하면 안된다. 또한 비교문학 연구에서 '동서양의 서로 다른 문화를 초월'하는 나라는 중국만이 아니다. 일본, 한국, 인도, 아랍의 이슬람 국가들, 그리고 아프리카, 라틴 아메리카의 여러 나라들의 비교문학 연구 역시 '동서양의 서로 다른 문화를 초월'해야만 한다. 일본을 예로 들자면, 일본의 비교문학 연구는 중국보다 먼저 시작되어 백여 년 동안 끊임없이 이루어졌으며, 많은 연구 성과들을 거두었다. 만약 일본이 비교문학에서 '일본학파'라는 학파의 성립을 제기한다면, 이 학파의 특징에 분명 '동서양의 서로 다른 문화를 뛰어넘는 것'이 포함되어 있을 것이다. 이를 통하여 소위 '과문화' 연구라는 것을 중국학파의 '기본이론 특징'이라 주장하는 관점은 '과문화'의 넓은 세계적 시야가 결여된 관점이라 볼 수 있다.

다섯째, 앞서 내린 정의에서, '과학과(跨學科)' 연구를 비교문학의 내용으로 삼지 않은 것은 많은 고심 끝에 내린 결론이다. '과학과' 연구는 즉 문학과 사회과학, 인문과학, 심지어 자연과학 등 ㅈ의 모든 학문을 섭렵하여 진행하는 비교연구이다. 이것은 '미국학파'의 주장이자 중국의 비교문학계에 절대다수의 연구자가 받아들인 의견이다. '과학과 연구'를 비교문학의 학과내용으로 삼으면 물론 '프랑스학파'의 보수성과 편협한 식견을 보완할 수 있으나, 비교문학의 경계는 더욱 모호하게 된다. 필자는 '과학과 연구'의 연구범위는 각각의 학과 연구범위보다 크다고 생각한다. 문학과 기타 학과를 비교하며 함께 연구하는 '과학과 연구'는 당연히 단순한 '문학연구'보다 커다란 범주에 든다는 것이다. 비교문학은 문학연구이지만 문학과 기타 학과의 '과학과 연구'는 때때로 단순한 '문학연구'를 뛰어넘기도 한다. 예를 들자면, 만약 문학과 다른 학과의 과학과 연구가 탄탄한 기초 위에서 독특한 연구방법 및 연구순서를 확립하여 충분히 연구되어지고 있다고 가정한다면, 분명 새로운 교차학과가 형성될 수 있는 가능성이 생긴다. 즉, 문학과 심리학과의 과학과 연구는 '문학 심리학'이라는 학문을 형성하고, 문학과 사회학의 과학과 연구는 '문학 사회학'이라는 학문을 만들어낼 수 있다는 것이다. 또한 문학과 미학의 과학과 연구는 '문예 미학'이라는 학문을 만들어낼 수 있으며, 문학과 민속학의 과학과 연구는 '문예민속학'이라는 학문을 형성하게 된다. 이와 같이 문학과 기타 학문의 과학과 연구가 만들어낸 새로운 교차학과는 '비교문학'이라는 개념에 포함될 수 없다. 실제로 '문예 심리학', '문예 사회학', '문예 미학', '문예 민속학' 등의 학문을 '비교문학'이라고 주장하는 사람이나 혹은 그것을 비교문학에 포함시키고자 하는 사람은 아마 없을 것이다. 그러나 이와는 반대로 문학과 기타 학과의 과학과 연구의 성과가 미미하여 아직 새로운 학과로 형성되지 않은 경우 역시 단순한 '문학연구'와는 차이가 있다. 예를 들면, 문학과 경제학 또는 문학과 법학 등의 과학과 연구는 아직 '문학 경제학', '문예법학' 등의 학과로 형성되지 않았다. 하지만 이러한 연구는 일반적인 학과의 교차연구에 속하고 종종 문학작품 속에서 경제학 혹은 법학의 자료를 찾는 것에 치중하여 문학의 '문학성'을 연구하기보다는 경제학 혹은 법학연구에 치중되는 경향이 있다. 때문에 이것을 '문학연구'로 볼 수 없으며 자연히 '비교문학'으로도 볼 수 없다. 만약 우리가 이러한 연구를 비교문학 연구에 포함시킨다면, '비교문학'이라는 학문은 분명 '비교문화' 속으로 파묻혀 버릴 것이며, '비교문학'이라는 학과의 독립성은 아마 사라져 버릴 것이다. 종합하자면 우리는 '과학과 연구'를 '비교문학'으로 간주할 필요가 없다. 오히려 '과학과'연구를 '비교문학'으로 보는 것은 비교문학의 발전에 부정적인 영향을 초래하게 된다. 즉, 비교문학의 경계선을 없애버리는 것은 모든 학문이 비교문학에 포함되도록 하여, 비교문학이라는 학과의 필요성과 합리성을 없애버리는 것과 같다고 할 수 있다. 또한 비교문학 연구 활동 중에 문학연구로서의 비교문학 연구들이 종종 비(非)문학 연구로 치우쳐져 결국 비(非)비교문학으로 바뀌기도 하는 상황들이 발생하는데, 이러한 상황들은 비교문학 학과의 위기를 초래하는 근본적인 원인이라 할 수 있다. 필자는 위에서 밝힌 몇 가지 이유를 근거로 '과(跨)학과'의 연구를 비교문학 학과내용으로 간주하는 것에 대하여 반대한다.

제2절 학과이론의 구성

비교문학의 학과이론 구성은 앞에서 내린 학과정의(定義)와 밀접한 상관관계가 있다. 학과이론은 학과정의라는 기초 위에 수립된 것이고, 학과이론의 전개(展開)는 학과정의가 구체화된 것이기 때문이다. 비교문학 학과이론은 반드시 다음의 두 가지 기본적인 내용을 포함해야 하는데, 그중 하나는 학과 방법론이고, 다른 하나는 학과 대상론이다.

1. 방법론

우선 비교문학은 일종의 문학연구이므로, 당연히 문학연구의 공통된 기본방법인 전통적 역사-사회학 연구방법, 전기(傳記)연구방법, 원전(原典)분석방법, 감상비평방법, 그리고 현대의 서양으로부터 전해온

구조주의방법, 접수미학(Receptional Aesthetic)의 방법, 형식주의방법, 신화-원형비평방법 등을 사용하여 연구를 할 수 있다. 그러나 비교문학이 상대적으로 독립된 학문으로 인정받기 위해서는 반드시 상대적으로 독립된 연구방법이 필요하다. 대표적인 비교문학의 연구방법은 비교의 방법이다. 앞에서 설명한 바와 같이 비교문학의 '비교'는 통상적인 의미의 비교가 아니며, 특수한 의미를 내포하고 있다. 즉, 비교문학의 '비교'는 서로 다른 문학체계의 연구대상 간의 연계성 및 관련성을 성립하는 것이며, 서로 다른 연구대상에 대하여 비교와 대조 및 참고를 하는 것이다.

본서에서 비교문학 방법론에 대해 상세히 설명하기에 앞서, 우리는 현존하는 비교문학 이론서 및 교재들의 비교문학 방법론에 대한 범위와 구분을 살펴 볼 필요가 있다. 현재 중국에서 출판된 비교문학 학과이론저서들은 비교문학의 연구방법과 그 범위의 구분에 대해 수많은 이견(異見)들을 제시하고 있다. 예를 들어, 루캉화(盧康華), 쑨징야오(孫景堯)가 공동집필한 『비교문학개론』은 그 방법을 '영향(影響)연구'와 '평행(平行)연구' 두 종류로 구분하였고, 웨따이윈(樂黛雲)의 『비교문학원리』 및 『중서비교문학교정』은 비교문학의 연구방법을 설명한 것에 그친 것이 아니라 그 연구방법 및 대상(對象)을 한데 섞어서 설명하였다. 그리고 천둔(陳惇), 류샹위(劉象愚)의 『비교문학개론』, 장톄푸(張鐵夫)의 『신편비교문학교정』은 비교문학의 '기본유형과 연구방법'을 동일한 것으로 보고, '영향연구', '평행연구', '천발(闡發)연구', '접수(接受)연구'라는 네 종류의 '유형'과 '방법'을 제시하였으며, 류제민(劉介民)의 『비교문학 방법론』에서는 문학연구, 심지어는 인문과학, 사회과학 연구에 모두 통용되는 연구방법을 비교문학의 학과방법으로 여겼다. 또한, 천둔(陳惇)의『비교문학』과 천둔(陳惇), 류샹위(劉象愚)가 공동집필한『비교문학개론』은 미국학파의 관점을 따라 '과학과(跨學科) 연구'와 '문학범위 내의 비교연구'를 각각 분리시켜놓거나 혹은 '과(跨)학과의 문학연구'를 따로 분류시켜놓고, '비교문학의 기본유형과 방법', '문학범위 내의 비교문학' 등의 내용을 설명하여, 독자들로 하여금 '과학과 연구'가 가리키는 것이 연구의 '방법'인지, 아니면 연구의 '대상'인지, 혹은 '방법'과 '대상' 모두를 가리키는 것인지에 대해 모호하도록 만들었다.

종합해보면 현존하는 비교문학 이론서 및 교재들의 비교문학 방법론에 대한 범위와 그 구분에는 세 가지의 짚고 넘어가야 할 문제들이 존재한다.

첫째, 많은 저서들이 '연구방법'을 '연구대상' 및 '연구유형'과의 확실한 구분 없이 한데에 섞어 설명하고 있다는 점이다. 이로 인하여 연구방법 본래의 '방법'적 특징이 드러나지 않거나, '방법론'적인 색채가 옅어지게 되어, 비교문학연구의 방법에 대한 교육적 의미가 약화되기도 한다. 비교문학의 연구대상과 연구과제는 그 수가 무한하며 연구의 유형 또한 서로 다른 기준에 따라 여러 가지로 구분된다. 하지만 비교문학 연구의 '방법'은 무한하다고 할 수 없다. 물론 비교문학의 연구방법은 비교문학의 연구대상(혹은 연구유형)과 긴밀한 상관관계가 있으며, 종종 특정한 연구대상 및 연구과제는 특정한 연구방법을 사용하여 연구해야 될 때도 있다. 그러나 '연구대상'과 '연구방법'은 서로 다른 범위로서 '연구방법'은 연구대상을 연구하는 중에 추상적으로 생겨나는 것이며, 그 연구대상에 대하여 반작용(反作用)을 하는 것이다. '방법론'은 추상적이고 철학적이며, 도구론(工具論)적인 기능을 한다. 비교문학의 연구에서 구체화 된 몇 가지 기본적인 방법은 당연히 비교문학의 모든 연구대상 및 연구과제에 활용할 수 있다. 하지만 만약에 연구유형(혹은 대상)과 '연구방법'에 대한 명확한 구분이 없다면, 이 연구대상과 연구유형에 대해서 특정한 연구방법만을 활용해야만 한다고 오해할 수도 있다. 예를 들어, '영향연구(影響研究)'를 연구대상이자 연구방법이라 본다면, 영향연구의 대상이 되는 것은 항상 영향연구의 방법만을 사용해 연구해야 한다고 여길 수도 있다는 것이다. 사실상 영향연구의 연구대상들은 종종 평행연구의 방법 등 비교문학의 여러 연구방법들을 사용하여 연구하기도 한다. 그래야만 연구대상에 대해 객관적이고 과학적인 연구를 할 수 있기 때문이다. 우리는 이러한 사실들을 통해 비교문학의 '방법'은 보편적으로 모든 연구대상에게 적용할 수 있어야 한다는 것을 알 수 있다. 이는 마치 어떤 도끼(방법) 한 자루를 이용해서 모든 장작(대상)을 패는 것과 같은 이치이다. 때문에 필자는 '연구방법'을 '연구대상' 및 '연구유형'과의 확실한 구분 없이 한데에 섞어 설명하는 방법에 대해 반대하는 바이다. 필자는 비교문학 학과이론의 가장 중요한 임무 중에 하나가 바로 비교문학 연구의 역사경험을 총괄하는 것이며, 이를 기초로 하여 서로 다른 연구대상과 연구과제 그리고 연구유형의 기본적인 방법들을 활용할 수 있도록 추상화하는 것이라 본다. 비교문학 학과이론이 이 임무에 충실치 못하다면, 비교문학 연구에 대한 비교문학 학과이론은 교육적 효과를 거두기 힘들 뿐만 아니라, 학과이론으로서의 역할을 다했다고 보기 어려워진다.

둘째, 만약에 문학연구나 학술연구의 보편적인 연구방법을 비교문학만의 특수한 연구방법으로 보게 된다면, 머지않아 비교문학 연구방법들은 곧 일반화되어 버리며, 비교문학의 특수한 연구방법은 사라지게 된다는 점이다. 그 중에 가장 대표적인 것은 '천발법(闡發法)'으로 대만학자 구톈홍(古添洪), 천펑샹(陳鵬翔)에 의해 1970년대 중반에 제기된 연구방법이다. 그들은 서양의 체계적인 문학비평 방법들을 활용하여 중국문학 및 중국문학이론을 연구하는 것을 '천발법'이라 명명하였으며, 이 '천발법'을 '중국학파' 연구방법의 특징 중 하나라고 보았다. 최근 몇 년 사이에 중국의 몇몇 학자들은 '천발법'에 대하여 긍정적인 평가를 하였으며, 몇몇 비교문학 학과이론서들 역시 '천발법' 혹은 '천발연구'에 대해 상세한 설명을 해 놓기도 하였다. 실제로 서양의 이론을 이용하여 중국문학을 분석하는 것은 20세기 중국에서 유행한 문학연구 방법이다. 예를 들면, 근대시기 왕궈웨이(王國維)는 쇼펜하우어 철학을 이용하여 『홍루몽』을 연구하였고, 현당대비평가들은 흔히 마르크스-레닌이론을 사용하여 중국문학을 분석하였으며, 최근 이십 년간 많은 학자들이 여러 서양이론을 이용하여 중국문학을 연구하였다. 백여 년 동안 중국문학은 외국에서 들여온 문학이론과 방법들을 통해 연구되었으며, 중국의 전통적인 이론으로만 중국문학을 연구한 실례는 찾아보기 힘들다. 하지만 20세기 중국에서 유행한 문학연구의 방법이 '천발법'이라는 이유만으로 20세기 중국의 문학연구가 모두 '비교문학'이라 말할 수 있을까? 만약 '비교문학 연구'가 '문학연구'와 다를 바 없다면, 굳이 '비교문학'을 연구할 필요가 있을까? 따라서 필자는 '천발법'이란 단지 20세기 중국문학 연구와 중국문화 연구의 일반적인 방법일 뿐, 비교문학의 고유하고 특수한 연구방법이라 할 수 없다고 생각한다.

셋째, 최근 몇 년 동안 서양의 여러 새로운 이론들이 중국으로 들어와 중국의 비교문학 연구에 커다란 변화를 가져다주었다는 점이다. 몇몇 중국학자들은 서양에서 도입된 새로운 이론을 비교문학의 이론으로 삼고, 비교문학의 방법으로 연구하였다. 이로 인하여 비교문학 연구방법은 세분화에 대한 기준을 잃어버렸고, 때때로 지나치게 세부적으로 구분된 연구방법으로 인해 비교문학 연구방법의 완전성 및 독립적인 활용성이 사라져 버리게 되었다. 예를 들어, 몇몇 비교문학 연구서에는 '영향연구(影響研究)' 외에 '수용연구(接受研究)'라는 개념을 제시하였는데, 사실상 이러한 개념의 세분화는 불필요하다고 본다. 프랑스에서 '수용'에 대한 충분한 연구가 이루어지지 않았고, 특히 프랑스 학자들이 대중의 수용에 대해 중요하게 인식하지 못하던 시기에 수많은 프랑스 학자들은 독일의 수용미학과 해석학이라는 개념들을 받아들였다. 이때 받아들인 수용미학과 해석학을 기초로 하여 프랑스학파 학자들은 수용연구의 개념을 제시하고 그것을 비교문학의 연구방법으로 삼았다. 물론 이러한 개념의 세분화는 비교문학의 발전에 긍정적인 영향을 미친다. 하지만 모든 비교문학연구는 수용(接受)에 대한 연구가 선행되어야만 하므로 영향연구와 수용연구의 구분은 불필요하다고 할 수 있다. 왜냐하면 전파(傳播)에는 수용이 뒤따라야 하고, 영향을 주고받으려면 수용이 선행되어야 하기 때문이다. 이는 두 가지 모습을 갖고 있는 하나의 문제라 볼 수 있는 것이다. 영향연구와 수용연구의 분리는 이론상 매우 단편적이며, 오히려 비교문학 연구에 불편을 가져온다. 최근 20년간 중국의 학술계는 서양의 새로운 사조와 새로운 개념, 그리고 새로운 연구방법들을 대량으로 들여와 이를 비교문학에 활용하였다. 오래지 않아 수많은 중국의 비교문학 학자들이 당대 서양의 여러 새로운 이론에 대해 관심을 보이고 연구를 시작하였다. 하지만 대부분 서양의 이론과 연구방법들을 맹목적으로 숭상하고 받아들이기만 했을 뿐, 비판적인 시각으로 냉철하게 평가하지 못했다. 심지어 몇몇 비교문학 학과 이론서는 전체 내용의 삼분의 일 가량을 비교문학과 새로운 서양이론(포스트모더니즘, 해석학, 수용이론, 기호학, 페미니즘 등등)의 관계에 대해 자세히 설명하는데 할애하기도 하였다. 이러한 맹독적인 서양이론의 흡수는 비교문학의 연구방법과 새로운 문화이론에 대한 구분을 모호하게 하고, 심지어 비교문학 연구방법론이 일반적인 문학비평과 문예 및 문화이론 속에 파묻혀 그 특징을 잃어버리도록 만든다.

앞에서 이미 설명한 바와 같이 '비교'는 비교문학의 가장 기본이 되는 연구방법이라 할 수 있다. '비교'의 방법은 네 가지 구체적인 방법으로 구분되는데, 바로 전파(傳播)연구법, 영향분석(影響分析)연구법, 평행관통(平行貫通)연구법, 초문학(超文學)연구법이다.

첫 번째 방법은 '전파(傳播)연구법'으로 비교문학의 대표적인 실증(實證)연구 방법이며, 프랑스학파의 역사학 연구방법과 현대의 '전파학(傳播學)' 방법을 종합한 연구방법이다. 전파연구법은 문학사의 역사사실들을 세부적으로 수집하고 정리하여 각종 문헌과 사료들을 통해 고증하고 분석하는 연구방법이다. 우리는 이러한 전파연구법을 통해 작가나 작품 간의 국제적 혹은 과문화(跨文化)적 사실관계를 찾을 수 있고, 국제적인 문학교류의 전파(傳播)와 수용의 과정 및 그 방법을 밝힐 수 있으며, 향후 미래의 세계문학 전파와 교류에 관한 여러 추세들을 예측할 수 있다.

두 번째 방법은 '영향분석(影響分析)연구법'으로 문학작품의 영향관계를 분석하는 연구방법이며, 이 연구법은 비교문학과 문학비평의 긴밀한 결합이라는 특징을 지니고 있다. '영향(影響)'은 '전파(傳播)'와 다른 개념으로서 눈에 보이는 물리적인 사실이 아닌 일종의 정신적인 현상이라 할 수 있다. 때문에 '영향분석'법이란 작가나 작품들 간의 '영향' 관계에 대한 여러 가설에 대한 검증과 구체적인 문학비평 및 텍스트 분석을 통하여 작가와 작품들 사이의 정신적인 연관관계를 논증해 내는 것이라 할 수 있다. 이러한 영향연구의 목적은 작가와 작품의 과 문화적 상호 영향의 법칙을 연구하고, 작가가 받아들인 외국 문학의 영향과 그 영향의 초월을 밝히며, 받아들인 외국의 영향과 예술의 독창성 간의 변증적 관계를 분석하는 데 있다. 따라서 '영향분석연구'는 '영향연구'와 '초영향(超影響)연구' 두 가지 부분으로 나눌 수 있다.

세 번째 방법은 '평행관통(平行貫通)법'으로 이는 직접적인 '전파'의 사실과 '영향' 관계가 없는 문학현상 간의 비교연구에 적합하다. 여기서 '평행(平行)'이란 사실관계가 없는 다른 문학현상 간의 유사성과 상호 보조성을 밝히고, 서로 대조를 하는 연구를 뜻하며, '관통(貫通)'이란 여러 문학 현상을 통틀어 보았을 때, 이들 사이에 존재하는 논리적이고 이론적인 관계를 뜻한다.

네 번째 방법은 '초문학(超文學) 연구법'으로 비교문학을 연구할 때에 문학의 한계를 초월하여 문학과 다른 학문의 경계를 없앤 연구법이다. 이러한 초문학 연구법은 언뜻 '과학과(跨學科) 연구'와 비슷해 보이나, 엄연히 서로 다른 개념이라 할 수 있다. 초문학 연구법은 문학과 다른 학문의 일반적인 관계를 추상적으로 기술하는 것이 아니다. 즉, 초문학 연구법은 정치, 경제, 군사(전쟁), 종교, 철학사상 등과 같이 일정한 범위 내의 구체적인 문제들로부터 연구를 시작하여, 문학과 긴밀한 상관관계가 있는 국제적인 사회사건과 역사현상 및 문학사조를 문학연구의 관점과 비교 및 참고 대상으로 삼아 문학작품과 외국문학작품 간의 여러 관계를 밝혀내는 것이다.

지금까지 네 가지 비교문학의 연구방법에 대해 설명하였다. 이 연구 방법들은 상대적으로 독립적인 것이라 할 수 있다. 다시 말하자면 상대적으로 완전하고, 독립적으로 사용할 수 있는 방법이라는 것이다. 그러나 비교문학 연구에서 이 네 분류는 상대적인 것일 뿐 절대적인 것은 아니다. 이들은 서로 차이점을 지니고 있으므로 각각 구분할 수 있으나, 대부분 서로 긴밀하게 연결되어 있다. 비교문학 연구를 할 때에 종종 네 가지 중 한 가지 방법을 주된 연구방법으로 사용하기도 하나, 대부분의 경우에는 이 네 연구방법을 복합적으로 사용하여 연구를 진행한다. 예를 들면, 필자는 「신감각파와 중국에서의 변이」①라는 글에서 전파연구의 방법을 사용하여 일본 신감각파가 중국에 전파(傳播)되고 받아들인 상황에 대해서 밝혔다. 그리고 영향분석의 방법을 사용하여 구체적인 작품 분석을 하였으며 중국의 '신감각파'가 일본 신감각파의 영향에 대해 갖고 있는 오해와 혼동, 편견에 대하여 논술하였다. 또한 평행연구의 방법을 사용하여 중국과 일본의 두 신감각파를 각각의 평등한 문학현상으로 보고, 본질상의 심오한 차이를 밝혀냈다. 동시에 초문학(超文學) 연구의 방법을 운용하여 사회학, 역사학 그리고 철학적 시각에서 중일 신감각파의 본질적 차이가 생기게 된 배경과 근원을 지적했다. 이처럼 비교문학을 연구할 때에는 반드시 이 몇 가지 연구방법을 자유자재로 사용할 수 있어야 한다. 또한 이러한 연구방법을 사용할 때에는 절대 억지로 사용해서는 안 되며, 자연스럽게 연구에 잘 융합되도록 하여야 한다.

2. 대상론

모든 학문은 고유한 연구대상(혹은 연구영역, 연구범위)이 있다. 비교문학이 하나의 독립적인 학과가 되려면, 반드시 자기의 독특한 연구대상을 확립해야 한다. 만약에 자신만의 독특한 연구대상을 찾지 못한다면, 비교문학 학과는 있으나 마나 한 것이 된다. 현존하는 비교문학 학과 이론서들을 보면 비교문학 연구대상의 구분에 있어서 여러 의견들이 존재한다. 몇몇 이론서들은 연구영역을 단독적으로 설명하였고, 몇몇 이론서들은 단독으로 대상문제에 대해 말하지 않고 연구방법과 연구대상을 섞어 설명하였다. 또한 몇몇 이론서들은 신화, 민간문학, 시가, 중단편소설, 장편소설, 희극문학 등의 문체별로 연구대상을 구분하기도 하였다. 연구대상에 대한 문제는 비교문학 학과이론에 있어서 가장 중요한 문제 중에 하나이다. 때문에 연구대상에 대해 단독으로 논하여 학과의 대상에 대한 의식을 공고히 하는 것은 매우 필요한 일이다.

비교문학 연구대상의 구분에 있어서, 필자는 반드시 다음의 두 가지 기본원칙을 준수해야 한다고 생각한다. 첫 번째는 비교문학의 학과대상은 반드시 특수(特殊)해야 하며 무조건적으로 기타 학과의 연구대상과 중복되어서는 안 된다는 것이다. 몇몇 연구대상들은 비교문학의 연구뿐만 아니라 다른 학과의 연구를 통해서도 충분히 연구가 가능하다. 우리는 이러한 연구대상들을 '일반적인 연구대상'이라 부른다. 예를 들어 신화, 민간고사, 시가, 소설, 희극문학, 산문 등은 문학연구의 일반적인 대상이며 비교문학이 연구해야 하는 특수한 대상이 아니다. 만약에 문학연구의 모든 일반적인 연구대상들을 비교문학의 연구대상으로 삼는다면 비교문학은 존재의 가치가 없어지게 된다. 즉, 반드시 비교문학의 연구방법으로만 연구가 가능한 연구대상이 있을 때에야 비로소 비교문학 학과의 필요성이 충분해진다는 것이다. 사실상 문학연구를 할 때 이러한 연구대상들은 분명히 존재한다. 때문에 우리는 비교문학 학과이론을 종합하고 정리하여 이러한 연구대상을 명확하게 구분해내야만 한다. 두 번째는 비교문학 대상을 구분하고 확정할 때, 반드시 '연구대상(對象)'과 '연구과제(課題)'의 관계를 잘 해결해야 한다는 것이다. 먼저 연구대상은 문제의식을 지녀야만 하며, 구체화를 통해 연구과제로 나타나야만 한다. 본래 연구대상은 객관적이다. 하지만 연구자의 문제의식이 개입되면, 연구대상은 주관성을 갖추게 되고 주관과 객관의 통일체로 변하게 된다. 연구대상은 연구대상인 동시에 서로 다른 연구 과제들을 내포하고 있다. 만약 연구대상이 연구 과제를 내포하고 있지 않다면, 연구대상과 연구 과제는 서로 동떨어진 것이 되어버리며 연구대상은 곧 아무런 쓸모도 없는 것이 되어버린다. 예를 들면, 비교문학 연구대상으로서의 '문류학(Genology)'은 '문학의 종류, 유형, 장르, 풍격 및 그에 따르는 변천을 전문적으로 연구하는 학문'이라 할 수 있다. 이러한 정의는 내용부터 형식에 이르기까지 모든 부분을 다 나타내고 있으며, 문학비평과 문학이론에서부터 문학사에 이르기까지 문학연구의 모든 영역을 아우른다. 때문에 이러한 연구대상의 구분은 너무 방대하기 때문에 '실용적'이지는 않다고 할 수 있다. 다음으로 연구과제는 연구대상으로부터 나오며, 연구대상의 개념은 연구과제의 개념보다 커야 한다. 일반적으로 연구대상은 상대적으로 고정적이며 유한(有限)한 반면에 연구과제는 고정적이지 않으며 무한(無限)하다. 우리가 연구대상을 구체화시켜 연구 과제를 나타내는 것은 과제의식으로 대상의식을 대체하려는 것이 아니다. 만약 연구대상의 연구과제화가 이루어지지 않는다면 연구대상의 구분은 지나치게 세분화될 수 밖에 없다.

상술한 두 가지의 기본원칙을 근거로 하여, 본서는 비교문학 학과의 연구대상을 작게는 여섯 종류로, 크게는 두 종류의 유형으로 나누어 설명할 것이다.

첫 번째는 비교문체학(比較文體學)이다. 비교문체학은 문체, 즉 문학 장르의 양식을 연구대상으로 한다. 여기서 말하는 비교문체학은 일반적인 문체학과 다른 개념으로 비교문학 학과의 문체학이라 할 수 있다. 비교문체학은 세계문학의 시각으로 각 민족문학에 나타난 문체들의 발생, 형성, 변천, 존망 및 그 내재적인 연관성에 대해 횡적이고 종적인 연구를 하는 것이며, 세계문학사에 존재하는 각종 문체의 특징과 기능 및 그 민족의 역사문화, 민족의 심미적 심리 등 각 방면의 형성원인에 대하여 비교분석을 하는 것이다. 비교문체학의 연구과제는 크게 두 가지로 구분된다. 하나는 각 민족문학의 문체구분 및 그 의거와 기준에 따른 비교연구이고, 다른 하나는 문체의 전파에 대한 연구 및 당대 문체의 세계성과 국제화에 대한 연구이다.

두 번째는 비교창작학(比較創作學)이다. 비교창작학의 연구대상과 '비교문체학'의 연구대상은 확실한 차이점을 갖고 있다. 비교문체학은 형식적인 부분인 문학 장르의 양식을 연구하는 것이며, 비교창작학은 형식 이외의 문학창작에서 제재, 주제, 플롯, 인물 등 각종 내재적인 구성요소들을 연구하는 것이다. 다시 말하면 비교창작학은 즉 서로 다른 민족문학창작 중의 제재, 주제, 플롯, 인물형상, 이미지 등 창작요소에 대한 과문화적 비교연구라 할 수 있다.

세 번째는 비교시학(比較詩學)이다. 비교문체학과 비교창작학이 구체적인 작가와 작품을 연구대상으로 삼는다고 한다면, 비교시학의 연구대상은 구체적인 작가와 작품을 넘어선다고 할 수 있다. 우선 비교시학은 이론가, 평론가, 작가의 문학사상, 문학관념, 문학비평에 대한 과문화적 비교연구이며, 통상적으로 말하는 '문학이론'의 비교연구이다. 또한 비교시학의 연구는 미시적인 것부터 거시적인 것까지 각국 문학의 총체적인 미학풍모와 공통적인 미학규율을 비교연구 하는 것이다.

이상의 세 가지 연구대상은 이미 문학현상의 외부적인 면에서부터 내부적인 내용, 창작부터 이론, 미시적인 것에서부터 거시적인 것에 이르기까지의 모든 영역에 연관되어 있다. 그러나 이 세 가지 연구대상이 비교문학 연구대상의 전부는 아니다. 이상의 세 가지 연구대상은 비교의 방법을 이용하여 연구할 수 있는 '일반적인 대상'이다. 바꾸어 말하면 일반적인 상황 속에서 이러한 대상들은 문학연구의 일반적인 대상이며, 문학연구에서 과문화적인 비교의 방법을 운용 할 때 비로소 비교문학의 연구대상이 되는 것이다. 따라서 위에서 소개한 세 가지 연구대상은 비교문학연구의 '특수한 대상'이라 할 수 없다. 여기서 말하는 '특수한 연구대상'이란 이 대상을 연구하려면 반드시 비교문학 연구방법을 사용해야 하며, 고의적으로 비교의 방법을 사용할 필요가 없는 연구대상을 가리킨다. 왜냐하면 이러한 대상의 성질을 연구하려면 반드시 과문화연구와 비교문학의 연구를 필요로 하기 때문이다.

이러한 특수한 연구대상은 번역(飜譯)문학 연구, 섭외(涉外)문학 연구, 구역(區域)문학사와 세계문학사 연구 이렇게 세 가지로 나뉜다.

첫 번째는 번역문학(飜譯文學) 연구이다. '번역문학'은 하나의 문학유형으로, 본래 과문화적 성격을 갖고 있다. 이는 다른 민족 혹은 국가 그리고 다른 언어의 텍스트로부터 번역한 문학이며, 원작의 관점에서 보자면 번역문학은 외국문학에 속한다 할 수 있다. 또한 번역문학은 민족 번역가가 창조적인 예술 활동을 통해 자신의 언어를 이용하여 번역한 것이며, 그 나라 독자들의 독서와 감상을 위해 제공되는 문학 문체라 할 수 있다. 그렇기 때문에 번역문학은 번역된 언어를 사용하는 민족과 나라의 문학에서 특수한 한 부분으로 속하게 되며, 더 이상 외국문학에 속하지 않는다. 번역문학은 이렇듯 과문화적인 성격을 가지고 있기 때문에 자연스럽게 비교문학 연구의 특수대상에 속하게 된다.

두 번째는 섭외문학(涉外文學) 연구이다. 섭외문학은 문학유형 중의 하나로, 다른 나라나 다른 지역을 문학작품의 배경으로 삼고, 외국인을 묘사하거나 혹은 외국의 문제들을 제재 및 주제로 삼는 작품들을 일컫는다. 이러한 섭외문학은 번역문학과 마찬가지로 본래부터 '과문화'적인 성격을 지니고 있으므로 자연히 비교문학 연구의 특수대상에 속한다고 할 수 있다.

세 번째는 구역(區域)문학사연구와 세계문학사연구로이다. 이 두 연구는 비교문학사연구라 통칭할 수 있다. 여기서 말하는 구역문학이란 지역문학이라 불리기도 하며, 두 개 이상의 민족 혹은 국가끼리 형성된 문학상의 관련성과 공통성을 가진 집합체를 가리킨다. 연구목적에 따라 구역문학은 동아시아문학, 동남아시아문학, 북유럽문학 혹은 아시아문학, 유럽문학, 라틴-미주문학, 혹은 동양문학, 서양문학 등으로 구분된다. 또한 세계문학사연구는 세계문학을 하나의 유기체로 보고 세계문학의 광범위한 관련성을 밝히는 연구로서 인류문학의 총체적인 발전규율의 탐구를 연구의 목적으로 한다. 구역문학사연구와 세계문학사연구는 단일문화의 볌위 내에서는 진행될 수 없기 때문에 모두 과문화 연구에 속하며, 그 자체가 비교문학의 연구라 할 수 있다.

① 王向遠: 「新感覺派及其在中國的變異」, 『中國現代文學硏究叢刊』, 1995年 4期.

제2장

연구방법

제1절 전파연구법(傳播研究法)

1. '프랑스학파'의 연구방법은 '영향연구'가 아닌 '전파연구'이다

전파연구(傳播研究) 방법에 대하여 자세하게 설명하기에 앞서, 먼저 전파연구 방법과 관련이 있는 '프랑스학파' 및 '영향연구(影響研究)'의 개념에 대하여 분명하게 밝힐 필요가 있다.

오랫동안 국내외 비교문학 학계의 많은 학자들은 '프랑스학파'와 '영향연구'를 동일한 의미로 간주하였다. 즉, '프랑스학파'가 바로 '영향연구'이고, '영향연구'가 곧 '프랑스학파'라 여겼다는 것이다. 또한 이러한 관점에서 한걸음 더 나아가 문학전파(傳播)와 문학영향(影響)을 동일시하고, '전파연구'와 '영향연구' 역시 동일한 것으로 여겼다. 그러나 프랑스학파의 대표적인 학자들의 관점과 주장 및 프랑스학파의 연구특색에 대하여 검토와 분석을 해보면, '프랑스학파'는 사실상 '영향연구'에 대하여 결코 긍정적이지 않다는 것을 어렵지 않게 발견할 수 있다.

백여 년 간 프랑스 비교문학의 연구경험을 상세히 논술하고 정리한
첫 번째 이론가는 방 티겜(Van Tieghem)이다. 그는 1931년에 발표한『비
교문학』에서 비교문학의 연구대상은 "여러 국가(유럽에 속한 여러 국
가들―인용자 주석) 간 문학작품의 상호관계를 본질적으로 연구하는
것이다."라고 주장하였다. 여기서 그가 말하는 '관계'는 무엇을 뜻하
는 것일까? 또한 그는 한걸음 더 나아가 "모든 비교문학 연구의 목적
은 '문학 작품이 지금까지 거쳐 온 과정'을 형상화하는 것과 문학과
'관계'된 것들이 언어학의 경계 밖으로 옮겨진 사실을 부각시키는 것
이다."라고 설명하고 있다. 방 티겜은 '문학 작품이 지금까지 거쳐 온
과정'을 발신자(放送者)와 수신자(接受者) 그리고 중개자(전신자)(媒介者)로
나누어 설명하였다. 발신자의 관점에서 보면, 문학작품이 지금까지
거쳐 온 과정에 대한 연구란 외국에서 작가의 영향과 명성을 고찰하
는 것이며, 방 티겜은 이것을 '명성학(doxologie)'이라 명명하였다. 그리
고 수신자의 관점에서 보면, 문학작품이 지금까지 거쳐 온 과정에 대
한 연구란 문학작품의 주제, 제제, 인물, 플롯, 풍격 등의 근원을 연구
하는 것이며, 이는 연원학(crénologie)이라 명명되었다. 마지막으로 중개
자의 관점에서 보면, 문학작품이 지금까지 거쳐 온 과정에 대한 연구
란 문학전파의 경로 및 번역, 개작, 연출, 평가 등을 포함한 수단을 연
구하는 것이며, 이는 매개학(mésologie)이라 불린다. 이를 통해 방 티겜
이 사실상 설명하고자 하는 것은 문학의 전파관계라는 것을 알 수 있
다. 그 당시 방 티겜은 '전파'라는 단어를 직접적으로 사용하지 않았
지만, 그가 언급한 '문학작품이 지금까지 거쳐 온 과정'의 의미는 지
금의 '전파'와 완전히 일치한다. 물론 그는 '영향'이란 단어를 사용하

여 이러한 의미를 나타냈지만, 그가 말하는 '영향'과 '문학작품이 지금까지 거쳐 온 과정'은 사실상 동의어라 할 수 있다. 그 시대에는 '영향'이란 단어에 대하여 엄밀한 정의가 내려지지 않았었기 때문에 '문학작품이 지금까지 거쳐 온 과정'이라는 개념과 '영향'의 개념에 대해 상당한 혼란이 초래되었다.

이후 프랑스학파의 또 다른 이론가인 까레가 그의 제자 기야르의 『비교문학(La litterature comparee)』 초판에 써준 서문을 보면, 이 시기에는 프랑스학파가 중요시 여기던 국제문학관계사 연구와 '영향' 연구에 대해 명확한 구별을 하기 시작했다는 것을 알 수 있다. 그는 사실을 근거로 하는 국제문학관계사 연구와 비교하면, '영향연구'는 불확실한 부분을 갖고 있다고 여겼다.

> 사람들은 어쩌면 너무 지나치게 영향연구(Les etudes d' infiuenoe)에 치중한다. 영향연구는 연구하기에 매우 어렵고, 종종 신뢰할 수도 없으며, 몇몇의 사람들은 측량할 수 없는 추상적인 요소들을 측량 가능하도록 구체화시키려 한다. 이러한 영향연구와 비교하면, 더 확실한 것은 작품의 성과, 어떤 작가의 형편, 어떤 인물의 운명, 다른 민족 간의 상호이해 및 여행과 견문 등등으로 구성된 역사라 할 수 있다.6)

까레와 마찬가지로 기야르 역시 '영향연구'에 대하여 회의적인 태도를 보였다. 그는 1951년 발표한 『비교문학』에서 "영향군제의 연구와 관련된 것은 종종 나를 실망하게 만든다. …… 사람들이 어떠한 문제를 한 국가가 다른 국가에 끼치는 영향으로 왜곡 및 과장하고자 하

---

6) J—M. 伽列: 『「比較文學」初版序言』, 中文譯本見 『比較文學研究資料』, 北京師範大學出版社, 1986年, 第43頁.

면, 이 문제는 추상적인 말장난이 되고 만다."7)라고 언급하였다. 위와 같이 기야르는 비교문학의 범위에 대해서 더욱 명확한 정의를 내렸다. 즉 '비교문학은 국가 간의 문학관계사'이며, 비교문학의 전문가들은 문학관계사의 전문가가 되어야 한다는 것이다. 그는 '문학 세계주의의 매개(媒介)체' 즉, 국제문학관계의 매개도구(번역, 여행)와 이런 도구를 이용하는 사람(역자, 여행가)을 비교문학 연구의 가장 주요한 연구 대상으로 보았다. 그는 프랑스 작가 볼테르와 영국의 관계에 대한 연구를 예로 들어 설명하면서, '이 망명자(볼테르)가 어떻게 이 국가에 익숙해졌고, 이 국가의 언어를 어떻게 배웠으며, 또 친구를 어떻게 사귀었는지 그리고 그가 프랑스로 돌아온 후에, 사람들에게 영국의 어떠한 상황을 알려주었으며, 그러한 상황을 알려준 이유가 무엇인지에 대하여 중점적으로 설명할 필요가 있다'고 하였으며, "이러한 작업을 통하여 '영향과 같은 장애물을 피할 수 있다."라고 주장하였다.

상술한 프랑스학파의 대표적 인물들의 관점이 나타내는 바와 같이 사실상 프랑스학파는 사람들이 생각하는 것처럼 '영향연구'를 주장하는 학파가 아니며, 오히려 영향연구에 대해 회의적이거나 부정적인 태도를 보이고 있다. 때문에 계속해서 프랑스학파와 '영향연구'를 섞어 논하는 것은 옳지 않다고 생각된다. 필자는 이러한 관점에서 프랑스학파의 연구경향과 특징을 연구하였으며, 이를 통해 프랑스 학파가 사용한 연구방법을 '전파연구'라고 부르는 것이 더 적절하다는 결론을 내렸다. 방 디켐 등이 주장한 국제문학 간의 '문학작품이 지금까지 거쳐 온 과정'에 대한 연구와 까레, 기야르 등이 주장한 '국제문학관계사'의 연구 및 그에 따른 방법은 엄격히 말하면 모두 전파연구방

---

7) 馬法·基亞 著, 顔保 譯: 『比較文學』, 北京大學出版社, 1983年, 第106頁.

법이기 때문이다.

　오랫동안 많은 학자들은 '프랑스학파'의 비교문학 연구에 대해 '한계성'을 느꼈다. 이는 '프랑스학파'가 연구의 범위를 단지 유럽으로 한정한 점이나, 수신자에 대한 연구를 중시하지 않았다는 점 그리고 분석과 추리의 방법을 반대하고 확실한 사실로서 영향의 존재를 밝히려고 하였다는 점을 보면 쉽게 알 수 있다. 그러나 프랑스학파가 '영향연구'의 학파가 아닌 '전파연구'의 학파라는 것은 현재 우리 모두가 확실하게 인정하는 바이다. 이는 만약 우리가 '프랑스학파'에 대하여 평가를 내릴 때 '전파연구'의 입장에서 '프랑스 학파'의 학술주장을 평가해보면, '영향연구'의 입장에서 '영향연구'의 학술적인 기준을 이용하여 '프랑스학파'를 분석하는 것보다 더 많은 합리성을 지닐 수 있다는 점만 봐도 쉽게 알 수 있다. 프랑스학파가 연구범위를 유럽으로 국한시킨 이유는 유럽 중심론, 프랑스 중심론 등의 의식들이 작용하였다는 것 외에도, 프랑스학파 스스로 유럽 안에서의 문학전파라 한정해야만 실증할 수 있는 많은 사실을 수집할 수 있고, 분명하게 문학전파의 '지금까지 거쳐 온 과정'을 나타낼 수 있음을 인식하고 있기 때문이었다. 유럽으로 국한되었던 연구범위가 더 넓어지게 되면 확실한 '전파연구'의 사실들이 많이 줄어들게 되므로 확실한 '전파연구'가 이루어지기 어렵다. 때문에 이 연구는 결국 '영향연구'의 범위 속으로 들어가 버리게 된다. '프랑스학파'가 추론과 분석의 방법을 반대하였다는 것은 '전파연구'의 입장에서 보면 매우 합당한 것이다. 왜냐하면 '전파연구'는 반드시 실증적이어야만 하고, 추론과 분석은 반드시 실증의 기초 위에서 실행되어야 하기 때문이다. 그러나 일반적인 '영향연구'에서 사용되는 실증은 전파연구의 그것과는 다르다. 즉, 일반적인 '영향연구'는 눈에 보이지 않고 매우 한정되어진 사실을 기초로 하여 분석과 추리의 방법을 사용하므로 종종 믿을 만하지 못하기도 하다.

지금까지 필자는 '프랑스학파'가 '영향연구' 학파가 아니라는 것과 '프랑스학파'의 실질적인 연구방법은 '전파연구법'라는 것을 설명하였다. 또한 이와 관련하여 '영향분석연구법'과 '전파연구법'이라는 두 연구방법에 대한 구분이 명확하게 이루어져야만 한다는 점도 중요하게 짚고 넘어가야 할 점이라 할 수 있다.

2. '영향'과 '전파'의 차이점으로 보는 전파연구법

국제문학교류사의 연구를 보면 종종 많은 사람들이 '영향(影響)'의 연구와 '전파(傳播)'의 연구를 섞어 말한다. 물론 '영향과 전파'는 공통점이 있다. 즉, 어느 정도 '영향'은 '전파'의 성질을 갖고 있고, 또한 '영향' 역시 '전파'의 성질을 갖고 있다는 것이다. 그러나 비교문학 연구의 서로 다른 영역과 그 방법을 과학적으로 구분하기 위해서는 문학의 '영향과 '전파'라는 두 가지 현상의 본질적인 차이점들을 명백히 밝혀야만 한다. 비교문학에서 '영향'은 일종의 물리적 사실이나 실질적인 개념이 아닌 일종의 관계의 개념으로서, 정신적 또는 심리적 현상으로서 존재하는 것이다. 서양의 고대 점성학에서 기원된 이 '영향(influence)'이라는 단어는 본래 천체와 인류의 반응관계를 의미하였다. 이러한 관계는 경우에 따라서 감지하기가 매우 어려웠으며, 대부분 신비스러운 모습들을 지니고 있다. 따라서 이후에 '영향'이라는 개념은 일반적으로 하나의 사물과 다른 하나의 사물 간의 미묘한 관계를 가리키게 되었다. 중국어의 '영향(影響)'이라는 단어의 형태소인 影(그림자 영)과 響(메아리 향)은 이러한 관계가 바로 그림자와 메아리와 같음을 잘 나타내고 있다. 즉, 영향이라는 존재는 마치 그림자나 메아리와 같이 파악하기 힘든 존재라는 것이다.

문학의 '전파'와 문학의 '영향'은 많은 부분에서 그 차이점을 찾을 수 있다. 가장 쉽게 나타나는 차이점은 바로 경로와 방법상의 차이이다. '문학전파'는 문학정보가 옮겨 다니는 과정이므로 반드시 번역, 신문잡지, 단체조직, 인적교류 등의 유형적인 매개체의 힘을 빌려야 한다. 하지만 '영향'은 이와 다르다. 비록 '영향'을 주고받으려면 '전파'가 선행되어야만 하나, '영향'의 전파는 반드시 눈에 보이는 매개체를 필요로 하지 않는다. 바꿔 말하면 작가가 다른 작가의 영향을 받은 과정이나 하나의 작품이 다른 작품의 영향을 받은 과정을 연구하는 것은 일반적으로 '전파' 연구의 연구방법과 같이 뚜렷한 '문학작품이 지금까지 거쳐 온 과정'을 찾는 것과 다르며, 영향연구를 통하여서는 눈에 보이는 과정과 연결고리 그리고 경로를 찾기 어렵다는 것이다. 영향을 받는 대상은 어떠한 매개체도 통하지 않고 직접적으로 자신에게 영향을 준 대상과 관계를 갖는다. 때문에 종종 영향의 실현방법과 경로가 복잡해지거나 애매해지기도 하며, 직접적인 영향과 간접적인 영향, 순간적인 영향과 지속적인 영향, 유의식의 영향과 무의식의 영향 등 여러 형태의 영향의 모습들이 나타나기도 한다.

발생학적 시각에서 보면 '전파'는 처음 시작될 때부터 자각적이고 의식적인 행위라 할 수 있다. 즉, 고의적으로 외부를 향하여 '내 보내는' 행위이자 의식적으로 밖에서부터 들여오는 행위라는 것이다. 예를 들어 1980년대 일본정부가 관련 기관조직과 작가들에게 자국의 작품을 해외로 보급하는 것을 적극적으로 독려한 이유는 그 당시 세계에 보편적으로 존재했던 일본사람은 단지 '경제적인 동물이다'라는 편견이 틀리다는 것을 밝히기 위해서였다. 이처럼 80년대 일본문학이 해외에서 유행하게 된 것은 일본인들이 의도적으로 자신들의 작품을 외부로 보급한 것과 밀접한 관계가 있다.

문학적 수용효과라는 관점에서 보면, 하나의 작품이 다른 나라로 전파되어지면 약간의 변형과 개작이 있을지라도 대체적으로 그 본래의 상태를 유지한다. 예를 들어 중국소설집 『전등신화(剪燈神話)』는 16세기에 몇몇 문인 작가들에 의해 번역되어 일본에서 널리 유포되었으며, 많은 사람들에 의해 각색되고 모방되었다. 즉, 그 기본적인 줄거리와 인물형상은 그대로 보류하고, 단지 인명, 지명과 세부적인 부분을 일본의 것으로 바꾼 '번안(飜案)'작이 나타나게 된 것이다. 현대 일본학자들은 이러한 '번안소설'의 '출전(出典)'에 대해서 연구를 하고 있고, 번안소설들이 어떤 중국소설의 '번안'인지를 밝히고 있다. 엄격하게 말하자면 이러한 '출전'의 연구는 사실상 문학 '전파'의 연구이며, 문학 '영향'의 연구가 아니다. 즉, '전파'된 작품의 상태와 그 결과에 대한 연구라는 것이다. 왜냐하면 하나의 작품이 번역되고 각색되며 모방되는 것은 외국 문학의 '수용'과 '전파'라는 초보적인 단계에서 이루어지는 것이며, 외국문학을 소화하고 흡수하여 그 이상을 창조해내는 것은 '영향'이라는 고차원적인 단계에 속하기 때문이다.

이를 근거로 우리는 '전파'와 '영향'의 관계와 그 내재적인 차이점을 알아 낼 수 있다. '전파'는 '영향'의 기초이며, '전파연구'는 '영향연구'의 전제조건이자 출발점이라 할 수 있다. 그러나 비교문학 연구방법론이라는 관점에서 보게 되면 '영향연구'와 '전파연구'의 입장은 서로 다르게 나타나게 된다. '영향연구'는 작가가 창조하는 내재적 비밀을 탐구하고, 작가의 창작심리를 밝히며, 작품의 형성원인을 분석하는 연구라 할 수 있으며, 본질상 작가와 작품에 대한 실체적 연구라 할 수 있다. 때문에 '영향연구'는 문학의 내적 연구에 속한다. 또한 영향연구는 심미적인 판단 특히 창작심리 분석, 미학구조 분석의 연구에 근거하고 있다. '영향'은 '수용', '초월(超越)', '독창(獨創)'과 긴밀하게 연관되어 있으며, 이는 대부분 심미판단과 독창적인 심리분석의 연구방법들로 연구된다. 그러나 '전파연구'는 '영향연구'와 다르다. 전파연구는 외재적 사실과 역사사실의 기초 위에 성립된 문학관계에 대한 연구이며, 본질적으로 '프랑스학파'가 연구했던 것과 같은 문학 교류사의 연구라 할 수 있다. 전파연구는 국제문학관계사의 기본적 사실들을 중점으로 하여, 한 나라의 문학작품이 다른 나라로 전해져 들어간 경로, 방식, 매개체, 효과 그리고 반응 등을 중점적으로 연구한다. 또한, 전파연구에서 사용되는 기본적인 연구방법들은 대부분 역사학, 사회학, 통계학 등의 실증적 방법이며, 이는 문학의 외부관계에 대한 연구범위에 속한다. 일반적으로 특수한 경우들을 제외하고, '전파연구'는 구체적인 작가와 작품의 분석과 판단에 대하여 언급하지 않으며, 그 전파와 교류되는 상황만을 중점적으로 본다. 전파연구와 관련된 중요한 개념으로는 '연원(淵源)', '매개체', '수입(輸入)', '피드백' 등이 있다.

　우리는 구체적인 연구실례들을 종합하여, '전파연구'와 '영향연구'의 차이점을 설명할 수 있다. 용(龍)이라는 문학형상에 대한 중국의 용과 인도의 용(Naga)의 비교연구를 예로 들어서 설명하겠다. 취스츄(瞿世

休), 타이징눙(台靜農)은 일찍이 '용'은 중국 토산품이 아닌, 인도에서 '건너 온 수입품'이라고 주장하였다. 지셴린(季羨林) 역시 이 견해에 동의하며, "이 물건(용)은 토산품이 아니고, 인도에서 수입해 온 것이다."[8]라고 말했다. 그러나 이후 옌윈샹(閻云翔)은 석사논문 「중국 용왕용녀 고사에 미친 인도의 Naga 고사의 영향」[9]에서 심도 있는 연구를 통하여 이전과는 다른 결론을 얻었다. 그는 "용왕용녀 고사가 외국에서 온 수입품이라고 말할 수 없고, 또 간단하게 용왕용녀 고사가 인도에서부터 수입된 것이라고도 말할 수 없다. 영향과 수용은 한 글자의 차이지만 본질적인 차이를 가지고 있다. …… 용왕용녀 고사는 결코 Naga 고사의 복사물이 아니며, 수입품은 더더욱 아니다. 이는 외국의 영향을 받은 중국의 창작물이다."라고 주장하였다. 우리는 상술한 두 종류의 서로 다른 결론을 통하여, 그들의 서로 다른 입장과 서로 다른 연구 방법을 알 수 있다. '수입'을 말하는 입장과 방법은 '전파연구'에 속하고, '영향을 말하는 입장과 방법은 바로 '영향연구'에 속한다. 때문에 옌윈샹은 "영향과 수용은 한 글자의 차이지만 본질적인 차이를 가지고 있다."는 것에 대해 깊이 이해하였다고 할 수 있다. 이러한 연구실례는 '전파(傳播)와 수입(輸入)의 관계'와 '영향(影響)과 수용(接受)의' 관계가 국제문학관계에서 서로 다른 형태의 관계라는 것을 강력하게 뒷받침한다. 만약에 이 두 가지 형태의 관계를 정확하게 구분하지 않는다면, '영향과 수용'의 관계와 '전파와 수입'의 관계를 혼동하기 쉬우며, 과학적이고 정확한 결론을 유추하는 데 방해가 된다.

---

8) 季羨林: 「印度文学在中国」, 见『比较文学与民间文学』, 北京大学出版社, 1991年, 第106页.

9) 閻云翔: 「论印度的那伽故事对中国龙王龙女故事的影响」, 见郁龙余编『中印文学关系源流』, 湖南文艺出版社, 1987年, 第413页.

'전파연구'와 '영향연구'라는 이 두 비교문학 연구방법을 명확하게 구분하는 것은 매우 중요하고 또 필요하다. 또한 전파연구와 영향연구의 구분은 연구방법 구분의 과학화에 지대한 영향을 미칠 수밖에 없다. 현재 유행하는 '영향연구(影響研究)'와 '평행연구(平行研究)'의 이분법은 이론상으로 맹점(盲點)이 존재한다. 일반적으로 '영향연구'와 '평행연구'의 차이점은 연구대상 간의 사실관계가 존재하는가의 여부에 달려 있다. 즉, '영향연구'는 사실관계가 있는 것에 대한 연구이고, '평행연구'는 사실관계가 없는 것들에 대한 연구라는 것이다. 그러나 문제는 바로 이 '사실'이라는 단어로부터 나타난다. 앞서 말한 것과 같이 '영향'을 '사실'로 간주하는 것은 매우 특수한 '사실'이다. '사실'이라는 것은 명확한 증거를 통해 인정된 것이며, 믿을만한 근거를 제시할 수 있는 것이다. 그러나 이러한 '사실'들과는 달리 겉모습은 그럴듯하지만 실제로는 그렇지 않은 것과 애매모호한 것 그리고 정확하게 파악할 수 없는 것들은 일반적으로 사실로 간주되지 않으며, 기껏해야 실증을 덧붙여야 하는 '준(準)사실' 정도로만 인정된다. 비교문학에서의 '영향'은 정확하게 파악할 수 없는 '준사실'이다. 이러한 '영향'의 성격은 비교문학을 연구하는 연구자에게 '영향연구'가 사실관계를 기초로 하는 연구인지 아닌지에 대해 의문을 갖게 만든다. 그렇다면 지금부터 수집된 사실들을 정리하고 분석하여 국제문학 간의 교류를 증명하고, 특정한 국가의 작품들과 문학사조 및 그 국가에서 나타난 문학유파와 이론주장들이 어떻게 다른 국가로 전해졌는지 알아본다고 가정해보자. 만약 이에 대해 확실한 정리와 분석이 이루어졌다고 하더라도, 이러한 사실관계만으로는 작가나 작품의 영향관계를 충분하게 증명하기 어렵다. 또한 우리는 이 문제에 대해 여전히 명확하게 설명을 할 수도 없을 것이다. 예를 들어 중국과 러시아의 문학관계 연구를 보면, 수많은 러시아문학들이 중국으로 전해져 들어간 사실을 알 수 있다. 루쉰(魯迅)은 일찍이 러시아작가 고골(Nikolai Vasil'evich Gogol')을 긍정적으로 평가하였고, 또한 고골의 소설『광인일기(Zapiski sumasshedshego)』와 같은 동명(同名)의 소설까지 썼다. 이러한 사실은 러시아문학이 중국에 전파되고 중국작가가 러시아문학과 고골의 문학을 수용한 것에 대해 충분히 설명할 수 있다. 하지만 루쉰의『광인일기(狂人日記)』가 고골의 영향을 받았는가에 대해 증명할 수 있을까? 만약 영향을 받았다고 가정하고, 여기서 한발 더 나아가 '구체적으로 어떠한 영향인지', '어느 정도의 영향인지' 등을 묻는다면 대답하기가 어렵다. 왜냐하면 이것은 또 다른 측면의 문제이기 때문이다. 즉 '전파' 문제와 '영향' 문제는 서로 관련되어 있는 문제임과 동시에 다른 측면의 문제이기도 하다.

이러한 상황에서 누군가는 "'영향연구'가 본래 '영향을 실증할 수 없는 것이라면, '영향연구'는 어떠한 가치가 있는 것인가?"라는 의문을 제기할 수도 있다. 또한 '전파'연구와 '영향'연구의 성질이 서로 다름을 분명하게 밝히지 않았으므로 '영향연구'가 더욱 광범위하고, 더욱 전체적인 연구가 되기를 바랄 수도 있다. 즉, '영향연구'를 통해 문학교류의 사실들을 명확히 정리할 수 있기를 기대하며, 동시에 작가의 창작과 작품구성의 내부체제에 대한 심도 있는 탐구도 바란다는 것이다. '영향연구'라는 것이 이미 어느 정도 문학교류의 사실을 명확히 정리한다는 목표에 도달하게 되면 사람들은 이 정도에 만족하지 못하고, '영향연구'는 단지 '지금까지의 영향관계'만을 나타내는 것이며 '문학의 무역관계'의 연구일 뿐이라 비평한다. 또한 이런 종류의 연구방법은 문학의 실체와 본질에 깊이 들어갈 수 없다고 생각하기도 한다. 또 다른 각도로 보면 그들이 과학적인 방법을 사용하여 '영향' 문제를 증명하려 할 때, 실증적 방법은 '영향'의 존재를 증명할 수 없기 때문에 실증적 방법을 사용하는 것이 적합하지 않다는 것을 알게 된다. 그래서 '영향연구'는 불가능한 것이며 '실증연구'도 할 수 없다고 여기고, 전면적으로 영향연구를 부정하고 영향연구를 없애자고 주장하기도 한다. 이는 바로 1950년대 이후 '미국학파'의 일관적인 견해이며, 90년대 이후 중국 비교문학학계의 어떤 학자는 '영향연구'를 부정하는 이런 종류의 주장에 동의하기도 하였다.

이러한 편파적 주장의 근본적이고 결정적인 원인은 '영향'과 '전파'를 뒤섞어 명확하게 구분하지 않았으며, '전파연구'가 사용하는 실증적 연구방법과 '영향연구'가 사용하는 분석적 연구방법에 대해 정확한 구분을 하지 않았기 때문이다. 즉, 실증연구의 연구 성과를 가지고 영향연구에 대해 평가하고, 실증연구 연구방법의 한계성으로 영향연구의 가치를 전면적으로 부정하였으며, 실증연구가 영향의 존재를 확증할 수 없음으로 인해 비교문학연구에서의 실증연구방법을 부정하였다는 것이다. 또한 '전파연구'를 통해서는 작가창작의 내재적 형성원인을 밝힐 수 없으므로 국제문학관계사(문학의 전파) 연구의 가치는 종종 지나치게 낮게 평가되기도 하였다.

이러한 문제점들은 모두 '전파연구' 방법이 일반적으로 말하는 '영향연구' 방법 속에서 반드시 분리되어야 한다는 것을 뒷받침한다.

필자는 '프랑스학파'로부터 시작된 비교문학의 '전파연구'방법이 비록 그 역사적 한계성(유럽 중심론, 프랑스 중심론 등)을 가지고 있지만, 그들이 세워놓은 방법론의 기초는 오늘날에도 여전히 시대에 뒤떨어지지 않았다고 생각한다. 특히 중국에서 비교문학의 '전파연구'는 현재 활발히 진행되고 있으며, 매우 중요시되고 있다.

3. 전파연구법의 운용 및 그 의미와 가치

'전파연구'는 비교문학 연구의 기본방법 중의 하나로서 독특한 적용대상 및 운용가치와 활용방법을 지니고 있다.

'전파연구'법의 적용대상은 국제문학교류사, 혹은 국제문학관계사이다.

종적(縱的)인 역사적 시각에서 보면 비교문학의 전파연구의 주된 연구범위는 국제문학관계사이다. 일반적으로 말하는 '국제문학관계사'라는 것은 커다란 연구범위일 뿐, 구체적인 연구대상은 아니다. 예를 들면 한 나라의 연구자들은 종종 본인 나라의 독특한 입장에서 본국 문학과 타국 문학의 전파관계를 연구한다. 프랑스의 학자들이 프랑스 문학이 유럽국가로 전해진 것에 대해 연구하거나, 혹은 다른 유럽국가의 문학이 프랑스에 전해져 온 것에 대해 중점적으로 연구하였던 것이 이에 속하며, 또한 중국의 비교문학 전파연구가 중국문학에 입각하여 모든 역사시기나 특정한 역사시기의 중국과 다른 국가 혹은 다른 지역 간의 문학전파 관계를 연구하는 것 역시 이에 속한다. 중국에서는 특히 1990년대 이후로 20여 년 동안 문학전파연구의 성과가 끊임없이 나타났다. 이러한 연구 성과들은 대부분 '외국에서의 중국문학' 혹은 '중국에서의 외국문학'의 형식으로 명명되었다. 1989년, 국제문화출판회사는 프랑스학자 클라우딘(Claudine Marie Salmon)의 『아시아에서의 중국 전통소설』①을 번역하여 출판하였다. 이 책은 세계 각국의 학자들이 집필한 17편의 문장들을 수록하였고, 중국전통소설이 한국, 일본, 몽고, 베트남. 태국, 캄보디아, 인도, 말레이시아 등 아시아 각국에 전파된 상황을 각각 나누어 설명하였다. 그리그 1994년에 베이징어언학원출판사에서 출판된 쏭보녠(宋伯年)의 『해외에서의 중국고전문학』②은 중국고전문학이 세계범위에 전파된 개략적인 상황을 기술하였다. 뒤이어 황밍번(黃鳴奮)의 『영어권으로 전파된 중국고전문학』③과 한국학자 민관동의 『한국에서의 중국고전소설전파』④가 차례로 출판되면서 중국고전문학이 영국, 미국 등 영어국가와 한국에 전파된 상황을 서술했다. 또한 라오펑쯔(饒芃子)의 『동남아시아에서의 중국문학』⑤은 중국문학이 동남아시아 각국으로 전파된 상황을 연구했다. 이외에도 구체적인 작품들이 국외로 전파된 상황 역시 많이 연구되어졌다. 후언빈(胡文彬)의 『해외에서의 「홍루몽」』⑥과, 허샹주(何香久)의 『「금병매」 전파사화: 한 권의 기서(奇書)와의 전 세계적 기우(奇遇)』⑦ 등이 이에 속한다. 또한 외국의 작가나 작품이 중국으로 전파된 상황을 연구하기도 하였는데, 양런징(楊仁敬)의 『중국에서의 헤밍웨이』⑧가 대표적이다. 90년대 초, 광저우화성출판사는 『해외에서의 중국문학 총서』⑨를 기획하여 『일본어서의 중국문학』, 『한국에서의 중국문학』, 『러시아에서의 중국문학』, 『영국에서의 중국문학』, 『프랑스에서의 중국문학』 등의 여러 전파연구 전문저서를 출판하였다. 필자의 『중국에서의 동방각국문학: 번역 및 소개된 상황과 연구사』⑩는 백여 년 동안 동방각국문학이 중국에 전파된 상황을 체계적으로 평론한 최초의 전문저서이다. 이러한 전파연구 저서들은 앞서 설명한 영향연구, 평행연구와 비교해보면 독특한 특색을 지니고 있다. 그중에 가장 중요한 특색은 연구의 중점을 발신자(傳播者)에 두지 않고 전파과정(傳播過程), 전파매개체(傳播媒介), 그리고 수용자(接受者)의 이해 및 평론과 평가에 둔다는 점이다. 전파매개체는 주로 번역가와 번역, 신문잡지, 문학단체와 사회단체 등에 대해 구체적인 소개와 분석을 통해 연구된다. 그리고 수용자에 대한 연구는 수용자를 작가로만 한정하지 않고, 모든 신분, 모든 계층인사들의 서로 다른 수용상황에 대해 분석하고 논평하는 것이다. 이는 영향연구와 구별되는 아주 중요한 특징이라 할 수 있다. 예를 들면, 양런징(楊仁敬)은 『중국에서의 헤밍웨이』를 통해 당시의 장제스(蔣介石)를 비롯한 여러 정치가들이 헤밍웨이를 환영하고 접대하는 모습을 아주 세밀하게 묘사하였다. 지금까지 내용을 통해 전파연구의 주된 임무는 작가와 작품 간의 영향관계를 연구하는 것이 아니라, 발신자의 전파과정과 발신자가 전파되는 경우들을 연구하는 것이라는 것을 알 수 있다. 전파연구가 중요시하는 것은 작품과 작가의 영향분석이 아니고, 전파의 역사과정에 대한 정리와 자료 분석이다. 이러한 전파연구는 연구의 역사학, 문헌학적인 가치를 부각시킨다. 즉, 만약 '영향연구'가 문예학의 연구와 작품의 텍스트 분석을 주로 한다고 한다면, '전파연구'는 문학의 문화사학(文化史學)적 연구라 할 수 있다.

반대로 동시대적이고 횡적(橫的)인 시각으로 보자면, 비교문학의 전파연구는 상당히 큰 현실적 의의와 응용가치를 가지고 있다. 지금은 정보의 세계이며 정보화 사회이다. '전파학(傳播學)'적 시각으로 보면, 문학은 정보이며 문학의 사회화 과정은 역시 하나의 정보가 전파되는 과정이라 할 수 있다. 비교문학의 '문학전파' 연구가 중점적으로 연구해야 할 부분은 많은 외국 문학작품들 중에서 어떠한 작품이 전파되어 받아들여진 후에 보편적으로 대중들에게 수용되는 정보로 쉽게 바뀌는가이다. 역사적으로 문학의 전파는 대부분 의도적이지 않았으며, 심지어는 우연히 전파된 경우도 많았다. 예를 들어 수많은 원(元) 잡극 중에서 왜 유일하게 『조씨고아(赵氏孤儿)』만이 프랑스 및 유럽에 전파되었을까? 또한 다른 수많은 당(唐) 전기(傳記) 중에서 오히려 중국에서 별로 유명하지도 않은 『유선굴(游仙窟)』이 일본에서 왜 중시되는 것일까? 여기에는 역사적 우연성이 존재한다. 하지만 당대(當代)의 문학전파연구는 단지 이러한 우연적인 역사적 사실들을 피동적으로 진술하는 것을 넘어서서 전파(傳播)를 받아들인 사회문화의 분위기와 환경조건을 적극적으로 분석하야만 한다. 때문에 전파연구는 문학전파의 전반적인 흐름을 이끌어 가게 되었다. 이러한 문학전파의 흐름을 잘 이해한 번역가와 출판사들은 사업적으로 성공을 거두었다. 1980년대 중국에서 베스트셀러로 지정된 외국작품들은 사실상 번역가와 전파매개체들이 고의적으로 마케팅한 것들로서 대표적으로 미국소설 『랑교유몽(廊桥遗梦)』이 이에 속한다. 『랑교유몽』은 90년대 중반에 중국 전역에 널리 보급되었고, 그 번역본의 발행량은 놀랄 정도였다. 또한 해적판이 넘쳐났고, 영화는 매회 만원을 이루었으며, TV 시청률 및 VCD 판매율도 매우 높았다. 『랑교유몽』은 19세기 낭만주의 애정소설의 전통적인 수법을 사용하여 비도덕적인 혼외정사 이야기를 서술하고 있다. 비록 수법과 이야기는 평범하기 그지없지만, 작품 속의 주인공은 전통적인 성도덕을 지켜온 중국독자와 관중에게 많은 관용과 동정을 받았다. 몇몇 대중매체들의 보도에 따르면, 『랑교유몽』이 이토록 너그럽게 받아들여진 것은 당시 많은 중국 독자들, 특히 청장년 독자들의 가정과 성(性) 그리고 사랑에 대한 도덕성이 조금씩 무너지고 있는 것을 의미하며, 앞으로 이와 같은 작품들이 꾸준히 독자들의 관심을 받을 것으로 전망된다고 하였다. 아니나 다를까 1990년대 말, 중국의 몇몇 출판사들이 일본작가 와타나베 준이치(渡辺淳一)의 혼외정사를 제재로 하는 소설을 연속으로 출시하였을 때에도 역시 중국독자들에게 많은 인기가 있었으며, 그 당시로는 매우 드물게 베스트셀러가 되었다. 또한 해적판이 시장에 넘쳐나 몇몇 출판사들은 어려움을 겪었을 뿐만 아니라, 번역 저작권을 놓고 분쟁까지 생겨나기도 하였다. 이러한 상황들은 비교문학 전파연구의 현실적인 문제일 뿐만 아니라, 전파연구가 번역가와 출판사에게 전파상황에 대한 예측을 제공한 결과이기도 하다. 당대세계문학을 대상으로 하는 비교문학의 전파연구는 당대문학의 소비(消費)와 문학의 수용에 대한 연구이다. 그리고 국제적인 문학관계에 대한 연구일 뿐만 아니라, 국제문학이라는 '커다란 시장'에 대한 연구이다. 또한 이것은 역사적으로 있었던 일에 대한 연구이자, 이와는 반대로 미래를 전망하고 예측하는 연구라고도 할 수 있다. 때문에 비교문학의 전파연구는 중외(中外)문학과 세계문학의 광범위한 전파와 교류를 이끌어 내고 촉진시킨다는 점에서 매우 중요한 현실적 의의가 있다. "우리가 비교문학을 연구할 때, 사람들이 '실용주의', '공리주의'라고 비판하는 것을 두려워하지 마라. 무슨 일을 할 때든지 반드시 실용과 공리에 대해 생각해야 한다."[10] 라는 지셴린(季羨林) 선생의 말은 이러한 면에서 볼 때 매우 적절하다. 즉, 문학의 전파연구는 이론가치가 있을 뿐만 아니라, 위에서 언급한 것처럼 '실용적', '공리적' 가치도 있다고 할 수 있다. 이와는 반대로 비교문학연구에서 '문학성'의 연구를 최고로 보고, '문학성'이란 바로 원본의 심리분석과 판단이라고 주장하는 '심미 지상주의'자들의 견

---

10) 季羨林: 「当前中国比较文学的七个问题」, 见『比较文学与民间文学』, 北京大学出版社, 1991年, 第318页.

해에는 반대를 할 수밖에 없다. 필자는 비교문학연구에서 '전파연구'와 심미분석을 중점으로 하는 모든 연구들은 각각 동등한 가치를 가지고 있고 생각한다. 즉, 연구대상과 연구범위에는 좋고 나쁨이 없으며, 단지 연구의 질과 그 수준을 통하여서만 우열을 가릴 수 있다는 것이다. 지금까지 우리는 '전파연구'를 '영향연구'에서 분리시키는 것에 대하여 논하였다. 전파연구를 영향연구에서 분리시키는 목적은 학과이론상 '전파연구'의 독립성과 그 가치를 명확하게 하고, '전파연구'와 '영향연구'의 차이점을 확실히 하여 각기 알맞은 연구를 함과 동시에 서로 보충할 수 있게 함이다. 그리고 비교문학의 연구범위와 연구방법을 더욱 과학적으로 구분하고, 연구실천에 있어서 그 활용성을 더욱 높이는 데 있다.

제2절 영향분석법(影響分析法)

1. '영향' 및 '영향연구'에 대한 정의 및 다른 해석과 논쟁

'영향연구'는 비교문학에서 가장 중요한 개념 중의 하나이자, 그에 따른 많은 해석과 논쟁이 있는 개념 중에 하나이다. 앞 절에서 이미 우리는 오랜 기간 동안 혼동되어왔던 '영향연구'와 '전파연구'의 개념에 대해 명확히 구분을 하였다. 이러한 선행 작업을 통하여, 지금부터 본격적으로 설명할 영향연구에 대해 훨씬 수월하게 이해할 수 있을 것이다.

본격적인 설명에 앞서, 먼저 영향연구에 대한 비교문학 이론가들의 서로 다른 이해와 견해에 대해 알아보도록 하겠다. 초기의 프랑스학파 학자들은 국제문학관계사를 비교문학 연구의 전부라고 생각하였고, 국제문학 간의 '사실관계'의 발견과 논증을 연구의 목적으로 삼았다. 앞서 이미 지적한 바와 같이, 프랑스학파는 '영향연구'에 대해 회의적이었다. 왜냐하면 그들은 '영향이란 것은 실증하기 어려운 것이고, '측정할 수 없는 요인'이며, '연구하기에 매우 어렵고, 게다가 종종 신뢰할 수 없는 것'이라는 것을 잘 알고 있었기 때문이다.[11] 때문에 국제문학사의 연구를 할 때에는 "'영향'이라는 걸림돌을 피해야 한다."라고 하였다.[12] 귀스타브 랑송(Gustave Lanson)은 "특정한 의미의 '영향'이란 '한편의 작품으로부터 다른 한편의 작품이 생겨날 때의 미묘하고 신비스러운 과정'이라 정의할 수 있다."라고 하였다. 또한 그는 "진정한 영향이란 한 국가에 속해 있는 문학의 돌연변이이며, 과거 그 나라의 문학적 전통과 작가의 독창성만으로 설명할 수 없는 그 나라 문학에 나타난 현상이다. 사실 진정한 영향이란 제재를 선택하는 것과 비교해보면, 보다 정신적인 존재라 할 수 있다. …… 마음으로만 터득할 수 있는 것이며, 그 실제를 나타낼 수 없는 것이다."라고 하였다.[13] 이런 것으로 보아 프랑스학파는 기본적으로 '영향연구'를 주장하지 않았다는 것을 알 수 있다. 또한 이것은 그들의 비교문학

---

11) J-M. 枷例: 『『比較文學』初版序言』, 見『比較文學硏究資料』, 北京師范大學出版社, 1988年, 第43頁.

12) 馬·法·基亞: 『比較文學』, 北京大學出版社, 1983年版, 第16頁.

13) 朗松: 「試論"影響"的槪念」, 轉引自日本大冢幸男著, 陳秋峰譯 『比較文學原理』, 陝西人民出版社1985年版 第32頁.

관념이 편협하며 실증주의적인 편견을 지니고 있다는 것을 반영하므로, 현재 비교문학의 본보기로 삼기에는 부족하다. 그러나 프랑스학파는 '영향연구'의 문제에 있어서 많은 학술적 공헌을 하였다. 그들은 문학에서의 '영향'의 특징을 확실하게 의식하고 있었으며, '영향'이란 사실상 파악하기 어려운 것이며, 실증을 할 수 있는 사실이 아니라고 주장하였다. 다시 말하면 '영향연구'는 비교문학의 연구방법 중 하나로서 '사실관계'를 밝히는 것을 목적으로 하는 실증연구와는 서로 다르다는 것을 인지하고 있었다는 것이다. 필자는 '영향연구' 및 그 특징을 인식하는 데 있어, 후대사람들의 의견끼리 다소 차이가 있을지라도 대부분 프랑스학파의 생각과 일치한다고 본다. 심지어 수많은 '미국학파' 및 미국학자의 글을 보면 그들이 '프랑스학파'의 '영향연구'에 대해 비슷한 견해를 갖고 있다는 것을 발견할 수 있다. 예를 들면, 미국학자 기엔(Claudio Guillén)은 "'영향'은 일종의 심리현상이며, 영향을 받은 작품 속에서는 눈으로 볼 수 있는 흔적을 찾을 수 없다."[14]라고 하였다. 또한 미국비교문학학자 조셉. T. 쇼(Joseph T. Shaw) 역시 "작가와 그의 예술작품이 만약 외국에서 온 것과 같은 효과를 보이면, 게다가 이러한 효과가 모국의 문학전통과 본인의 문학적 발전을 통해 설명할 수 없는 것이라면. 우리는 이 작가가 외국 작가의 영향(影響)을 받았다고 할 수 있다."[15]라는 랑송(Gustave Lanson)의 의견과 비슷한 말을 하였다. '미국학파'의 대표인물 웰렉(René Wellek)의 '영향연구'에 대한 견해는 마치 '프랑스학파'의 견해와 상충하는 것처럼 보인다. 그

---

14) 轉引自維斯坦因: 『比較文學與文學理論』, 遼寧人民出版社, 1987年, 第47頁.

15) 約瑟夫・T 肖: 「文學借鑒與比較文學研究」, 見『比較文學研究資料』, 北京師範大學出版社, 1988年, 第119頁.

러나 그가 '프랑스학파'의 '영향'에 대해 잘못 이해하고 있었다는 점을 고려한다면, 사실상 그의 의견은 '프랑스학파'와 크게 다를 것이 없다. 웰렉은 "영향연구를 통해서는 단지 원천과 영향, 원인과 결과에 대해서만 연구할 수 있을 뿐, 하나의 예술작품에 대해 총체적인 연구를 할 수 없다. 왜냐하면 모든 작품은 온전히 외국의 영향으로만 이루어질 수 없으며, 다른 나라에 영향을 주기만 하는 방사점(放射點, radiating point)으로만 여겨질 수도 없기 때문이다."라고 말하였다. 그는 프랑스학파의 '영향연구'는 문학의 사실관계에만 연연하고, 작가작품에 대해 심미적인 판단과 비평을 할 수 없다고 여겼다. 또한 사실상 프랑스학파의 영향연구가 연구하는 것은 문학의 '무역관계'이며 '문학' 본연의 연구가 아니므로, '영향연구'는 비교문학 학과의 '위기'를 초래하게 하였다[16]고 주장하였다. 여기서 웰렉이 프랑스학파에 대해 사실관계에 집착하는 편협한 비교문학 연구라고 지적한 것은 매우 합당하다고 본다. 하지만 그는 영향연구와 프랑스학파가 주장한 전파연구를 구분하지 않았기 때문에, 영향연구가 문학의 무역관계를 연구하는 것이 아니라는 것을 간파하지 못하였으며, 그가 재차 강조하던 비교문학연구의 문학성 문제는 오히려 영향연구와 중복되는 부분이 많게 되었다.

현재 중국에서 몇몇 학자들은 여전히 반세기 전에 제기된 미국학자 웰렉의 주장을 반복하고 있고, '프랑스학파'에 의해 이미 명확하게 정의 내려진 '영향연구'라는 개념에 대해 고의든 아니든 곡해(曲解)를 하고 있다. 본래 프랑스학파의 학자들과 수많은 미국학자들은 모두 '영향연구'는 일종의 확증하기 어려운 정신적 현상이라고 주장하였

---

16) 勒內 韋勒克: 「比較文學的危机」, 見『比較文學硏究資料』, 北京師范大學出版社, 1988年.

다. 하지만 얼마 전에 어떤 중국학자가 '영향연구'는 단지 문학의 '무역관계'를 연구하고 영향의 '노선'을 찾는 것이며, 미학(美學)적 판단을 할 수 없는 것이라는 내용의 글을 발표하였다. 또한 몇몇 중국학자들은 '실증연구'의 기준으로 '영향연구'를 판단하기도 한다. 즉, '일단 중국작가들의 창작세계 속으로 들어가 보면, 어떠한 제재가 외국의 영향을 받은 것이고, 어떠한 것이 독창적인 것인지를 분별하기 어렵다'는 것을 발견하고, 실질적으로 '영향연구'의 실증방법은 '영향관계'에 대해 실증할 수 없다고 주장한다는 것이다. 때문에 그들은 '고증방법은 표면상으로는 과학적이지만 실제로는 과학적이지 않으며", "영향을 고증하는 것은 매우 위험한 것이다."라고 주장한다. 그리고 심지어 중국문학이 외국의 영향을 받은 것에 대하여 말할 때, '중국은 모방을 하면서 성장한다' 혹은 중국문학은 '아직 성숙하지 않다'라는 결론을 내림으로써, 중국문학과 외국문학의 불평등을 초래한다고 여긴다.

지금까지 비록 많은 학자들이 '영향연구'에 대해 백년 이상 연구를 했음에도 불구하고, '영향연구'는 비교문학 학과이론의 가장 기본적인 문제이자, 여전히 많은 으해와 편견을 갖고 있는 개념이라 할 수 있다. 우리는 이러한 영향연구에 대해 꾸준히 분석하고 논술하여 명백하게 밝힐 필요가 있다.

2. '영향연구'의 방법 및 그 운용

'영향의 연구란 온전히 실증적인 연구라고도 할 수 없으며, 평행연구와 같이 사실관계가 전혀 없는 연구라고도 할 수 없다. 이러한 특성은 바로 영향연구 자체의 독특한 연구방법과 사고의 방향을 결정하는 데 커다란 작용을 하였다.

모든 학과의 연구는 판단과 가설(假設)을 떠나서 진행될 수 없다. 이론 그 자체는 어떠한 의미로 보면 가설이라 할 수 있다. 연구자가 어떠한 작가와 작품이 외국의 다른 작가와 작품의 영향을 받았다는 것에 대해 연구할 때 반드시 확실한 사실을 통해 증명해야만 하는 것이 아니며, 반드시 실증연구를 해야만 하는 것도 아니다. 커다란 의미로 보면 그것은 일종의 판단과 가설이다. 때문에 '영향연구'를 운용하는 방법의 첫걸음은 바로 판단과 가설이라 할 수 있다.

판단과 가설이란 다소 불충분한 사실 조건 속에서 직감과 분석 그리고 추리에 근거하여 영향관계 존재의 가설을 제기하고, 어떠한 작가와 작품이 다른 외국문학의 영향을 받은 것에 대해 알아내는 것이라 할 수 있다. 비교문학 연구에 있어서 이런 종류의 가설의 제기는 결코 허망한 상상이 아니라, 유한(有限)한 사실을 기초로 한 분석과 판단이다. 여기서 말하는 '유한한 사실'이란 '전파연구'를 통해 실제로 증명된 문학전파사(傳播史)의 사실들을 가리킨다. 때문에 '영향의 가설'을 세우는 것 역시 '전파연구'가 확인할 수 있는 사실들을 출발점으로 삼는다. 우리는 여기서 '전파연구'와 '영향연구'의 일치점 및 연관되는 점을 찾을 수 있다. '영향연구'에서 학술적으로 가치 있는 가설을 세우는 것은 일정 기간 이러한 가설에 대해 심도 깊은 분석 및 논증을 할 수 없더라도, 가설을 제기하였다는 것 자체로 중요한 학술적 의의를 갖는다. 학술적 가치가 있는 가설의 제기는 종종 비교문학연구의 중요한 영역을 개척하도록 하고, 넓고 활발한 사고력을 갖도록 한다. 또한 후대 연구자에게 재미있는 연구 과제를 남기도록 한다. 따라서 연구자가 영향관계에 대한 학술적 가치가 있는 가설을 제기하는 것은 쉬운 일이 아니다. 왜냐하면, 영향관계에 대해 학술적 가치가 있는 가설을 제기하려면 비교적 풍부한 학식과 무궁무진한 상상력이 있어야만 하기 때문이다. 예를 들면,『서유기(西游记)』와 인도문학의 관계에 대한 연구에서 루쉰은『서유기』의 손오공이 중국신화와 전설 속의 '원숭이 같은 형상'을 하고 있는 화이수이(淮水)의 신, "우즈치(无支祁)" 형상의 영향을 받았다고 여겼다.[17] 이것은 일종의 판단과 가설이라 할 수 있다.『서유기』⑪의 후스(胡适)가 쓴 대서(代序)『「서유기」고증(考证)』을 보면, 후스는『서유기』에서 묘사된 손오공의 형상은 어쩌면 인도의 대역사시『라마전(拉麻传)』⑫의 영향을 받았을 가능성이 더 크다고 주장한다. 그는 "나는 줄곧 이런 신통하고 광대한 원숭이가 국산품이 아니라, 본래 인도에서 들여온 것이라고 의심했다. 어쩌면 우즈치 신화 조차도 인도의 영향을 받아 만들어진 것일지도 모른다. …… 나는 …… 인도 최고의 기사시(記事詩)『라마전』속에서 하누만(hanuman)이라는 것을 찾았는데, 이것은 제천대성(齊天大聖)의 배경으로 삼을 만하다."라고 기록했다. 여기서 분명한 것은 루쉰과 후스 모두 서유기의 손오공 형상이 영향을 받은 것에 관한 문제에 대해 판단과 추정만 하였을 뿐이지, 확실한 실증을 하지 못하였다는 점이다. 후스는『서유기』가『라마야나(Ramayana)』의 영향을 받았다고 간주했다.

> 중국과 인도는 천여 년 동안 문화적으로 밀접한 관계를 맺고 있으며, 중국에 와 있는 인도인은 그 수를 셀 수 없다. 이러한 상황에서, 이 위대한 하누만 고사(故事)가 중국으로 전해 들어오지 않을 수 없

---

17) 魯迅:『中國小說史略』,『中國小說的歷史變遷』, 分別見『魯迅全集』(第9卷), 人民文學出版社, 1981年, 第85頁, 第317~318頁.

다. 때문에 나는 하누만이 손오공(猴行者)의 근원이라고 가정한다.

지금까지 설명한 것들은 전형적인 '영향연구'의 예시이다. 이것은 후스가 말한 학술연구에 대한 명언인 "대담하게 가정하고, 조심스럽게 실증을 찾자(大膽假設, 小心求證)"에 부합된다. 우리들도 이 말을 비교문학 '영향연구' 방법의 기본적인 요점과 특징으로 생각하여야 한다. 즉, '대담하게 가정하다'는 '영향연구'를 진행할 수 있도록 하는 전제조건이며, '조심스럽게 실증을 찾자'는 즉 '가정'의 성립을 지탱시키는 것이라 할 수 있다. 뿐만 아니라 여러 상황 속에서 '실증을 찾는 것'은 전파연구처럼 확실한 사실을 제기하는 것이 아니고, 분석과 추리를 통해 자신의 학설을 그럴듯하게 설정하는 것이라 할 수 있다. 비록 후스는 손오공의 형상과 『라마야나』의 관계에 대하여 가설을 세우고 그에 따라 추론을 할 뿐이었지만, 학술적으로 매우 큰 깨우침을 남겼으며, 이 문제에 대한 후대 연구의 길을 개척한 선구자의 역할을 하였다. 자오궈화(趙國華) 역시 1980년대 쓴 논문을 통해 영향연구의 가설 및 추론과 전파연구의 실증 및 고증연구를 결합하였으며, 손오공과 하누만에 대해 상당히 높은 수준의 비교연구를 하였다. 이 논문은 많은 학자들을 납득시켰을 뿐만 아니라, 매우 새롭다는 평가를 받기도 하였다.[18]

'판단과 가설'을 시작으로 하여, '영향연구'는 두 번째 단계로 진입한다. 이 두 번째 단계는 바로 작가와 작품에 대한 영향분석(影響分析)으로서 비교적 심도 있는 연구라 할 수 있다. 이것은 '영향연구'의 핵심이자, '영향연구'와 '전파연구'가 서로 구분되는 가장 커다란 차이점

---

18) 趙國華: 「論孫吾空神猴形象的來歷」(上、下), 載『南亞研究』, 1986年 第1~2期.

이라 할 수 있다. 때문에 일반적으로 말하는 '영향연구방법'은 학술적으로 '영향분석법'이라 하는 것이 마땅하다.

지금까지 우리는 비교문학에서 말하는 영향이란 물리적인 사실이 아니고, 실체를 갖고 있는 거념 역시 아니며 일종의 '관계'의 개념이라는 것과 영향은 정신적, 심리적인 현상으로 존재하는 것이며, 영향을 주는 것과 영향을 받는 것은 그림자나 메아리와 같아서 명확하게 측정하여 분석하기 어렵다는 것을 여러 번 반복하며 강조하였다. 그러나 측정하여 분석이 불가능하다는 것이 곧 확인할 수 없고 실증할 수 없다는 것을 뜻하는 것은 아니다. '영향의 존재를 실증하는 방법과 그 경로는 다양하다. 그러나 여전히 가장 중요하게 여겨지는 방법들은 구체적인 작가와 작품 혹은 그 주제와 제재에 대한 분석 및 전형적인 인물에 대한 분석. 그리고 플롯구조에 대한 상세한 분석과 형상과 이미지의 대비 등이다. 한마디로 말하면, 가장 중요한 것은 구체적인 작품의 심미적인 비평이며, 이 문제에 있어서 필자의 생각과 미국학자 웰렉의 견해는 서로 다르다. 웰렉은 영향연구에 대해 "한 편의 예술품을 완벽하게 연구할 수 없다."라고 주장하였다. 하지만 필자는 '영향분석방법'의 핵심임무에 대해 작가의 창작에 대해 연구하고, 그의 작품을 분석하는 것이라고 생각한다. 즉, 만약 '전파연구'법을 사용하여 연구하는 것을 작가와 작품의 '외부(外部)적 연구'라고 한다면, '영향분석'법을 사용하여 연구하는 것은 바로 작가작품의 '내부(內部)연구'라는 것이다. 이러한 '영향연구'는 일반적인 문학의 감상 및 문학비평과 밀접한 관련이 있다. 그러나 '영향연구'의 목적은 작가와 작품에 대한 분석을 통해 비평가 스스로의 독특한 예술적 이해력을 뽐내는 것이 아니고 문학작품의 세밀한 분석을 통해 연구자가 예리한 생각과 지식들을 활용하여, 그 작품의 내용과 형식 등 여러 부분의 복잡한 구성요소들을 분별해내는 것이다. 또한 외국에서 들어온 것들이 그 작가와 작품에게 영향을 미쳤는가 여부를 가려내는 것이며, 이러한 영향이 어떻게 작가의 창작 속에서 표현되었고, 외국에서 들어온 영향이 해당 작가와 작품의 독창성에 어떠한 작용을 하였는가를 밝히는 것이다.

그러면 이제부터 중일문학 비교연구의 실례를 통하여 '영향분석법'에서 작가와 작품에 대한 분석과 연구가 얼마나 중요한가를 알아보겠다. 「중국에서의 일본 유미(唯美)주의문학: 도입에서부터 유실까지 - 다니자키 준이치로(谷崎潤一郎)를 중심으로」라는 논문의 앞머리에 "본문이 사용한 방법은 첫째, 영향연구를 중심으로 하여 1900년대 초반에 중국이 몇십여 년에 걸쳐 다니자키 준이치로로 대표되는 일본 유미주의 작가와 작품 및 문학정신을 소개하고 번역하여 수용한 내용에 대해 대략적인 설명을 한 후에, 일본 혹은 서양의 유미파의 기준으로 중국현대문학의 유미주의를 평가하는 방법이다. …… 본문에서 언급한 '평행연구'는 평행(平行)적이지 않다. 왜냐하면 비록 소극적인 의미의 유미주의 유파와 작가라 할지라도 중국문학과 종종 밀접한 관계를 맺고 있었기 때문이다. 또한 이 논문에서의 영향연구는 실질적으로 영향을 받지 않는 것에 대한 연구라 할 수 있다. 즉, 영향연구를 통하여 1920~1930년대에 중국문학계가 수용한 유미주의 문학들의 영향들이 어떠한 이유 때문에 유지되었거나 혹은 점차 소멸되었는가를 알아보았다는 것이다."[19]라고 서술하고 있다. 이 논문은 궈모뤄(郭

---

19) 陳弘: 「日本唯美主義文學在中國: 從引進到流失 - 以谷崎潤一郎爲中心」, 見孟慶樞主編 『日本近代文藝思潮與中國現代文學』, 時代文藝出版社, 1992年.

沫若), 위다푸(郁达夫) 등 일본 유미주의 문학의 영향을 받은 창조사(创造社) 작가들의 작품에 대해 영향연구의 연구방법을 사용하여 연구하지 않았으며, 단지 '전파연구'의 관점으로 당시 중국문단에서의 일본 유미주의 문학의 번역과 대략적인 평론상황만을 소개하였다. 또한 이 논문은 평행비교를 통해 원이둬(闻一多), 사오쉰메이(邵洵美) 등 일본 유미주의 문학과 상관없는 시인들의 작품과 일본 유미주의 작품들을 비교분석하여, 결국 일본 유미주의 문학이 중국작가와 작품들에 영향을 주지 않았다는 결론을 최종적으로 내렸다. 그 후, 필자는 「중국 현대문학 속의 유미주의와 일본의 유미주의」[20]라는 문장을 통해 다니자키 준이치로의 작품과 궈모로, 위다푸의 작품에 대한 자세한 연구와 비교분석을 하였고, 다니자키 준이치로가 궈모로, 위다푸 등 창조사 작가들의 창작에 미친 뚜렷한 영향관계를 실증하였다. 다니자키 준이치로와 창조사 작가들의 작품들은 그 풍격에 있어 공통점을 지니고 있다. 예를 들면, 그들은 퇴폐적인 상실의 풍격과 더러운 것을 아름다운 것으로 여기는 악마주의 경향 및 '육체(肉體)주의'적 혹은 '육감(肉感)주의'적인 여성관 등을 통해 전체적으로 일치되는 모습을 보인다. 특히 성(性)에 대한 변태적이고 향락(享樂)적인 묘사를 보면 위다푸와 궈모뤄의 작품에서 비교적 많은 부분들이 다니자키 준이치로의 작품 속 묘사와 비슷하다는 것을 발견할 수 있다. 이렇듯 필자는 작품에 대한 구체적인 비교분석을 통해 중국현대문학과 일본 유미주의 문학 간의 영향관계가 존재한다는 것을 확실하게 증명하였다. 또한 두 문학 간 '영향이 없다'라고 주장하는 「중국에서의 일본 유미주의 문학: 도입에서부터 유실까지――다니자키 준이치로를 중심으로」라

20) 王向遠: 「中國現代文學中的唯美主義與日本唯美主義」, 載『外國文學研究』, 1995年 第4期

는 논문의 근거는 불확실하다는 것을 증명하였다. 지금까지 앞서 설명한 예를 통하여 작품에 대한 분석, 작품의 심미적 비평에 대한 비평은 바로 '영향분석법'의 가장 중요한 관건임을 알아보았다. 즉, '영향'은 항상 작품 속으로 녹아들어가는 것이며, '영향분석법'의 중심은 영향관계를 확인하고 작품의 분석과 비평을 진행하기 위한 것이다. 바꾸어 말하자면, '영향분석'이란 문학비평으로 나타나는 심미적인 비평 활동이라 할 수 있다.

　'영향분석법'은 작가나 작품끼리 비교연구를 할 때 사용할 수 있을 뿐만 아니라, 문학이론가와 비평가끼리 혹은 국제문학사조 및 유파끼리 비교연구를 할 때에도 사용할 수 있다. 그러나 영향분석법의 기본적인 연구방법은 작가나 작품 간의 영향연구와 같이 서로 비슷한 부분을 찾아내는 것이다. 예를 들면, 필자는 「후펑(胡風)과 쿠리야가와 하쿠손(厨川白村)」21)이란 문장에서 중국의 문예이론가 후펑의 문예이론은 일본의 문예이론가 쿠리야가와 하쿠손의 영향을 받았다는 가설을 제기하였다. 이는 후펑이 1934년에 쓴 한 편의 회고적인 글에서 청년시절의 그는 사회를 주시하는 것과 동시에 "문학적 정신에 대해 보다 민감해지고, 더욱 푹 빠졌다. 나는 이 시기에 톨스토이(Lev Nikolayevich Tolstoy)의 『부활』과 쿠리야가와 하쿠손의 『고민의 상징(苦悶の象)』이란 두 권의 책에 완전히 빠져 있었다."라고 한 것에 그 근거를 두었다. 그리고 노년기에 그가 다시 한 번 "20년대 초반, 나는 루쉰이 번역한 일본 쿠리야가와 하쿠손의 『고민의 상징(苦悶的象征)』을 읽었다. 그의 창작론과 감상론은 문예상의 모든 저속한 사회학적인 것들을 씻어냈다."라고 언급한 것 역시 그 근거로 삼을 수 있다. 그러나 후펑이 언

21) 王向遠: 「胡風與厨川白村」, 載『文藝理論研究』, 1999年 第2期

급한 이 몇 마디의 말을 후펑의 문예사상과 쿠리야가와 하쿠손의 문예사상의 관계에 대한 근거로 삼기에는 매우 불충분하며, 단지 추상적으로 그들 사이의 영향관계가 존재한다고 주장하기에도 역시 불충분하다. 때문에 반드시 후펑의 문예사상에 대해 세밀한 분석을 하여, 어떠한 면이 쿠리야가와 하쿠손와의 사상과 일치되는가를 살펴봐야 한다. 그리하여 필자는 쿠리야가와 하쿠손의 '두 가지의 힘'('개인의 생활욕구'와 사회의 '강제 압력의 힘')과 후펑의 '주관', '객관론 및 후펑의 '정신노동의 상처(精神奴役的創傷)'와 쿠리야가와 하쿠손의 '정신적 상해(精神底傷害)'라는 두 그룹의 명제에서 출발하여, 후펑의 현실주의 문예이론이 쿠리야가와 하루손의 이론의 영향을 받은 것에 대해 상세하게 분석하고, 두 사람 간의 깊은 영향과 수용의 관계를 논증하였다. 위와 같은 예시는 '영향분석법'에서 가장 중요한 것은 작가나 작품에 대한 구체적이고 세부적인 비교분석임을 입증하며, 문학이론가나 비평가의 비교연구에서도 이러한 영향분석법이 유용하게 쓰임을 잘 보여준다고 할 수 있다.

3. '초영향(超影響) 연구'

'영향분석' 방법을 운용하는 세 번째 단계는 '영향' 관계를 확인한 것을 기초로 하여, 한발 더 나아가 수용자가 어떻게 그 영향을 초월했는가에 관한 문제를 연구하는 것이다. 이는 '초영향(超影響)' 연구의 방법이라고 약칭할 수 있다. 초영향 연구방법의 목적은 '영향 관계를 확인해내는 기초적인 단계에서 한발 더 나아가 '영향'과 '독창'의 변증관계를 연구하는 것이다.

　초영향 연구를 진행하기에 앞서, 우선 '영향'과 '독창'의 일반적인 관계에 대해 명확하게 이해하고 있어야 한다. 사람과 사람 사이의 사회관계 역시 하나의 상호 '영향' 관계라 할 수 있다. 하나의 사회, 혹은 개인의 입장에서 보자면 영향은 항상 존재하는 것이라 할 수 있다. 즉, 다른 사람의 영향을 받지 않는다는 것은 거의 불가능한 일이라는 것이다. '영향'의 각도에서 보자면, 사람이 생활하면서 겪는 길고 긴 학습과정과 성장과정은 바로 외부영향을 받아들이는 과정이라 할 수 있으며, 한 사람의 창조력이 강하고 약한 것 역시 그가 외부영향을 잘 받아들이는가의 여부와 밀접한 관련이 있다고 할 수 있다. 그러나 다른 한편으로는 타인의 영향을 받아들이는 것이 무턱대고 다른 사람을 모방하며 자신의 개성을 포기하는 것을 의미하는 것은 아니다. 왜냐하면 영향을 받아들이는 수용자는 '자주(自主)'와 '주동(主動)'이라는 전제하에 영향을 받아들이기 때문이다. 즉, 어떠한 영향을 어떻게 받아들이는지는 수용자 자신의 조건과 수요에 따라 결정된다는 것이다. 이와 마찬가지로 작가가 예술 활동을 할 때에 외국인을 포함한 다른 사람의 영향을 하나도 받지 않는다는 것은 거의 불가능한 일이다. 통상적으로 작가는 일반적인 사람들에 비해 특별한 학습을 더욱 필요로 한다. 또한 작가가 특정한 영향을 수용하는 것은 일반적인 사람들이 영향을 수용하는 것에 비해 훨씬 중요하다. 그러나 작가가 다른 사람의 영향을 받아들인다는 것이 다른 사람을 무턱대고 모방한다거나 자신의 개성을 버린다는 것을 의미하지 않는다. 진정으로 뛰어난 작가란 대부분 외국에서부터 온 영향들을 충분히 받아들이고, 스스로 수용한 영향을 뛰어넘어 자신의 독창성을 추구하는 작가를 가리킨다.

연구할 만한 가치가 있는 작가들의 입장에서 보면, 예술적 성숙과 창작의 과정에서 외국의 영향을 받고 그러한 영향을 초월하는 것은 항상 연속되는 과정이라 할 수 있다. 또한 '영향연구'는 완전한 연구의 과정이라 할 수 있다. 이러한 연구과정은 작가의 예술세계에 깊이 들어가 심오한 이치를 탐구하고 밝히는 과정이자 예술창조의 오묘한 이치를 알아내는 과정이라 할 수 있으며 연구하기에는 어렵지만 충분한 매력이 있는 것이라 할 수 있다. 물론 '영향연구'의 실행 가능성에 대해 의심하는 몇몇 학자들은 "만약 중국작가의 창작세계 속으로 들어가서 보면, 어떤 제재가 외국의 영향을 받은 것이고, 어떤 것이 독창적인 것인지 분별하기 어렵다."라고 말한다. 이러한 주장은 대체로 틀리지 않다. 하지만 영향을 주는 것과 영향을 받는 것의 관계가 항상 '푸른색 실파를 흰 두부에 버무려 놓은 것'처럼 분명하게 보이는 것이 아닌 만큼, 영향에 대한 연구 역시 간단하고 기저적인 이원론적 생각으로 "어떤 제재가 외국의 영향을 받은 것이고, 어떤 것이 독창적인 것인지 분별하는 것"이 아니다. 즉, 영향과 독창적인 것을 하나의 변증법적 통일체로 여기고, 영향 속에서 독창성을 찾아내야 하며 독창성 속에서 영향을 찾아내야만 한다. 왜냐하면 대부분 영향은 독창성을 촉진시키고, 독창성은 영향의 수혜를 받기 때문이다. 독창성은 바로 영향을 초월(超越)한 결과라 할 수 있다. 때문에 비교문학의 '영향분석'방법을 운용할 대에는 영향에 대해 밝히고 논증하는 것에 주의해야 함과 동시에 영향을 받은 수용자가 그 영향을 초월한 것에 대해서도 중시해야만 한다. 바꾸어 말하자면, '영향분석'은 '영향이 실현되는 과정에 대한 단순하고 일방적인 분석연구가 아니며, '영향과 '영향의 초월'이라는 쌍방의 상호작용의 분석연구라는 것이다.

일찍이 어떤 사람은 중국문학이 외국의 '영향' 받은 것에 대해 이야기 할 때 '중국문학은 모두 모방(模倣) 중에 성장한다' 혹은 중국문학은 '성숙하지 않다'의 결론을 내림으로써, 중국문학과 외국문학의 '불평등'을 조장한다고 걱정을 했었다. 하지만 현재 이러한 걱정은 불필요한 것이라 할 수 있다.

'초영향 연구는 '영향분석'방법의 중요한 부분이다. 초영향 연구는 작가가 외국의 영향을 받은 것을 확인한 후에 그 작가가 영향을 초월한 부분을 밝히는 것뿐만 아니라, 그 '영향의 작용과 결과 및 한계를 찾아내, 그 영향이 작가의 예술창작의 기초와 출발점이 되었는가 여부와 그 영향이 어떻게 작가의 예술창작의 기초와 출발점이 되었는지에 대해 설명하는 것이다. 예를 들면, 필자는 「'여유론(餘裕論)'을 통해 본 루쉰과 나쓰메 소세키(夏目漱石)의 문예관」[22]이라는 글에서 루쉰과 나쓰메 소세키에 관련된 글과 작품들의 분석을 통해 루쉰이 평생 집필한 많은 문장과 작품 중에 항상 나타나는 '여유(餘裕)'라는 단어는 그가 사용한 핵심적인 단어 중의 하나임을 밝혔다. '여유' 혹은 '여유가 있다(有餘裕)'라는 것은 심미적 마음과 태도를 갖길 원하는 것이며, 주체를 자유정신의 우위(優位)에 두는 것이다. 루쉰은 나쓰메 소세키에게서 '여유'라는 단어를 수용하였으며, 그것을 자신의 문학관을 표현하는 중요한 개념 중의 하나로 바꾸어 발전시켰다. 루쉰의 글과 책의 내용을 보면 정신적 산물을 만드는 것에서부터 민족정신의 개조와 배양에 이르기까지, 또한 작가의 심리상태와 창작에서부터 문학과 사회의 관계 및 문학의 발생과 기원에 이르기까지, 전체적으로 여유론(餘裕論)이 그 바탕을 이루고 있다. 필자는 위의 논문을 통하여 이러한

---

22) 王向遠: 「從"余裕論"年魯迅與夏目漱石的文藝觀」, 載『魯迅研究月刊』, 1995年 第4期

영향관계를 확증한 후에, 한발 더 나아가 루쉰의 '여유론'이 소세키의 '여유론'을 넘어선 것에 대해 분석 및 연구하였다. 필자는 루쉰이 나 쯔메 소세키의 '여유론'을 합리적으로 수용하였으며, 이후 나쯔메 소세키를 넘어서는 고차원적인 이론체계를 구성하였다고 생각한다. 나쯔메 소세키의 '여유'는 선종불교의 유심론(唯心論)적인 성격을 지니고 있다. 때문에 그는 여유를 정신적인 심리상태로만 보고, 사회 환경이나 물질적인 조건과 어떠한 관계가 있는가에 대해서는 생각하지 못하였다. 그러나 루쉰은 '여유'를 사회 환경과 물질조건이 어느 정도 보장된다는 전제하의 자유스럽고 한가로운 심리상태로 규정하고 나쯔메 소세키의 '여유론'에 대해 유물론(唯物論)적 시각으로 해석을 하였다. 이러한 연구의 실례는 작가에게 있어 영향과 초영향(超影響)이라는 것은 하나의 문제에 대한 두 가지 영역임을 나타낸다. 따라서 영향분석과 초영향 분석 역시 하나의 연구방법에 대한 두 가지 측면이며, 이 양자는 서로 보완 및 보충하여 사용해야만 한다.

'초영향에 대한 연구는 실질적으로 영향이 지니고 있는 범위와 정도의 한계를 분석하는 것이다. 이러한 한계들이 명확하지 않게 되면 '영향'이 과장되게 나타나게 되거나 '영향'의 작용을 과도하게 예측하게 되어, 영향을 받는 자의 주체성 및 능동성을 소홀히 하게 되는 등 연구대상의 본모습을 왜곡하게 되는 착오와 실수를 범하게 된다. 예를 들면, 중국의 '신감각파'와 일본의 '신감각파'의 영향관계는 이미 몇십 편의 논문을 통해 연구되었으며, 심지어 이 문제를 연구한 박사논문은 정식으로 출판되기까지 하였다. 그러나 중일 '신감각파'의 '공통점'을 비교한 문장이든 아니면 '차이점'을 비교한 문장이든 모두 중국에서 신감각파가 출현했었고, 중국의 '신감각파'는 일본의

'신감각파'와 같이 현대주의 유파에 속한다는 두 가지 명제를 전제로 하고 있다. 필자는 「신감각파 및 그에 따른 중국에서의 변이(變異): 중일 신감각파의 재비교와 재인식」[13]이라는 글에서 대량의 사료분석과 이론 변별을 통해, 중국문단이 일본으로부터 신감각파를 도입하여 소개시키기 시작할 때부터 수반된 오해와 혼동 및 편견들에 대해 밝혔다. 또한 이러한 오해와 혼동 및 편견은 일본 신감각파가 갖고 있던 특징과 성질을 없애버리고, 중국 신감각파 문학의 변이를 초래하였으며, 중국 '신감각파'를 일본 신감각파 및 세계 현대주의문학과 대동소이하며 유명무실한 창작현상으로 간주해 버렸다는 점을 설명하였다. 이 논문이 운용한 기본적인 방법은 '영향분석'이며, 또한 '초영향'의 분석이다. '영향의 각종 복잡한 표현을 비추어 보면 전체영향과 국부영향, 전 과정의 영향과 단계성 영향, 내재적 영향과 외재적 영향, 가시적 영향과 보이지 않는 영향, 깊은 영향과 미약한 영향, 직접적인 영향과 간접적인 영향, 자각적인 영향과 자각적이지 않은 영향, 구체적인 영향과 추상적인 영향, 작가가 인정하는 영향과 작가가 인정하지 않는 영향, 긍정적인 영향과 부정적인 영향, 적극적으로 받아들인 영향과 반대하고 배척하는 과정 속에서 받아들여진 영향 등 매우 많다. '초영향'에 대한 분석은 '영향'의 존재를 인정한다는 기초 위에서 여러 '영향'들의 다양하고 복잡한 성질을 밝히는 것이다.

제3절 평행관통법(平行貫通法)

1. 평행연구방법 및 그에 따른 세 가지 기능모식

'평행연구'는 비교문학의 연구방법 중 하나로서 서로 간의 사실관계가 없는 과문화(跨文化) 문학현상에 대해 비교연구를 할 때에 사용하는 방법을 의미한다.

어떠한 의미로 보면 세상에 비교가 불가능한 것은 없다고 할 수 있다. '서로 아무 상관이 없다'는 것은 상대적인 것이라고 할 수 있으며, 어떤 물건이든지 그 정도에 차이가 있을 뿐 모두 공통점을 가지고 있다고 생각할 수 있다. 또한 불교철학에서도 세상의 모든 것들은 구별됨이 없으며 절대적인 동일성을 지니고 있다고 여긴다. 그러나 다른 한편으로는 서로 다른 것들은 모두 독특한 성질(性質)의 개성을 가지고 있기 때문에, 사실상 세계에는 서로 절대적으로 동일한 것은 존재할 수 없으며 절대적으로 비교 가능한 것도 없다고 할 수 있다.

비교문학 평행연구의 방법론은 모든 문학현상에서 비교할 수 없는 것은 없으며, 반대로 완전히 비교 가능한 것 역시 없다는 명제를 전제로 하고 있다. 즉, 평행연구는 비교 가능한 것과 비교 불가능한 것 사이의 미묘한 위치에 존재하고 있다는 것이다. 일반적으로 '비교가 가능하다'라는 관점으로 보면 평행연구란 사실관계의 속박을 벗어난 것이라 할 수 있다. 또한 언어, 문화, 국경, 학과 등의 제약을 받지 않으므로, 몇몇 학자들이 비난한 것처럼 '무한한 비교 가능성'을 갖고 있다고 볼 수 있다. 하지만 평행연구의 범위를 정할 때에 필요한 범위의 한계가 무너지거나 무한한 비교가 가능하게 되면, 평행연구는 끝없이 비교를 위해 비교하게 되는 비교의 남용에 빠져버리게 되며, 본래 가지고 있던 규정성과 평행연구가 존재해야만 하는 합리성은 사라져 버리게 된다. 그러나 만약 '비교가 불가능하다'라는 관점으로 보면 평행연구는 사실상 연구하기가 더욱 어려워진다. 우리가 하나의 문학현상에 대해 성질과 그 위치를 정할 때에 작가와 작품 그리고 민족문학의 특징에 대해 제대로 이해하려면 그것에 대해 종합적으로 비교를 해야만 한다. 때문에 '평행연구'의 핵심문제는 사실상 '비교 가능성'에 대해 적절한 정의를 내리고 한계를 정하는 것이라 할 수 있다. 이 문제에 대해 루캉화(盧康華)와 쑨징야오(孫景堯)는 『비교문학 입문(比較文學導論)』이라는 저서를 통해 '비교 가능성'에 대한 기준을 명확하게 제시하였다. 그들은 "평행연구를 진행할 때에는 우선 일정한 '기준'을 확립해야 하고, 관계를 수립해야 하며, 일정한 범위 내에서 연구할 문제를 제기해야만 한다."[23]고 하였다. 이것은 비교 가능성의 기준에 대한 매우 간결하고 세련된 설명이지만, 유감스럽게도 루캉화와 쑨징야오는 이러한 관점에 대해 더 상세하고 충분하게 설명하지 않았다. 앞에서 말한 기준의 요점을 정리하자면, 첫째, 끼워 파는 식의 억지비교를 피하기 위해서는 연구대상끼리 관계를 수립해야 한다. 둘째, 비교를 위한 비교를 피하기 위해서는 모든 평행연구는 반드시 어떠한 문제를 해결하려는 문제의식을 지녀야만 한다. 셋째, 속이 빈 공허한 이론이 되지 않기 위해서는, 논제에 대해 반드시 일정한 범위를 정해야만 한다. 이렇게 세 가지로 요약할 수 있다. 천둔(陳惇)과 류

23) 盧康華,孫景堯: 『比較文學導論』, 黑龍江人民出版社, 1984年, 第173頁.

샹위(제象愚)는 『비교문학 개론(比較文學槪論)』(신판)이라는 저서를 통해 '관계'의 개념에 대하여 보다 상세하게 설명하였다. 또한 비교문학이 연구해야 하는 것은 "과민족(跨民族), 과언어(跨言語), 과문화(跨文化)의 경계와 과학과(跨學科) 경계의 여러 문학관계"이고, 여기서 말하는 "여러 문학관계"는 '사실관계', '가치관계', '교차관계'로 나눌 수 있다고 주장하였다. 영향연구가 연구해야 하는 것은 '사실관계'이고, '평행연구'가 연구해야 하는 것은 '가치관계'와 '교차관계'이다.24) 사실상, '가치관계'와 '교차관계'라는 것은 원래 두 가지 사이에 '교차'되는 것이 있기 때문에 다시 설명할 필요가 있다. '가치관계'란 마치 주제사상, 관념의식 등 형이상학적인 측면에서의 작가와 작품의 상통(相通)하고 상이(相異)한 관계라 이해될 수 있다. 또한 '교차관계'는 작가작품이 제재, 구조, 문체 유형 등의 외재적 형식면에서의 '동질적인 관계'이다.

필자는 평행연구 방법에는 세 가지의 주된 기능이 있으며, 그에 따라 세 가지의 기본적인 방법모식이 형성될 수 있다고 본다.

평행연구법의 첫 번째 기능은 문학현상을 '종류에 따라 비교'하고, '비슷한 것끼리 분류'함으로써 민족문학, 세계문학의 기본규율을 총괄하고, 대량의 같거나 다른 혹은 상통하는 문학사실을 정리하는 것이다. 이것은 고대 중국에서 사용하던 '종류에 따라 비교'하고, '비슷한 것 끼리 분류'하는 유사연구라 할 수 있다.

일반적으로 공통점을 찾아내는 것과 공통점이 있는 것을 하나로 묶어 내는 것은 인간의 일반적인 심리수요일 뿐만 아니라, 과학연구가 처음 시작하게 된 기점이라 할 수 있다. 『역(易)』에서는 "같은 종류의 사물은 서로 감응한다."라고 하였으며, 『시경(詩經)』에서는 "새들이

---

24) 陳惇·劉象愚: 『比較文學槪論』, 北京師範大學出版社, 2000年, 第15頁.

지저귀는 것은 그 친구를 찾기 위함이다."라고 했다. 이 두 가지는 모든 사람들은 자신과 비슷한 사람을 찾고 싶어 하는 심리적 동기가 있다는 뜻을 내포하고 있다. 우리에게 익숙한 일본작가 아쿠타가와 류노스케(芥川龍之介)의 『코(鼻)』라는 단편소설은 자신의 너무 커다랗고 기다란 코 때문에 번뇌에 빠진 한 스님의 모습을 묘사하고 있다. 작품 속에 묘사된 스님은 현실 속에서 자신과 비슷한 사람을 찾지 못하자, 고서(古書)에 묘사된 옛 사람들 중에서 그와 같은 긴 코를 가진 사람을 찾으려고 한다. 이 소설이 보여주고자 하는 것은 모든 인류가 공통적으로 갖고 있는 심리의 신비이다. 사람들은 평소 생활할 때에, '나랑 똑같아'라고 감탄하기도 하고, '나는 외롭지 않아'라고 자기 자신을 위로하기도 하며, 속하는 부류가 없어서 '이도저도 아니다'라고 사람들에게 미움을 받기도 한다. 일반적으로 사람들은 문학작품을 읽고 감상할 때 보통 예전에 책을 읽었던 경험이나 독서 경험을 그 바탕으로 한다. 우리는 책을 읽다가 '어쩜 이리도 비슷할 수 있는가!'라는 느낌을 받았을 때 '발견'의 희열을 느끼며, 왜 비슷하게 느끼는가에 대하여 연구하려 한다. 이미 알고 있는 문학현상으로 미지의 비슷한 것들을 찾는 것도 역시 '종류에 따라 비교'하고, '비슷한 것끼리 분류'하는 유사연구 형성의 문화 심리적 근거이다. 지금까지 우리는 '종류에 따라 비교'하고, '비슷한 것끼리 분류'하는 유사 평행비교를 통해 천신이 대홍수를 내려 인류를 징벌하는 것, 인간과 짐승의 결혼, 부모와 자식이 서로 죽이는 것, 형제간에 서로 다투는 것, 남편이 부인의 정조를 시험하는 것, 미녀를 얻기 위해 싸우는 것, 마귀와 천신이 내기를 하는 것, 술책을 부리다가 제 꾀에 넘어가는 것 등의 예로부터 지금까지 중국과 외국문학 속의 매우 많은 보편적인 현상들이 있다는 것을 알아내었다. 하지만 일단 이런 유사한 종류의 문학현상에 대해 연구를 하기 시작하면, 이러한 보편적인 현상에 대한 연구가 절대로 쉬운 것이 아니라는 것을 알게 된다. 여기서 관건은 인간의 정신적인 현상으로 볼 때 '같다'는 것은 절대적인 것이 아니라는 것이다. 평행연구를 할 때에는 어느 정도까지 비슷해야지만 같다고 하는 것이며, 어떠한 의미에서 같다는 것인지 또한 표면적인 같음을 말하는 것인지 아니면 실질적인 의미의 같음을 뜻하는 것인지, 말할 필요도 없는 것인지 아니면 반대로 충분하게 인식되어 있지 않은 것인지에 대해 분명히 해야 하며, 일정한 규율성을 지니고 있는 것에 대한 연구에 이러한 유사비교가 도움이 되는지 역시 분명히 해야 한다. 다시 말하면 유사 비교연구는 '어쩜 이리도 비슷할 수 있는가?'를 느끼는 정도로 머물러 있으면 안 된다는 것이다. 유사연구는 반드시 그것의 기본적인 기능에 부합되어야 한다. 즉, 반드시 수많은 유사한 현상 중에서 새롭고 유익한 결론을 끄집어낼 수 있어야 한다는 것이다. 이러한 유사연구는 작가가 먼저 결론을 예측하여 설정해 놓는 것이 아니라, 나중에 자료를 사용하여 증명하는 특징을 지니고 있으며, 이 연구의 기본적인 연구방법은 귀납과 분석이라 할 수 있다.

평행연구방법의 두 번째 기능은 비교의 대상이 '서로 어울려 아름다운 운치를 더하게 하는 것'이며, '서로 협력하고 보완하여 장점을 더욱 돋보이게 하는 것'이라 할 수 있다. 그리고 이러한 기능에 따라 '서로 어울려 아름다운 운치를 더하고', '서로 협력하고 보완하여 장점을 더욱 돋보이게 할 수 있는' 상호 보완적이며 비교 다조적인 평행비교모식을 형성한다.

세상의 모든 사물들은 모두 일정한 시공(時空)관계와 논리관계 속에 존재한다. 때문에 평행비교는 비교되는 두 가지 이상의 사물의 특징과 가치를 부각시키고 돋보이게 하는데 도움을 준다. 중국의 옛 속담에 "붉은 꽃도 푸른 잎으로 받쳐 주어야 한다."라는 말이 있다. 우리는 이 속담으로 비교문학에서 비교 대조식의 평행연구를 매우 구체적이고 적절하게 설명할 수 있다. 즉, 비교 대조식의 평행연구는 마치 붉은색과 푸른색이 예술적으로 조합되어 서로 돋보이게 하고 더욱 아름답게 보이도록 하는 것과 같다. 때문에 비교대조식의 평행연구대상은 반드시 동일한 것일 필요도 없고, 서로 상반되거나 대립될 필요도 없다. 하지만 반드시 연구대상끼리는 구별되는 관계이어야 하며, 서로 의존하고 긴밀하게 연결되어 있어야 한다. 한마디로 비교대조식의 평행연구대상은 '붉은색'과 '푸른색'의 비대립적 관계라 할 수 있다. 즉, 연구대상은 '꽃'과 '잎'의 관계와 같은 공생적인 관계이며, '꽃'과 '꽃'의 관계나 '잎'과 '잎'의 관계와 같이 동등한 관계이거나 혹은 '꽃'과 '돌멩이'나 '잎'과 '돌멩이'의 관계와 같이 완전히 상반된 관계가 아니라는 것이다. 비교문학의 연구방법 중에 비교 대조식의 평행연구는 연구대상끼리 공통점을 찾아내거나 차이점을 분별하기 위해 진행하는 연구가 아니라, 비교와 대조를 통하여 연구대상끼리 '서로 어울려 아름다운 운치를 더하고', '서로 협력하고 보완하여 장점을 더욱 돋보이게' 하여 완벽한 한 쌍을 만들어 내는 연구방법이다. 예를 들면, 주광첸(朱光潛)의 「중국과 서양 시의 정취 비교(中西詩在情趣上的比較)」는 비교 대조식 평행연구의 대표적인 논문이라 할 수 있다. 주광첸은 이 논문에서 많은 중국과 서양의 시가(詩歌)를 평행 대조하여, "서양의 시는 솔직하고, 중국의 시는 완곡하다. 그리고 서양의 시는 깊이가 있고, 중국의 시는 미묘하다. 또한, 서양의 시는 상세하게 서술을 하고 중국의 시는 간단하면서도 의미심장하다."라고 밝혔다. 중국과 서양의 시(詩)가 표현해내는 서로 다른 정취(情趣)는 비교대조를 통해 더욱 서로 어울려 아름다운 운치를 더하게 한다. 여기에서 '솔직함'과 '완곡함', '깊음'과 '미묘함', '상세한 서술'과 '간단하면서도 의미심장함'의 관계는 동등하지도 대립적이지도 않다. 이들은 상호 보완적이고 상대적이며, 서로 협력하여 각자의 장점을 더욱 돋보이게 하는 관계이다. 또 다른 예로, 필자가 「중국의 원앙호접파(鴛鴦蝴蝶派)와 일본의 석우사(碩友社)」25)라는 논문을 통해 연구한 두 개의 유파는 사실상 서로 사실관계가 거의 없다. 중국의 원앙호접파와 일본의 석우사에 대해 평행비교를 한 궁극적인 목적은 이 두 유파의 서로 같은 점을 찾아내는 것에 있지 않다. 필자가 두 유파의 평행비교를 한 까닭은 비슷한 문학전통과 문화 분위기 및 사회 환경 그리고 서로 비슷한 독자군 등의 여러 조건들이 비슷한 성질을 갖고 있는 문학유파를 형성하도록 하였다는 것을 증명하기 위해서이다. 또한 오랫동안 일본의 많은 문학사에 관한 책에서 석우사에 대한 평가는 매우 충분하게 이루어졌지만, 중국의 문학사에 관한 책에서는 원앙호접파에 대해 지나치게 부정적이거나 심지어 고의적으로 삭제를 했다는 점을 설명하기 위해서이다. 이렇듯 두 유파의 비교는 장기간 폄하되고 억눌린 원앙호접파의 가치와 지위를 확연히 드러내었다. 지금까지 내용을 통해 보면, '서로 어울려 아름다운 운치를 더하고', '서로 협력하고 보완하여 장점을 더욱 돋보이게 하는' 평행연구의 또 다른 특별한 기능은, 민족 문학적 시야로 보면 그다지 눈에 띄지도 않고 중요하지도 않은 작가와 작품 및 문학현상들의 비교를 통해서 그들의 중요성과 독특

---

25) 王向遠: 「中國的鴛鴦蝴蝶派與日本的碩友社」, 『北京師範大學學報』, 1995年 第5期

한 가치를 명확하게 드러내도록 하는 것이다. 서로를 부각시키는 평행비교는 일반적으로 글을 쓰기 전에, 연구자가 이미 어느 정도의 관점을 형성하고 심지어 결론까지 내리기도 한다. 게다가 작가가 강렬한 심미적 판단력을 지니고 글을 쓰다보면 서로 돋보이게 하는 식의 비교를 통해 작가의 결론은 더욱 강화되고 강조되며 부각되기 마련이다. 다시 말하면, 민족문학 혹은 국가별 문학 연구를 통해 얻은 관점과 결론을 한층 더 확대함으로써, 연구대상끼리 서로 본보기로 삼아 대조하여 '서로 어울려 아름다운 운치를 더하고', '서로 협력하고 보완하여 장점을 더욱 돋보이게 하는' 효과를 얻도록 하는 것이다.

평행연구방법의 세 번째 기능은 연구대상을 '상생과 상극'이인 '서로 반대되면서도 어울리는' 대비식(對比式) 혹은 역비식(逆比式)의 관계로 만드는 것이다. 몇몇 문학현상들은 비록 사실상 관계가 없으나, '상생과 상극'이며 '서로 반대되면서도 어울리는' 대비식과 역비식의 관계를 갖고 있다. 이러한 관계는 평행비교를 통해서만 밝힐 수 있기 때문에, '상생과 상극', '서로 반대되면서도 어울리는' 역비식 평행연구의 모식이 형성되었다. 필자의 「중국의 '전국책파(戰國策派)'와 '일본낭만파」[26]라는 논문은 '상생과 상극', '서로 반대되면서도 어울리는' 반비식 평행연구의 사고를 통해 '전국책파'와 '일본낭만파'를 연구한 것이다. 중일(中日)현대문학에서 '전국책파'와 '일본낭만파'는 서로 직접적인 사실관계가 없다. 그러나 이 두 유파에 대해 비교연구를 하는 이유는 전형적인 파시즘주의 문학유파인 일본낭만파와 비교하여, "중국의 전국책파는 어떠한 관점으로 보든지 파시즘주의 문학의 유파에 속하지 않으며, 중국의 '전국책파'는 종족주의, 국가주의, 국수

---

26) 王向遠: 「中國的"戰國策派"和 "日本的浪漫派"」, 『中國現代文學硏究叢刊』, 1997年 第2期

주의와 극단적인 민족주의 및 근대문화를 전면적으로 반대하는 반(反)진보주의, 황권과 전제독재를 신격화하고 숭배하는 극권주의 그리고 특히 외국을 침략하여 확장하는 것을 목표로 하는 군국즈의와 패권주의를 독려하는 등의 몇 가지 파시즘주의 문학의 특성을 전혀 갖고 있지 않다."는 것을 설명하기 위해서이다. 결론적으로 전국책파가 파시즘주의에 속한다고 말할 수 없다는 것이다. 역비식의 비교연구는 마치 흑백과 같이 두 가지의 상반된 색을 화면에 함께 놓그 비교하는 것과 같이 그 대비를 더 뚜렷하게 만들어, 검은 것은 볼수록 더 검어 보이고 하얀 것은 더욱 하얗게 보이도록 하는 것이다. 또한 필자의 「일본의 침화문학(侵華文學)과 중국의 항전문학(抗戰文學)」[27]에서 연구한 일본 침화문학과 중국의 항전문학은 서로 비슷하지 않을 뿐만 아니라 오히려 첨예하고 뚜렷하게 대립하는 것이라 할 수 있다. 그러나 한편으로는 일본의 중국침략이 없었다면 중국의 항일은 없었을 것이며, 침화문학의 침략을 부추기는 파렴치한 면이 없었더라면 항일문학의 침략을 반대하는 장렬함과 영광스러움은 돋보일 수 없었기 때문에 이 둘을 서로 의존하는 관계로 볼 수도 있다. 이 두 문학의 티교는 일본의 중국 침략이라는 특정한 역사시기의 중국과 일본 두 나라 문학의 기본적인 특징을 잘 드러나도록 한다. 평행비교연구의 역비식 연구 중에는 이와 비슷한 연구대상들이 많이 있다. 예를 들면 현대세계의 반(反)파시즘주의 문학과 파시즘주의 문학의 대비연구, 냉전시기 서양의 반공(反共)문학과 동양의 반미(反美), 반제(反帝)문학의 대비 연구, 세계문학에서의 유토피아문학과 반(反)유토피아문학의 대비연구, 상제(천신)형상과 악마(마귀)형상의 대비연구, 문학에서의 유신론사상(신비

27) 王向遠: 「日本侵華文學與中國的抗戰文學」, 『北京社會科學』, 1997年 第3期.

주의사상)과 무신론사상의 대비연구, 향락주의 문학과 금욕주의 문학의 대비연구, '세기 초(初)' 문학과 '세기 말(末)' 문학의 대비연구, 문학에서의 여권주의와 남권주의 의식의 대비연구, 아동문학과 노년문학의 대비연구, 통속문학의 현상과 귀족문학의 현상에 대한 대비연구, 세속문학의 현상과 종교문학현상에 대한 대비연구 등은 여전히 연구해야 할 부분들이 많이 있는 연구주제이다. 이러한 대비연구의 주제들은 두 비교 대상이 자연스럽게 '상생과 상극'이자 '서로 반대되면서도 어울리는' 대립 및 통일관계를 갖도록 한다. 이로써 문제점을 더욱 뚜렷하게 보이도록 하고, 비교 가능성을 강하게 하여 새로운 경지의 결론이나 깨우침을 얻도록 한다. 이러한 역비식의 평행연구를 하기 위해서는 연구자 스스로 뚜렷한 의식을 갖고 연구대상과 연구 과제를 선택해야 하고, 왜 이런 비교연구를 하는지에 대해 스스로 명확한 가치판단을 해야 하며, 높은 자각성과 목적성을 지녀야 한다.

2. 유사연구에서의 다항식 평행관통방법

상술한 세 가지 평행연구방법의 기능 모식 중에서 가장 많이 사용되는 것은 첫 번째 모식인 유사비교와 유추모식이다. 또한 여러 기능 모식을 사용할 때 발생하는 문제점들을 비교해 보면, 유사비교와 유추모식을 운용할 때 발생하는 문제점이 가장 많다. 최근 20여 년간 중국의 학계에서는 사리에 맞지 않는 말을 억지로 끌어다 붙이거나, 'X와 Y식'의 억지비교를 사용하여 연구한 평행연구와 관련된 논문들이 대량으로 발표됨에 따라, 앞선 세대의 학자들이 많은 우려를 나타내게 되었다. 이보다 10여 년 앞서 지센린(季羨林)은 "X와 Y식의 모식은 시작하기가 용이하기 때문에 중국의 비교문학 연구에서 널리 사용되고 있다."라고 지적하면서, "취위안(屈原), 두푸(杜甫), 리바이(李白) 등의 중국 작가들과 호머, 단테, 셰익스피어, 괴테 등의 유럽작가들은 어떠한 공통된 기초가 있는가? …… 억지로 비교하는 것은 끝이 없으며 공허하여 실제와 동떨어지니, 아무런 쓸모도 없는 말을 하는 것과 같다. 이러한 상황에서 위기가 발생하지 않을 수 있겠는가?"[28]라고 말하였다. 하지만 첸중수(錢鍾書)는 평행연구에 대해 그렇지 않다고 여겼다. 그는 평행연구를 긍정하면서도 이에 대해 우려를 나타내었다. 양장(楊絳)은 『첸중수와 「위성」을 기억하며』[14]라는 책에서 익살스러운 말투로 "그는(첸중수를 가리킨다──인용자 주석) 몇몇 사람들이 '비교문학'에 대해 크게 떠드는 것을 보면서, '강아지는 고양이보다 크다', '소는 양보다 크다'라는 글짓기를 배우던 때를 떠올렸다. 그 당시 한 학생이 한참을 이리저리 궁리하다가, '강아지는 강아지보다 크고, 강아지는 강아지보다 작다'고 문장을 지어 선생님의 꾸중을 들었다."고 기술하고 있다. 우리는 이러한 내용을 통해 첸중수의 평행연구에 대한 걱정과 이에 대한 완곡한 비평을 엿볼 수 있다.

　평행연구에서 유사연구 모식의 이론 설명에 대해서 우리는 번역가 팡핑(方平)의 견해에 주목해야 할 필요가 있다. 1987년 베이징의 외국문학출판사에서 출판된 팡핑의 『집에서 나온 세 부녀자: 비교문학 논문집』[15]은 중국에서 가장 처음 출판된 전문적인 평행연구의 논문집으로 「왕시펑(王熙鳳)과 폴스테프(Falstaff)」, 「집에서 나온 세 부녀자」, 「차

---

28) 季羨林: 「對于X與Y這種比較文學模式的幾點意見」, 『比較文學與民間文學』, 北京大學出版社, 1991年, 第372頁.

오쉐친(曹雪芹)과 셰익스피어(William Shakespeare)」 등 20여 편의 논문이 수록되어 있다. 팡핑은 80년대 초부터 중국과 서양문학의 평행연구를 시작하였고, 평행연구에 대해 풍부한 경험을 쌓았다. 이 책에 수록된 많은 논문 중 「만족할 만한 새로운 안목: 후기를 대신해서(可喜的新眼光--代後記)」는 비교문학 학과이론에 대한 매우 출중한 논문이지만, 애석하게도 오랫동안 중시되지 못하고 있다. 팡핑은 이 논문을 통해 평행연구의 목적과 방법 및 그 취지에 대하여 언급하였다.

만약 『「홍루몽」과 「폭풍의 언덕」』이라는 제목의 글이 있다면, 그 글은 매우 좋은 글일 것이다. 중국과 서양의 위대한 고전문학인 홍루몽과 폭풍의 언덕은 어느 정도 비교할 가치가 있다고 본다. 예를 들어, 홍루몽 속의 화목하지 않은 한 쌍의 부부가 반역형(反逆型)이라 하면, 폭풍의 언덕 속의 연인도 마찬가지로 반역형이라 할 수 있기 때문이다. 하지만 만약 이에 대한 논증이 여기에 그쳐 숨겨진 것에 대해 밝히지 않고 조그마한 것까지 명확하게 하지 않는다면, 많은 사람들이 실망하게 될 것이다. 왜냐하면 이러한 연구는 단지 두 나라의 문학사 연구범위 내에서 연구해낼 수 있는 판단을 차례로 연결했을 뿐이기 때문이다. A : B = A + B라는 것은 사실 비교를 나열로 대체한 것이다.
…… 비교를 할 때에는 반드시 자신의 독창적인 견해를 통한 자신만의 발견이 있어야 한다. 다시 말하자면, '비교문학'의 비교는 화학식 $2Na + Cl_2 → → 2NaCl$(나트륨 + 염소 → 소금)과 같아야 한다. 아마 비교문학(평행)연구에 대해 간단한 식을 세운다면, A : B → C와 같은 방정식을 얻을 수 있을 것이다.
…… C는 비교문학연구를 통해 얻어낸 서로 다른 단계의 깊이를 나타내며, 이는 창조성에 대한 분석, 연역, 귀납을 통해 얻어낸 성과이다. 그것은 서로 다른 문화배경의 민족문화가 유동성 있는 규율을 묘사하고, 새로운 문예현상에 대해 새로운 연구를 진행하며, 새로운 판단을 제기하거나, 비교된 작품과 작가에 대해 새롭게 인식

하고 심지어 계몽성이 있는 문제를 제기하는 것이다. C야말로 '평행연구'가 추구하는 진정한 목적이고, C가 있음으로 인하여 '평행연구'는 스스로의 존재 가치를 증명할 수 있는 것이다.[29]

팡핑은 화학방정식을 사용하여 평행연구의 모식을 A : B = A + B와 A : B → C로 정리하였으며, A : B → C는 평행연구의 궁극적인 목적이라 여겼다. 이러한 그의 설명은 매우 훌륭하다. 그러나 우리는 이에 대해 계속 깊게 탐구해야만 한다. 왜냐하면 A : B → C 이 공식에서의 A : B는, A와 B라는 두 개의 항목만 나타낼 뿐, A, B, C, D……와 같이 여러 개의 항목을 나타내지는 못하기 때문이다. 팡핑이 앞서 말한 것과 같이, 평행연구의 목적은 일정한 규율, 현상에 대해 새롭게 인식을 하기 위함이다. '종류에 따라 비교'하고 '비슷한 것끼리 분류'하는 유사연구를 할 때에 만약 A와 B라는 두 개의 항목에 대한 비교만 이루어질 수 있고, 그 외의 많은 항목에 대한 비교연구는 성립되지 않는다면, 많은 사실에 대해 충분하게 귀납하지 못하게 된다. 이러한 상황에서 규율성을 갖고 있는 것을 찾아내고 결론을 내릴 수 있을까? 먼저 팡핑의 평행연구에 대한 구체적인 연구 활동을 통해 알아보자.

팡핑의 대표적인 평행연구 논문은 대부분 유사연구에 대한 것이며, 두 개의 항목에 대한 A와 B식의 연구이다. 그중 「왕시펑과 폴스테프」라는 논문은 두 문학형상의 평행비교를 통해 문학창작에서의 '미(美)'와 '선(善)'의 관계에 대해 새롭게 인식을 하였다. 즉, 이론의 관점으로 보면, 결코 선하지 않은 인물형상이 오히려 심미적인 가치를 지닐 수 있다는 것이다. 그는 "경우에 따라서 미(美)는 선(善)과 다른 각도로 동

---

29) 方平: 『三個從家庭出走的婦女――比較文學論文集』, 外國文學出版社, 1987年, 第363頁.

일한 사물의 다른 모습을 볼 수 있으며, 미(美)가 자신만의 예술세계로 들어갈 때에 비로소 스스로의 개성과 상대적인 독립성을 나타내게 된다.", "셰익스피어와 차오쉐친과 같은 위대하고 천재적인 작가만이 글 속의 부정적인 인물들에게 불가항력의 예술적 매력을 부여할 수 있다."[30]라고 하였다. 물론 그의 이러한 결론은 의심의 여지가 없다. 그러나 문제는 만약 '왕시펑과 폴스테프'에 대하여 평행비교를 하지 않더라도 똑같은 결론을 얻을 수 있는가에 달려 있다. 팡핑의 또 다른 중요 논문인 「차오쉐친과 셰익스피어」에서 작자는 차오쉐친과 셰익스피어에 대한 평행비교를 통해 "한 민족을 대표하고, 후대인들이 자랑스러워하는 위대한 고전(통속)문학 작가에 대한 평가기준은 두 가지로 요약된다. 바로 보편화와 깊이이다. 모든 사람들이 다 알고 있고 사람의 마음속에 깊이 파고 든 만큼, 대대로 많은 학자들이 평생 연구하도록 매료시키므로, 끝이 없는 학문이 될 수 있다."[31]라고 밝혔다. 이러한 그의 결론은 매우 타당성을 지니고 있다. 하지만 문제는 역시 이러한 비교를 하지 않았을 때에도 똑같은 결론을 내릴 수 있는가이다.

평행연구의 유형연구에 대해 연구할 때 부딪히는 한계들은 '평행연구' 이론에 대한 해설의 불완전과 밀접한 관련이 있다. 그러므로 우리는 반드시 평행연구의 이론 자체로 되돌아와야 하며, 평행연구라는 표현과 표현방식에서부터 평행연구에 대한 반성을 시작하여야 한다. '평행연구'(Parallelism or Parallel Study)라는 표현은 외국에서 사용하던 표

---

30) 方平: 「王熙鳳和福斯泰夫」, 『三個從家庭出走的婦女――比較文學論文集』, 外國文學出版社, 1987年, 第33頁, 第40頁.

31) 方平: 『三個從家庭出走的婦女――比較文學論文集』, 外國文學出版社, 1987年, 第373頁.

현방법을 그대로 옮겨 놓은 것이다. '평행'이란 말은 사람들에게 의미상 두 가지의 직관과 암시를 준다. 첫 번째로 '평행' 관계는 두 개의 선(線), 혹은 두 개의 점(點), 혹은 두 개의 면(面)으로 구성된다는 것이다. 그리고 두 번째로 이러한 두 개의 선, 혹은 두 개의 점, 두 개의 면은 마치 영원히 교차할 수 없는 철도 레일과 같고, 마치 은하(銀河)로 떨어져 있는 견우와 직녀처럼 영원히 만날 수도, 영원히 회합(會合)할 수도 없다는 것이다. 이러한 평행이란 말은 연구자에게 두 항목이 병립된 제목을 선정하도록 암시한다. 때문에 「두푸(杜甫)와 괴테(Goethe)」, 「카리다사(Kalidasa)와 셰익스피어」, 「탕셴쭈(湯顯祖)와 셰익스피어」, 「가와바타 야스나리(川端康成)와 선충원(沈從文)」 등과 같은 연구 제목들이 끊임없이 나타나게 되었으며, 두 연구대상 간에 공통점만 찾을 수 있다면 바로 연구제목으로 삼을 수 있게 되었다. 사실상 서로 다른 두 명의 작가에게서 공통점을 찾아내는 것은 어렵지 않다. 위에서 말한바와 같이 유사연구의 궁극적인 목적과 취지는 평행비교를 통해 규율성과 이론적인 가치가 있는 새로운 관점 및 새로운 시각 그리고 새로운 결론들을 얻어내는 것이다. 이러한 목적을 달성하려면 가능한 한 많은 사실들과 관련된 사항들을 수집하고 정리하며, 분석과 비교 및 귀납을 할 필요가 있다. 그러나 현재 많이 사용하는 '두 항목'에 대한 평행비교는 두 가지 항목에 대해서만 비교를 할 수 있을 뿐 서로 밀접한 관계를 맺고 있는 두 가지 이상의 비슷한 사항들을 포함할 수 없다. 때문에 이러한 연구를 통해서는 여러 항목에 대해 정리와 분석 및 비교와 귀납을 할 수 없음은 물론이고 가치 있는 결론을 얻어내기 힘들다. 최근 20여 년 동안 중국 비교문학에 우후죽순처럼 나타난 간단한 비교에 치우쳐진 'A : B = A + B'식의 비교에 대하여 지셴린은 몇 편의 논문을 통해 호되게 비평을 하였으며, 이러한 평행비교의 문제점들을 밝혀냈다. 'X와 Y'식의 비교는 한 작가와 다른 작가, 한 작품과 다른 작품, 혹은 단순한 작가 및 작품과 다른 작가나 작품에 대해 비교하는 두 항목의 비교를 말하며, 가장 간단한 평행비교 방법이다. 이러한 평행비교는 연구를 시작하기에는 매우 쉬우나 깊고 좋은 연구를 하기에는 매우 어려우므로, 호된 비평을 받고 많은 학자들에게 인정을 받지 못하는 것은 어쩌면 당연하다.

팡핑이 제기한 'A : B → C'모식은 첫 번째 방법인 'A : B = A + B'보다 질적으로 많이 발전했으나 여전히 A와 B의 두 항목에 대한 비교를 벗어나지 못했다는 한계를 지니고 있다. 이러한 두 항목에 대한 비교를 통해 좋은 결론을 얻을 수도 있다. 하지만 종종 두 항목의 양극성 때문에, 많은 사실자료의 비교를 통해 나온 규율성 있는 견해라는 기초가 결여되기도 한다. 또한 불가피하게 C라는 부분은 한계가 있는 사례들을 통해, 모든 사람들이 다 알고 있거나 혹은 창의성이 없는 평범한 의견을 증명하게 된다.

따라서 필자는 유사연구의 두 가지 항목에 대한 평행연구를 여러 가지의 항목에 대한 평행연구로 바꾸는 것을 주장한다. 팡핑의 '화학 방정식'을 변용하자면 X1 : X2 : X3 : X4 : X5……→Y로 나타낼 수 있다. 여기에서 X1, X2, X3, X4, X5……는 서로 다른 민족과 언어 및 문화배경 속의 비슷한 자료인 작가, 작품, 개념, 술어, 명제나 서로 관련된 다른 학문의 문제들을 가리키고, Y는 연구자의 새로운 견해를 가리킨다. 위의 모식은 가장 높은 단계의 평행비교 모식이며, 첸중수가 『관추편(管錐編)』 등을 집필할 때에 성공적으로 운용한 방법이다. 이러한 '평행연구'는 더 이상 '평행하고 서로 교차하지 않는' 연구가 아니다. 평행한 두 개의 선인 '＝자 형'의 연구가 얽기설기 얽혀 있는 '井자 형'의 연구로 바뀌면서 서로 '관통(貫通)'하게 되므로, '평행연구'라는 개념은 '평행-관통연구'라는 개념으로 바뀌게 된다.

중국의 비교문학 연구 중 '평행-관통연구'에 관한 첸중수의 연구업적은 본보기로 삼을 만하다. 그의 『관추편』을 비롯한 여러 저서들이 사용한 연구방법은 '영향연구'도 아니고, 통상적인 '평행연구'도 아니다. 몇몇 학자들은 비교문학을 단지 '영향연구'와 '평행연구' 양단(兩端)으로만 이해하기 때문에 『담예록(談藝錄)』이나 『관추편』 등의 저서를 '비교문학'의 저서라고 보는 것에 대해 강력하게 반대하였다. 사실상 그의 연구는 과문화(跨文化)적인 '관통연구'이며, 이는 그가 반복적으로 강조한 것이다. 이러한 그의 연구는 '비교문학'일 뿐만 아니라, 비교문학의 가장 높은 경지에 도달한 연구라 할 수 있다. 우리는 그의 연구방법에 대하여 깊게 연구하고 다듬어 총괄하여야 하며, 비교문학 학과이론을 보강하여 서양식의 표현방법 때문에 연구를 그르치지 않도록 해야 한다. 첸중수의 관통연구는 뚜렷한 문제의식을 갖고 있다. 즉, 어떠한 문제에 대해 설명하고 해결하는 것에서 출발하며, 절대로 비교를 위한 비교를 하지 않는다. 예를 들어, 첸중수가 「통감(通感)」 글을 통해 연구한 것은 중국과 외국의 시가(詩歌)에서 인간의 시각, 청각, 촉각, 후각, 미각 등이 서로 관통하는 '통감(通感)' 현상이다. 그는 중국과 서양의 많은 나라들의 시(詩)들을 열거해가며, '통감'이라는 것은 모든 시가의 공통적인 현상임을 분명히 밝혔다. 또한 그는 「시가이원(詩可以怨)」이라는 연설문을 통해 '시가이원'을 '중국 문장비평의 중요한 개념으로 제기'하였으며, 중국 고대의 비슷한 내용을 담은 저서들의 관계있는 서술들을 열거하는 동시에 서양의 많은 서술들을 대조하여, '시가이원'이란 동서고금을 막론하고 작가가 창작활동을 할 때에 갖는 공통된 심리를 개괄한 것이라는 것을 명확하게 밝혔다. 장룽시(張隆溪)의 「시무달고(詩無達诂)」라는 글은 첸중수를 본받아, 중국 고전 문학이론과 고대 그리스의 문학이론 그리고 현대서양의 해석학을 하나로 만들었다. 또한 이를 통해 문학을 이해하고 받아들일 때에 '시무달고'[16]라는 것은 보편성 현상이며, 중국과 외국의 문학이론의 하나의 보편적인 이론 명제임을 밝혀냈다. 위에서 언급한 세 편의 대표적인 평행연구의 논문은 모두 '문제'[17]를 글의 제목으로 삼았다. '문제'는 마치 한 개의 자석과 같이, 관계가 있는 동서고금의 문헌자료들을 끌어당긴다. 여기서 사용하는 연구방법은 'X와 Y식' 혹은 'A : B식'의 두 항목에 대한 양극의 대비가 아니고, 단문에 대해서만 증명하는 것도 아니며, 여러 항목에 대해 다각적으로 자료를 인용하여 증명하는 비교연구이다. 또한 이러한 연구는 여러 학과와 여러 대상 및 과문화(跨文化), 과민족(跨民族), 과시공(跨時空), 과국경(跨國界)을 포함한 연구이며, 연구대상들이 서로 얼기설기 얽혀 있어 하나를 통해 열을 꿰뚫어 볼 수 있는 것이다. 또한 이러한 연구는 '같은 종류를 예로 들고', '비슷한 것들을 되도록 많이 모아', '생각을 집중하여 종합적인 판단을 내리는 것'이므로 사용한 연구방법은 각기 달라도 동일한 연구결과를 얻게 되는 것이다. 연구를 할 때 각각의 경계들은 연구자의 생각을 통해 관통되어진다. 또한 연구자는 특정한 사고와 발견을 할 때 서로 다른 많은 자료들을 참고하며, 동시에 연구자는 엄격한 문헌학의 방법에 입각해, 모든 문장과 사건에 주석을 달아야 한다. 이렇게 해야지만 연구자 마음대로 표현 및 부연설명하거나, 헛된 이론을 주장하는 폐단을 막을 수 있다. 우리는 지금까지 내용들을 통해 '관통연구'는 '평행연구'와 다르다는 것을 알아보았다. 또한 관통연구는 '영향연구'와 같이 과학적인 실증과 문헌의 고증을 필요로 하며, 심지어 일반적인 '영향연구'브다 더 많은 학식과 더 많은 문헌자료들을 필요로 하므로, 비교문학의 최고봉이라 할 수 있다.

제4절 '초문학(超文學)' 연구법

1. '초문학' 연구의 성질 및 '과학과(跨學科)' 연구와의 구분

우리가 말하는 '초문학(超文學)' 연구방법이라는 것은 문학연구를 할 때, 문학이라는 범주를 뛰어넘어 문학과 관련된 다른 학문의 교차점을 깊이 파고들어 문학과 외국문화 사이의 관계를 연구하는 것을 가리킨다. '초문학' 연구가 비교문학의 다른 연구방법과 다른 점은 다른 비교문학 연구방법들은 문학이라는 범위 내에서 연구가 진행되지만, '초문학' 연구는 문학과 '외국문화'의 관계에 대해 연구한다는 점이다.

여기서 말하는 '초문학' 연구는 이미 출판된 비교문학 이론저서에 기술되어진 '과학과(跨學科)' 연구와 동일한 것이 아니다.

그렇다면 '과학과 연구'란 과연 무엇일까? 현재 중국에 출판되어진 여러 비교문학 학과이론 저서들은 대부분 '과학과' 연구에 대해 미국학파의 의견을 전반적으르 수용하였으며, '과학과 연구'란 비교문학

연구를 구성하고 있는 일부분이라고 주장한다. 또한 일반적으로 "과학과 연구는 문학과 다른 예술부문의 관계에 대해 연구 및 문학과 사회과학 또는 문학과 인문과학의 관계에 대한 연구, 그리고 문학과 자연과학의 관계에 대한 연구를 포함한다."라고 설명한다. 그러나 '과학과 연구'가 비교문학을 구성하고 있는 일부분임을 인정하기 전에 우리는 반드시 몇 가지 문제점들에 대해 생각해봐야 한다. 첫 번째는 과학과 연구라는 연구방법이 모든 과학연구에서 공통적으로 사용할 수 있는 연구방법인지, 아니면 문학연구를 할 때만 사용할 수 있는 연구방법인지에 대한 문제이다. 그리고 두 번째는 과학과 연구는 문학을 연구하는 보편적인 연구방법인지 아니면 비교문학 연구에만 사용하는 문학의 특수한 연구방법인지에 대한 문제이다.

먼저, 첫 번째 문제에 대해 생각해 보자. 과학과 연구방법은 현재 모든 학과에서 통용되는 연구방법이며, 문학연구에만 전속(專屬)되어진 연구방법이라 할 수 없다. 과학(科學)이란 말은 바로 '분과지학(分科之學, 분석하는 학문)'을 의미하며, 여기서 분과(分科)라는 것은 분석을 의미한다. 하지만 여기서 말하는 분석이란 단순한 분석이 아닌 분석을 하여 종합해내는 것이다. 즉, 과학과 연구란 종합적인 연구방법이라 할 수 있다. 자연과학에 포함되는 수학, 물리, 화학, 생물 의학 등의 연구를 할 때에는 종종 과학과 연구를 해야만 하는 경우가 생기며, 이 때문에 결국 '물리화학'이나 '생물의학' 등 새로운 과학과의 교차학과들이 생기게 되었다. 인문사회과학의 과학과 연구도 마찬가지로 '교육심리학', '교육경제학', '역사철학', '종교심리학' 등의 교차학과를 만들어냈다. 현존하는 많은 문제들은 인문과학, 사회과학, 철학, 자연과학 등의 과학과 연구를 통해서만 해결할 수 있다. 예를 들면, 최근 중국에서 연구를 마친 '하상주단대연구(夏商周斷代硏究)'는 역사학, 고고학, 문자학, 수학, 물리학, 화학, 문예학 등 많은 학문을 연구하는 학자들이 함께 연합하여 과학과 연구를 하였기에 성과를 거둘 수 있었다.

다음으로 두 번째 문제에 대해 생각해 보자. 먼저 결론브터 말하자면 과학과 연구는 문학연구의 보편적인 방법이며, 비교문학 연구에서만 사용되는 방법이 아니다. '문학은 인학(人學)'이므로, 사람이 창조한 모든 학문은 문학과 밀접한 관계를 갖고 있을 수밖에 없다. 때문에 문학에 대해 연구할 때에는 반드시 이러한 학문들을 '넘어' 서야만 한다. 예를 들면, 엥겔스(Friecrich Engels)가 발자크(Honore de Balzac)의 문학창작에 대해 논한 평론은 과학과적인 성격을 갖고 있다고 할 수 있다. 엥겔스는 경제학과 통계학적인 관점으로 문제를 보았으며, 이러한 관점은 문학과 경제학 혹은 문학과 통계학 간의 관계를 성립하도록 하였다. 그리고 계급분석의 각도로 발자크의 전통적인 귀족계급과 신흥자산계급에 대한 태도를 언급함으로써 문학과 사회학 간의 관계를 성립하도록 하였다. 또한, 발자크가 프랑스 풍속사에 대해 묘사하는 것을 언급함으로써 문학과 역사학의 관계를 성립하도록 하였다. 이러한 엥겔스의 평론을 통해 문학평론과 문학연구는 반드시 순수한 언어와 순수한 문학형식 외의 인문과학, 사회과학, 자연과학 등 여러 학문들과 끊임없이 관계를 갖게 됨을 알 수 있다. 이에 반해 마르크스(Karl Heinrich Marx)의 발자크에 대한 평론은 비록 과학과적인 성질을 띠고 있으나, 우리는 이를 '비교문학'으로 보지 않는다. 또 과학과 연구에 대해 『홍루몽(紅樓夢)』연구를 예로 들어 설명해보자. 중국의 『홍루몽』을 연구하는 '홍학(紅學)'은 대부분 '과학과'적인 성격을 띠고 있다. 예를 들어, 왕궈웨이(王國維)는 쇼펜하우어(Schopenhauer, Arthur)의 비관(悲觀)철학의 관점에서『홍루몽』을 연구하였고, 위핑보(俞平伯) 등의 '색은파(索隱派)'는 역사고증학의 방법과 관점을 사용하였으며, 마오쩌둥(毛澤東)은 마르크스 계급분석 방법을 사용하여『홍루몽』을 연구하였다. 그리고 현재 많은 사람들은 종교학적인 시각으로『홍루몽』과 불교 혹은『홍루몽』과 도교의 관계에 대해 연구를 하고 있으며, 정신분석학의 각도로『홍루몽』속의 꿈과 인물들의 변태적인 심리상태를 연구하거나, 성학(性學, sexology)의 관점으로『홍루몽』속의 남성과 여성의 관계에 대해 연구하고, 의학적 각도에서 린따이위(林黛玉) 등 인물들의 병세와 처방을 연구하기도 한다. 또한 정치학의 관점으로『홍루몽』과 궁정정치를 연구하고, 경제학의 각도에서『홍루몽』속의 경제문제에 대해 연구하며, 언어학의 관점으로 컴퓨터를 사용하여『홍루몽』중의 단어와 어휘사용의 규율에 대해 통계를 내기도 한다. 이렇듯『홍루몽』연구의 성과는 절대적으로 '과학과'적이라 할 수 있다. 하지만 홍학(紅學)연구가 문학이라는 학문을 넘어 다른 학문과 함께 연구를 진행하였다고 하여서 '홍학'을 비교문학 학과 연구로 귀속시킬 수 있을까? 물론 아니다. 문학연구를 조금이라도 해본 사람들은 문학연구를 할 때 자신도 모르게 다른 학과의 영역과 문학을 함께 연구하였던 경험들이 있을 것이다. 또한 자칫 잘못하여 문학이라는 학문의 경계를 넘어서 버린 경험들도 있을 수 있다. 문학연구를 하는 사람의 입장에서 문학연구를 할 때에 함께 연구하기 가장 쉬운 학문은 사회학, 심리학, 예술학, 철학, 종교학, 민속학, 역사학 등이다. 문학에 대해 연구한 많은 논문들을 자세하게 분석해보면 대다수의 논문들이 문학 이외의 다른 학문들을 함께 연구하였다는 것을 알 수 있다. 지난 몇 년 동안 문학연구자들과 평론가들이 동조한 '여러 관점을 통해 다각적으로' 작품을 관찰하자라는 주장은 실질적으로 과학과적인 넓은 시야로 문학현상을 연구하자는 것이며, 이는 단순히 어느 한 학과의 관점으로만 문학현상을 연구할 수 없음을 나타낸다. 만약 우리가 단순히 '과학과'적인 관점으로만 보면 대부분의 문학평론 및 문학연구의 저서와 논문들은 모두 과학과적이라 할 수 있으며, 특히 어느 정도 심도 있는 논문과 글들은 모두 문학 외의 다른 학문들까지 함께 연구한 것임을 알수 있다. 그러나 우리는 이러한 글들을 모두 '비교문학'의 성과로 볼수 있는가에 대해 의문을 품어야 한다. 물론 이러한 과학과적인 논문들을 모두 비교문학 연구의 성과물로 볼 수 없다. 문학연구는 마치당대 영국과 미국의 일부 '신비평' 이론가들이 연구한 것과 같이 순수한 형식의 텍스트연구를 제외하고는 단순히 문자와 어구에 대해분석을 하더라도 언어학의 관점에서 연구해야 하므로 모두 과학과의성격을 띨 수밖에 없다. 우리는 이를 통해 과학과라는 것은 문학평론과 문학연구의 공통적인 수단이며 방법이라는 것을 알 수 있다. 심지어 문학과 다른 학문의 과학과 연구는 '문예 심리학', '문예 사회학', '문예 미학', '문학 사료학(史料學)' 등의 새로운 교차학과들을 만들어냈다. 그러나 설령 '문예 심리학', '문예 사회학', '문예 사료학' 등의 학문이 과학과적인 연구를 한다고 할지라도, 이러한 새로운 교차학문들을 '비교문학'으로 포함하자는 의견에 찬성하는 학자들은 매우 적을것이다.

때문에 비교문학 학과이론의 관점으로 볼 때 과학과의 문학연구는동시에 과문화(跨文化)의 연구이어야 한다는 것을 명확하게 할 필요가있다. 이러한 연구만이 비로소 비교문학의 연구에 속할 수 있으며, 비로소 초문학(超文學) 연구라 할 수 있기 때문이다. 즉, 단순히 다른 학과의 영역을 함께 연구하는 문학연구는 비교문학이라 할 수 없다는 것이다. 예를 들어, 종교와 문학의 과학과 연구 가운데 인도의 불교와 중국문학, 기독교와 중국문학, 이슬람교와 중국문학의 관계를 연구하는 것은 비교문학적 연구라 할 수 있다. 왜냐하면 불교, 기독교, 이슬람교는 중국의 입장에서 보면 다른 나라의 종교이기 때문이다. 이러한 과학과의 문학연구는 동시에 과문화의 연구이며, 비교문학 연구에 속한다. 이와 반대로 중국의 토속종교인 도교와 중국문학의 관계에 대한 연구나 특정한 한 나라의 정치와 문학의 관계에 대한 연구, 그리고 한 나라의 내부전쟁과 문학의 관계에 대한 연구들은 모두 비교문학의 초문학 연구라 할 수 없다. 왜냐하면 이런 연구들은 과문화의 성격을 갖고 있지 않기 때문이다. 때문에 이러한 연구들은 일반적인 과학과 연구일 뿐, 진정한 비교문학에는 속할 수 없다. 여기에서 '과문화'란 비교문학학과의 성립에 있어서 없어서는 안 될 전제조건이다. 바꿔 말하자면 과학과의 문학연구는 비교문학에 속할 수도 있고 속하지 못할 수도 있다. 이렇게 과학과의 연구가 비교문학에 속할 수 있는가의 여부를 결정하는 것은 과학과의 문학연구가 과문화적 요소가 있는가의 여부라 할 수 있다. 총괄적으로 말하자면, 비교문학의 '초문학'적 연구는 정치, 경제, 군사(전쟁), 종교철학사상 등의 국제적이며 세계적인 사회사건이나 역사현상 혹은 문화사조들을 문학을 연구하는 시각과 참조체계, 그리고 연구를 시작하는 지점으로 삼아 하나의 민족이나 국가의 문학과 다른 외국의 문화의 관계를 연구하는 것이다. 여기서 특별히 강조해야 하는 것은 문학과 관계가 있으며, 사회문화 현상과도 관계가 있는 '국제성'이다.

우리가 '과학과'나 '학과의 통합'이라는 개념을 사용하지 않고, '초문학이라는 새로운 개념을 사용하는 것은 미국학파의 견해에 대해 무조건적인 동의를 하지 않는다는 것을 의미하며, 이러한 새로운 견해는 이미 많은 학자들에게 인정을 받았다. 초문학이라는 개념을 사용하는 것은 끝없는 과학과 연구로 인해 비교문학 학과가 포함하지 않는 것이 없이 팽창하는 것과 학문의 경계가 사라지는 것을 규제하고 통제하는 데 도움이 된다. 지금까지 내용을 통해 과학과 연구는 모든 학문의 연구에서 사용되는 공통적인 연구방법이자 문학연구의 보편적인 방법이므로, 과학과 연구 자체를 비교문학이라 여기면 안 된다는 것을 알 수 있다.

2. '초문학' 연구의 방법 및 적용범위

현재 출판되어 있는 비교문학 학과이론에 관한 교재들과 전문 서적들 중 대다수는 '과학과' 연구라는 제목으로 문학과 그 외의 예술, 철학, 역사학, 심리학, 종교, 자연과학 등의 학문과의 관계에 대해 서술하고 있다. 물론 과학과 연구를 할 때에 문학과 이러한 학문들 사이의 관계를 명확히 하는 것은 매우 중요하다. 하지만 이러한 문학과 그 외의 학문의 관계에 대한 연구는 일반적인 과학과 연구의 원리에 대한 기초적 단계의 연구이며, 우리가 말하는 초문학의 비교연구와는 엄연히 다르다. 비교문학의 '초문학 연구' 방법은 문학과 그 외의 학문에 대한 일반적인 관계를 총체적으로 서술하는 것을 의미하는 것이 아니다. 이는 국제적이고 전 세계적인 정치사건과 정치운동, 경제상황, 군사상황 및 전쟁, 철학, 종교적 사상들과 특정한 극가나 지역의 문학 및 특정한 시대의 문학 그리고 심지어 전 세계 문학과의 관계에 대해 구체적인 문제의식을 갖고 연구하는 것이다. '초문학'의 연구는 이러한 전제조건을 기초로 하여 자신만의 연구방법을 수립하고 스스로의 적용범위를 확립한다.

과학과의 연구방법과 비교해보면 비교문학의 초문학 연구방법의 범위는 매우 한정적이며 조건적이라 할 수 있다. 초문학 연구를 할 때 문학과 비교되는 대상은 반드시 국제성을 갖고 있는 사회문화의 사조이거나 국제적인 성격의 사건이어야만 한다. 이것은 비교문학의 초문학 연구가 성립될 수 있는 전제조건이자 기초라 할 수 있다. 그러면 도대체 무엇이 '국제성을 갖고 있는 사회문화의 사조'이고 '국제적인 성격의 사건'일까? '국제성을 갖고 있는 사회문화의 사조'와 '국제적인 성격의 사건'은 우리가 일반적으로 말하는 학과와 다른 개념이다. '학과'라는 것은 추성적인 것이며 사람이 인위적으로 구분한 것이라 할 수 있다. 때문에 '학과'란 과학연구의 범위와 대상을 확정시킨 것이지, 과학연구의 대상이나 해결해야 할 문제 자체를 의미하는 것은 아니다. 또한 '국제성을 갖고 있는 사회문화의 사조'와 '국제적인 성격의 사건'은 특정한 학과에 포함될 수 있지만, 그것이 특정한 시공간에 존재하게 되면 구체화되기 때문에 더 이상 추상적인 존재라 할 수 없게 된다. 예를 들어, 문학에 매우 큰 영향을 준 프로이드 학설(Freudianism)은 심리학이나 철학으로 구분될 수 있다. 그러나 프로이드 학설은 '국제성을 갖고 있는 사회문화의 사조'로서, 심리학 학과 자체와는 다르다. 또 다른 예로, '세계 제2차 대전'은 문학과 밀접한 관계가 있는 '국제적인 성격의 사건' 중 하나이다. '세계 제2차 대전'은 군사학이라는 학문으로 구분될 수 있으나, 군사라는 학문과는 또 다른 개념이라 할 수 있다. 비교문학의 초문학 연구에 관련되는 것들은 이렇듯 구체적인 '국제성을 갖고 있는 사회문화의 사조'나 '국제적인 성격의 사건' 들이다. 이러한 것들은 확정지어진 학문이 아니며, 일정한 시공간 속에서 전파력과 영향력을 지니고 있는 국제적인 성격의 사조와 사건들이라 할 수 있다. 이러한 사조와 사건들은 대체적으로 정치사조, 정치사건, 경제상황, 국가 간의 전쟁, 종교와 신앙, 철학적 미학사조 등을 포함한다. 이러한 정의의 확정을 통해, 자연과학이 하나의 학문으로서 문학과 관계를 맺는 것은 초문학 연구방법의 적용범위가 아니라는 것을 알 수 있다. 그러나 과학주의(科學主義, scientism)사조와 같이 자연과학과 관계가 있고 전파력이 있는 국제적인 사조는 초문학 연구의 범위에 속한다고 할 수 있다.

예를 들어, 중국의 정치와 문학의 관계에 대한 연구에서 1930년대의 '혁명의 30년대(紅色30年代)'라고 불리는 공산주의 정치사상이 유럽문학과 아시아문학 심지어 전 세계문학에 미친 영향은 연구할 만한 가치가 있다. 그 당시 공산주의를 가장 이상적인 것으로 여겼던 좌익 정치사조는 그 시대의 문학상황을 완전히 뒤바꿔 놓았다. 게다가 유럽과 구소련으로부터 발원된 좌익정치사조는 일본, 한국, 중국, 인도, 터키를 포함한 아시아 각국으로 전파되어 각국의 문학에 영향을 미쳤으며, 결국 엄청난 기세의 '무산계급 문학'이 형성되었다. 이와 마찬가지로, 1960년대부터 70년대까지 중국에서 일어난 '문화대혁명(文化大革命)'은 국제정치 자체에 영향을 미쳤을 뿐만 아니라, 많은 국가들의 문학에도 영향을 미쳤다. 이 시기의 미국과 영국 그리고 프랑스 등의 유럽 국가를 비롯하여 일본과 아프리카의 몇몇 국가에서까지 중국의 문화대혁명과 관계가 있는 문학작품들이 쓰여졌고, 청년 지식인들의 혁명문학이 생겨났으며, 마오쩌둥을 찬양하는 시가들이 나타나기도 하였다. 또한 이와는 반대로 미국 등 서양의 몇몇 국가에서는 중국의 문화대혁명을 반대하는 문학작품들이 나타나기도 하였다. 이외 몇몇 정치적 사건들은 비록 국제적인 영향력은 없으나, 비교문학의 관점으로 보았을 때 상당한 가치를 지니기도 한다. 예를 들어, 20세기 후반 대부분의 사회주의 국가에서는 당(党)과 국가지도자의 공덕을 찬양하는 문학작품들이 많이 나타났다. 이러한 문학작품들은 정치의식에 있어 매우 깊은 공통성을 지니고 있으므로, 초문학의 비교문학 연구를 할 가치가 있다. 또 다른 예로, 1950년대부터 1980년대까지의 냉전시기 동안 중국, 한국, 베트남, 쿠바 등의 몇몇 적대국가에서 강렬한 냉전 색채를 띠고 있는 문학작품인 '반미'(反美) 문학이 나타났으며, 1970년대에 중국에서 소련의 수정주의(修正主義)를 반대하는 문학작품들이 나타났다. 이러한 정치와 문학에 대한 초문학적 비교문학 연구는 상당히 큰 연구 가치를 갖고 있다. 하지만 이러한 연구대상에 대한 연구들은 현재 매우 취약한 상태이다. 아이샤오밍(艾曉明)의 박사 논문인 『중국 좌익문학사조의 기원 연구』[32]는 1930년대 중국 좌익문학과 국제 공산주의 정치 및 국제 좌익문학에 대해 심도 있게 연구한 역작이라 할 수 있다. 그러나 이러한 몇몇 논문을 제외하고, 앞에서 언급한 다른 부분에 대한 연구는 여전히 미흡한 상태이다.

국제 경제상황과 문학에 대한 '초문학' 비교연구 영역에는 역사상의 경제활동, 상업 활동이 문학에 미치는 영향, 문학이 국제적으로 전파될 때의 상인들의 작용 등 매력적인 연구주제들이 많이 있다. 예를들어, 고대의 '실크로드'는 동서양의 국제 상업과 경제를 연결하는 주

---

32) 艾曉明:『中國左翼文學思潮探源』, 湖南文藝出版社, 1991年.

요한 통로이다. 이러한 실크로드를 통한 경제활동이 중국 서북지역의 소수민족문학과 중동지역의 문학 그리고 고대 로마제국의 문학에 어떠한 영향을 미쳤는가에 대해 많은 사람들이 흥미로워하며, 실크로드를 묘사한 여러 나라의 문학작품은 수집하여 정리하고 체계적으로 연구할 만한 가치가 있다. 이 외에도 고대문학 중에는 경제활동을 묘사한 작품들이 적지 않다. 그중 아랍의 『아라비안나이트』에 수록된 대부분의 이야기들은 상인을 주인공으로 하고 상업 활동을 제재로 한 것들이다. 중국의 유명한 아랍문학 전문가 즈바오하오(邱薄浩)는 「신화와 현실: 『아라비안나이트』론」33)이라는 논문을 통해 국제무역의 시각으로 『신밧드의 모험(Stories of Sinbad's Voyages)』에 대해 독특한 분석을 하였으며, 중국의 '삼언이박(三言二拍)'⑱ 중 신밧드의 모험과 관계가 있는 작품들을 비교하며 분석하였다. 그의 이 논문은 경제와 문학의 관계에 대해 연구한 초문학 연구의 성공적인 본보기라 할 수 있다. 17세기 일본 작가 이하라 사이카쿠(井原西鶴)의 작품들 중 몇몇 작품들은 정인물(町人物)이라 불리는 경제소설에 속한다. 필자는 일찍이 「이하라 사이카쿠 시정문학 초론」34)을 통해 당시 동서양의 경제상황을 배경으로 하여 이하라 사이카쿠의 경제소설에 대해 분석을 하였다. 현대사회에 들어서면서, 경제와 문학의 '협력' 현상은 점점 뚜렷해지고 있다. 예를 들어, 영국의 작가 몸(William Somerset Maugham)은 「발자크와 『고리오 영감』」이라는 글 속에서 19세기 프랑스의 대작가 발자크를 '일상생활 속에서 경제의 중요성을 이해한 첫 번째 소설가'라고 칭하였으며, 엥겔스 역시 경제학자나 통계학자보다 발자크가 그의 작품을

---

33) 邱薄浩: 『神話與現實――「一千零一夜」論』, 社會科學文獻出版社. 1997年.
34) 王向遠: 「井原西鶴市井文學初論」, 『北京師範大學學報』, 1998年(增刊).

통해 더 많은 경제에 대한 자료들을 제공한다고 여겼다. 현대사회에서 경제의 지구촌화가 각 나라의 문학에 미치는 영향은 점점 세계적 문화현상이 되었다. 예를 들어, 1929년 발생한 세계 경제위기는 중국 문학 작품 속에 그 흔적을 남겼다. 1930년대 초 마오둔(茅盾), 예성타오(葉聖陶), 예쯔(葉紫) 등의 작가들은 당시 세계 경제위기를 커다란 배경으로 삼아 농촌생활의 고달픔과 상인들의 파산을 묘사하였다. 또한 1990년대 발생한 아시아 금융위기는 아시아 각국의 문학과 홍콩의 문학에 영향을 미쳤다. 1970년대 이후, 일본문단에서는 '경제소설'과 기업 간 사업상의 싸움을 제재로 한 문학작품들이 출현하였고, 이러한 문학작품들은 홍콩과 대만 등지의 문학에 영향을 미쳤다. 지금까지 내용을 통해 상품경제와 문학 활동, 문학작품의 상업화 등의 연구대상들은 이미 비교문학의 '초문학' 연구의 중요한 연구과제가 되었음을 알 수 있다.

문학과 전쟁, 문학과 군사상황의 관계는 줄곧 불가분의 관계를 유지하고 있다. 고대 세계문학의 역사시(史詩)는 기본적으로 부족과 부족 혹은 민족과 민족 간의 피비린내 나는 전쟁을 묘사하고 있다는 특징을 지니고 있다. 전쟁이 없다면, 역사시(史詩) 또한 존재하지 않는다고 말할 수 있으며, 이러한 전쟁들은 대부분 '과민족(跨民族)'적이며, 국경이 없는 전쟁이라 할 수 있다. 국가 내부에서 발생하는 내전 이외에, 현재 전 세계적으로 발생하는 대부분의 전쟁들은 모두 국가와 국가 간의 전쟁 혹은 민족과 민족 간의 전쟁, 그리고 국제단체와 국제단체 간의 전쟁들이다. 전쟁은 본래 종종 '국경을 뛰어넘는' 행위이기 때문에, 전쟁이 문학에 미치는 영향 역시 '국경을 뛰어넘는' 영향일 수밖에 없다. 전쟁과 군사라는 관점으로 문학현상을 연구하는 것은 대부분 전쟁과 문학의 관계를 밝히는 초문학적 연구이다. 특히 20세기에 두 차례나 발생한 전대미문의 세계대전은 작가들의 문학창작에 매우 커다란 자극을 주었으며, 이러한 세계대전은 20세기 '전쟁문학'의 번영을 가져왔다. 세계대전을 태경으로 하거나 세계대전을 제재와 주제로 하는 전쟁문학을 심도 있게 연구하려면, 반드시 전쟁과 문학의 관계에 입각하여 전쟁과 문학 그리고 교전국 간의 독특한 일치점이나 중복되는 부분 혹은 문제점들을 찾아내야 한다. 전쟁이나 전쟁의 역사에 대해 연구하는 학자들은 반드시 전쟁문학이라는 중요한 자료를 충분히 이용할 줄 알아야 하며, 이러한 문학적 자료들을 중시해야 한다. 즉, 전쟁문학 특유의 구체적이고 형상적이며 세밀한 묘사들에 중점을 두고, 전쟁사 문헌들의 결점과 부족한 부분들을 보충해야만 한다는 것이다. 또한 문학을 연구하는 학자들은 전쟁문학 작품들을 연구할 때에 작가와 작품에 대한 심미적인 분석과 인물의 성격에 대한 분석 혹은 작품형식과 기술에 대한 분석 등 순수문학을 연구하는 측면에서만 머무르면 안 되며, 작가의 민족주의, 애국주의사상, 인도주의사상, 혹은 작가의 파시즘주의사상, 작가의 호전(好戰) 혹은 반전(反戰)적인 태도 등 작가가 전쟁을 표현하는 입장과 그 관점에 대해서도 연구해야만 한다. 그리고 반드시 전쟁과 작품 속의 인물형상, 전쟁과 작품 속에 나타난 인간의 본성, 전쟁과 심미, 전쟁과 문학적 가치판단 등의 문제들에 대해서도 연구해야 한다. 그러나 현재까지 이루어진 문학연구 중 전쟁문학에 대한 초문학적 연구는 그 수가 대우 적으며, 여전히 초급단계에 머물러 있는 실정이다. 필자의 『'필부대(筆部隊)'와 침화(侵華)전쟁: 일본 침화문학의 연구와 비판』[35]이라는 논문은 '초문

---

35) 王向遠: 『'筆部隊'與侵華戰爭－－對日本侵華文學的研究與批判』, 北京師範大學出版社, 1999年.

학적 비교문학연구를 통해 전쟁과 문학의 관계에 대해 연구한 것이다. 그리고 니러슝(倪樂雄)의 논문집 『전쟁과 문화전통: 역사에 대한 다른 관찰』36)에 수록된 「무역재도(武亦載道): 유가문화와 전쟁문학을 겸하여 논하다」, 「『시경(詩經)』과 『일리아스(Ilias)』의 전쟁심미(審美)배경과 특징의 비교」 등 몇몇 논문들은 중국과 외국의 문화를 비교하는 넓은 시야를 통해 중국과 외국의 전쟁문학에 대하여 비교연구를 하였다. 그러나 지금까지 발표된 대다수의 전쟁문학에 관련된 논문과 서적들은 여전히 '전쟁이라는 제재' 그 자체에 국한되어 있거나, 각 나라의 문학에 대한 연구로 한정되어 있다. 이러한 연구들 역시 전쟁과 문학에 대해 '과학과(跨學科)'적인 시각으로 바라보고 있으나, 한 단계 더 넓은 과국경(跨國境) 혹은 과문화(跨文化)의 시각으로는 보지 못하고 있다. 따라서 이러한 연구들은 일반적인 '과학과'의 연구일 뿐 여전히 진정한 '초문학'적 비교문학연구라 할 수 없다. 한편 반(反)파시즘주의 문학을 세계적인 문학현상으로 보고 총체적인 비교연구를 할 때에는 전쟁과 문학에 대한 초문학적 연구 방법을 사용해야만 한다. 또한 일본, 독일, 이탈리아의 파시즘주의 문학에 대한 연구를 할 때에도 역시 국경을 넘어서는 세계문학에 대한 총체적인 안목이 있어야 한다. 중국의 항일문학에 대한 연구는 간신히 중국문학과 중국문화라는 입장에서만 이루어지고 있을 뿐, 여전히 자각적인 중일문화의 비교의식이 부족하다. 때문에 반드시 중국의 항일문학과 일본의 침화(侵華)문학을 특정한 범주로 보고 알맞은 대조와 비교를 하여야만 심도 있는 연구를 할 수 있다.

종교란 국제적인 전파(傳播)력이 가장 강한 문화현상이다. 문학과 국제적인 성격을 갖고 있는 종교에 대해 초문학적인 연구를 하는 궁극

---

36) 倪樂雄: 『戰爭與文化――對歷史的另一種觀察』, 上海書店出版社, 2000年.

적인 목적은 종교와 문학 사이의 상호 영향성과 공생관계에 대해 밝히는 것이라 할 수 있다. 이러한 문학과 종교의 초문학적 연구는 기본적으로 두 가지의 입장으로 연구될 수 있다. 첫 번째는 종교의 입장에서 문학을 바라보는 것이다. 소위 '종교의 입장에서 문학을 바라보는 것'이란 종교라는 관점에 입각하여 종교가 어떻게 문학의 힘을 빌리며, 어떠한 방법으로 교리를 선포하는지에 대해 찾아내고 발견해 내는 것이다. 이러한 연구의 연구대상들은 인도에서 기원되어 아시아 전역에 전파된 불본생고사(佛本生故事)와 불전고사(佛傳故事)를 포함한 불교문학들과 유대민족에서 기원하여 전 세계에 전파된 성경고사, 찬송가와 같은 주로 종교적인 성격의 '종교문학' 작품이다. 두 번째는 문학의 입장에서 종교를 바라보는 것이다. 소위 '문학의 입장에서 종교를 바라보는 것'이란 문학이라는 관점에 입각하여 작가가 어떠한 경로로 종교의 영향을 받았으며, 어떠한 종교적 정서와 종교적 관념 그리고 종교적 사유방식을 통해 작품을 구상하고 인물을 묘사하며 감정과 사상을 표현하는가를 알아보는 것이다. 이러한 문학과 종교의 초문학적 연구의 궁극적인 연구목적은 외국으로부터 들어온 종교문화가 본국의 문학에 어떠한 영향과 작용을 미쳤는가에 대해 밝히는 것이다. 오랫동안 중국 학계에서는 문학과 종교의 비교연구를 매우 중요하게 여겨왔다. 때문에 이에 대한 많은 연구 성과들이 나타났으며, 특히 인도로부터 전해져 온 불교가 중국문학에 끼친 영향에 대해서는 이미 광범위하고 심도 있게 연구되어졌다. 1920년대 이후 중국에서는 량치차오(梁啓超), 루쉰(魯迅), 후스(胡適), 천인거(陳寅恪), 쉬디산(許地山), 지셴린(季羨林), 자오궈화(趙國華), 쑨창우(孫昌武), 탄구이린(譚桂林) 등 수많은 거물급 학자들이 끊임없이 나타났다. 그들은 불교와 불교문학에 대한 연구를 통해 불교와 불교문학이 중국작가들의 상상력을 자극하였으며, 지괴소설(志怪小說)과 신마소설(神魔小說)이 생겨날 수 있는 기반을 형성하였음을 밝혔다. 그리고 불교와 불교문학을 통해 중국어의 성모와 운모를 발견하였으며, 불교문학이 시가 운율의 표준화에 중요한 역할을 하였음을 밝혔다. 또한 불경의 번역을 통해 수많은 인도의 민간고사들이 중국으로 전해 들어왔고, 중국어의 어휘와 문법이 풍부해졌음을 증명하였으며, 문언문(文言文)의 통속화에 불경의 번역이 미친 영향에 대해서도 명확하게 밝혀내었다. 기독교와 중국문학에 대한 연구 중에서 특히 20세기 중국문학과 기독교의 관계에 대한 연구는 최근 몇 년간 상당히 많은 발전이 있었다. 최근 중국에서는 이 주제를 연구한 박사논문들이 정식 출판되기 시작했으며, 현재 5~6권 정도가 정식으로 출판되어 있다. 또한 이슬람교는 특히 중국의 회족과 위구르족을 비롯한 서북지역의 소수민족들의 문학과 깊은 연관이 있다. 최근 출판된 마리룽(馬麗蓉)의 『20세기 중국문학과 이슬람문화』[37]는 이슬람교와 중국문학의 비교연구에 대해 새로운 개척을 시도하였다는 점에서 그 의의가 있다.

앞서 설명한 정치, 경제, 군사, 종교 외에도, 철학과 문학의 관계 역시 매우 긴밀하다고 할 수 있다. 외국의 철학사상들이 토속문학 속으로 스며들거나 문학에 영향을 미치게 되면 그 나라 작가들의 세계관을 변화시킬 수도 있으며, 세계와 인생 그리고 문예를 바라보는 작가의 독특한 시각과 방법에 영향을 미칠 수 있다. 때문에 작가의 창작은 한층 더 복잡한 면모를 나타내게 된다. 비교문학의 '초문학'적 연구 중, 외국 철학사상과 토속문학 간의 관계에 대해서는 여전히 연구

---

37) 馬麗蓉: 『20世紀中國文學與伊斯蘭文化』, 安徽教育出版社, 2000年.

를 통해 풀어내야 할 많은 과제들이 있다. 예를 들어, 일찍이 중국의 철학사상은 동아시아 문화권에 속해 있는 일본과 한국, 그리고 베트남 등의 많은 국가들에게 영향을 미쳤으며, 특히, 노장(老莊)철학의 무위 자연적 관념과 유가(儒家)철학의 충효관념 등 많은 중국의 철학 사상들은 일본문학에 많은 영향을 미쳤다고 할 수 있다. 그리고 청말(靑末)시기의 중국의 '실학파'의 철학사상이 한국에 많은 영향을 미쳤으며, 이러한 영향으로 인해 한국에서도 '실학파' 문학이 생겨나게 되었다. 또한 아랍문학의 형성에 매우 큰 영향을 미친 '수피주의(Sufism)' 신비철학은 인도의 베단타 철학과 유럽의 신플라톤주의 철학의 영향을 받아 형성된 것이다. 20세기에 들어서면서, 동양문학들은 서양철학사상들의 영향을 많이 받기 시작하였다. 예를 들어, 니체의 '권력의지' 및 '초인(超人)철학, 프로이드 학설, 마르크스주의, 존재주의철학 등 많은 서양철학들은 동양으로 넘어와 문학계에 큰 영향을 미쳤다. 동양에서는 이러한 서양철학들과 관련된 문학사조들과 문학 유파들이 생겨났으며, 이러한 철학적 사상들을 담고 있는 문학작품들이 나타났다. 또한 이러한 서양철학들은 문학비평의 관념과 방법의 변혁을 촉진시키기도 하였다. 20세기 동양의 여러 나라들의 선봉파(先鋒派) 문학들은 각각 다른 서양철학사상들과 관계가 있다. 바꿔 말하자면, 외국에서 건너온 철학사조는 동양 현대문학의 변화와 발전에 중요한 추진제의 역할을 하였다고 할 수 있다.

지금까지의 내용들을 총하 비교문학의 기본적인 방법 중에 하나인 '초문학 연구'는 문학 자체의 성격에 대해 신중하게 밝히는 연구방법임과 동시에, 매우 풍부하고 가치 있는 영구영역에서 광범위하게 사용될 수 있는 연구방법임을 알 수 있다.

① [法]克劳婷・苏尔梦 编著, 颜保 等译: 『中國傳統小說在亞洲』, 國際文化出版公司, 1989年.

② 宋伯年: 『中國古典文學在國外』, 北京語言學院出版社, 1994年.

③ 黃鳴奮: 『英語世界中國古典文學之傳播』, 學林出版社, 1997年.

④ 閔寬東: 『中國古典小說在韓國之傳播』, 學林出版社 1998年.

⑤ 饒芃子: 『中國文學在東南亞』, 暨南大學出版社, 1999年.

⑥ 胡文彬: 『『紅樓夢』在國外』, 中華書局, 1993年.

⑦ 何香久: 『『金甁梅傳播史話一部奇書在全世界的奇遇』, 中國文聯出版公司, 1998年.

⑧ 杨仁敬: 『海明威在中國』, 廈門大學出版社, 1990年.

⑨ 宋偉傑 等: 『中國文學在國外叢書』, 花城出版社, 1992年.

⑩ 王向遠: 『東方各國文學在中國――譯介與研究史述論』, 江西教育出版社, 2001年.

⑪ 吳承恩: 『西遊記』(上・下), 上海亞東圖書館, 1995年.

⑫ 현재 『라마야나(Ramayana)』로 번역함.

⑬ 王向遠: 「新感覺派文學及其在中國的變異――中日新感覺派的再比較與再認識」, 『中國現代文學研究叢刊』, 1995年第4期

⑭ 楊絳: 『記錢鍾書與『圍成』』, 湖南人民出版社, 1986年.

⑮ 方平: 『三个從家庭出走的婦女――比較文學論文集』, 外國文學出版社, 1987年.

⑯ 詩無達沽: 한시에서는 무릇 완벽한 해석이란 존재하지 않는다.

⑰ 시가이원(詩可以怨), 통감(通感), 시무달고(詩無達沽).

⑱ 중국 明末의 天啓부터 崇禎에 걸쳐(1621~1632) 편찬된 구어체 단편소설집 '삼언'은 『喩世明言』, 『警世通言』, 『醒世恒言』의 약칭이며, '이박'은 『初刻拍案驚奇』, 『二刻』의 약칭이다.

제3장

연구대상

제1절 비교문체학(比較文體學)

1. 문체학 및 비교문체학

현대적 의미의 '문체학(文體學)'은 현대 언어문학연구에 속한 상대적으로 독립적인 영역이며, 최근 몇십 년 전에서야 연구가 시작된 신흥학과이다. 이 학과는 언어학, 문예학, 번역학, 도서 분류학, 편집학, 비교문학 등 많은 학과들이 서로 교차되고 융합되어 얻어진 산물이다. 때문에 관련 학과와 문체학의 관계가 얼마나 밀접한가에 따라, 문체학의 학과속성에 대한 인식은 서로 다를 수밖에 없다. 어떤 학자들은 문체학이 언어학의 한 분야이며, 문체학이란 언어의 서로 다른 풍격 및 그에 따른 표현수단을 연구하는 것이라고 생각한다. 그리고 어떤 학자들은 문체학이 문예학의 한 분야라고 생각하여 문체학을 문예풍격학, 문예 문체학이라 칭하기도 하며, 문체학을 문예이론과 문예비평의 한 구성부분으로 보고 문체학의 주된 임무는 문학의 각종 장르 및 그에 따른 특징, 혹은 작가작품의 총제적인 예술풍격을 연구하는 것이라 주장한다. 또 어떤 학자들은 문체학이 각종 문헌자료의 귀납하고 분류하는 연구를 중점으로 하는 것이라 여기기도 한다. 이러한 점들을 총괄하여 보면 문체학이란 학과는 비교적 뛰어난 학과 교차성을 지니고 있다고 할 수 있다. 현재 많은 학자들의 문체학에 대한 정의와 객관적인 평가가 일치하지 않는 주된 이유는 각자 특정한 학문의 입장에서 문제를 바라보기 때문이다. 필자는 문체학이 어떠한 학과에 편향되는가에 따라, 더 적절하고 더 엄격하게 구체적인 명칭을 부여해야 한다고 생각한다. 예를 들어, 언어학에서 갈라져 나온 문체학은 문장과 문단 그리고 문장의 어구나 표현에 대해 연구하고 분석하는 것을 중점으로 하므로, 언어학에서 갈라져 나온 문체학에 대한 정확한 표현은 '어체학(語體學)'이라 할 수 있다. 그리고 문예학과 미학에서 갈라져 나온 '문체학'이 만약 작가와 작품의 총체적인 예술풍격을 의미한다면, 이는 마땅히 '풍격학(風格學)'이라 불려야 한다. 또한 도서관학(library science)에서 갈라져 나온 문체학이라는 것이 도서 분류학을 가리킨다면, 우리는 이를 마땅히 문헌 분류학 혹은 도서 분류학이라 불러야 한다. 이와는 반대로 좁은 의미의 문체학이란 문학의 각종 장르에 대한 연구 및 문학작품의 외부적 구조, 형식, 스타일에 대해 연구하는 학문이다. 즉, 문학작품의 '하드웨어'적인 부분에 대한 연구를 하는 학문이 바로 엄격한 의미의 '문체학'이라는 것이다.

고대한어에서 '문체'라는 개념은 대부분 '체(體)'라는 한 글자로 표현되어졌으며, 후대로 넘어오면서 '체'라는 글자에서 '문체'와 '체재(體裁)' 등의 단어들이 파생되어 나왔다. 문체라는 개념은 기본적으로 시와 글의 외적인 형식과 스타일 등을 가리키며, 특히 문학작품에 대한 형식적 부분과 외부적인 특징을 의미한다. 중국 고대문학이론의 다른 개념들과 마찬가지로, '체' 및 '문체'라는 개념은 시간과 장소 혹은 사용하는 사람의 입장에 따라 내포하는 의미가 다소 달라지기도 한다. 때로는 문장의 형식이나 문장의 풍격을 가리키기도 하고, 때로는 문장을 다듬는 것이나 문장을 쓰는 방법을 가리키기도 한다. 서양의 문학이론 및 비교문학이론에서도 역시 '문체'와 '문체학'이라는 단어의 개념은 여전히 명확하게 정립되어 있지 않으며, 이 개념들은 여러 동의어를 지니고 있다. 또한 중국에서도 서양의 문체와 문체학을 받아들이면서 문체와 문체학이라는 개념을 각양각색으로 번역하였다. 어떠한 학자들은 '문체'와 '문체학'으로 번역했고, 어떠한 학자들은 '문류(文類)'와 '문류학(文類學)'으로 번역했으며, 또 어떠한 학자들은 '풍격(風格)'과 '풍격학(風格學)'으로 번역하기도 하였다. 현재 중국에 이미 번역 출판된 비교문학 개론과 같은 서적들과 교재들을 보면 문체와 문체학의 개념들은 대부분 '문류'와 '문류학'이라 번역되어졌으며, 이에 대해 매우 상세한 설명을 덧붙이고 있다. 그러나 '문류' 및 '문류학'이 의미하는 것은 문학유형과 종류 및 그와 관계된 연구들이다. 문학유형과 문학종류의 구분에 대한 그 기준과 근거는 단지 문체나 장르뿐만이 아니며, '주제학'의 기준, '제재'의 기준, '풍격' 면에서의 기준 등등 여러 가지가 있다. 예를 들어, 흔히들 말하는 기록문학, 유토피아 문학, 향토문학, 도시문학 등은 모두 문학의 한 '유형'이지만, '문체' 혹은 '장르'의 개념은 아니다. 왜냐하면 이러한 유형구분의 근거와 기준은 장르가 아니라, 주제와 제재이기 때문이다. 또한 19세기 유럽에서 나타난 '감상소설(感傷小說)'과 17세기 일본에서 유행한 '코믹소설'은 모두 하나의 문학유형이지만, 그 구분의 기준은 작품의 감상(感傷)적인 혹은 코믹한 풍격과 격조이다. 때문에 감상소설과 코믹소설은 하나의 문체유형이 아닌, 풍격유형이라 말할 수 있다. '풍격'이란 어떠한 문체의 구체적인 텍스트에 내재하는 추상적인 정신을 나타내는 것이므로, 구체적인 원본 문체가 아닌, 추상적인 문체유형들은 '풍격'이라고 말할 수 없다. 예를 들어, 『금병매(金甁梅)』나 『홍루몽(紅樓夢)』과 같은 문학작품들은 특정한 풍격을 지니고 있다고 할 수 있지만, '장회소설(章回小說)'과 같은 유형은 어떠한 풍격을 지니고 있다고 할 수 없다. 풍격학은 작가와 작품의 미학풍격에 대한 연구이고, 문체는 즉 문학작품의 표현양식에 대한 연구이다. 풍격학과 문체는 비록 서로 밀접한 관련이 있지만, 동일한 개념은 아니다. 때문에 '문체'와 '풍격'을 동일시하거나, 혹은 '풍격'을 '문체'의 한 영역으로 간주하면 안 된다.

'문류학'의 연구범위에는 '문체학'을 비롯하여 주제학, 제재학, 풍격학 등이 포함된다. 그러므로 우리는 '문류학'이라는 커다란 개념을 사용하지 않고, '문체학'이라는 비교적 작은 개념을 사용하기로 한다. 본래 '문체'란 중국 고유의 어휘이자 개념이라 할 수 있다. 때문에 그 속성과 범위에 대해 보다 더 과학적인 정리를 하고 구체적인 정의를 내려야만 학술연구에 완전하게 적용할 수 있다. 우리는 어째서 '문체학'이라는 좋은 개념을 버리고, '문류학'과 같이 서양화되고 광범위한 새로운 개념을 사용하는 것일까? 현재 중국에서 대량으로 출판되고 있는 비교문학 개론과 같은 서적들의 내용을 보면 '문류학'과 '주제학'을 각각 단독적인 개념으로 보아 개별적으로 설명을 하고 있다. 그러나 비교문학 원리의 이론이라는 커다란 틀 속에서 '문류학'과 '주제학'을 단독적인 개념으로 여기게 되면 서로 중복되는 부분이 생기게 되어 논리적으로 볼 때 그 의미들이 뒤섞이게 되며, 비교문학

연구대상과 연구영역에 대해 구분을 할 때 반드시 필요한 논리적이고 분명한 사고에 부정적인 영향을 미치게 된다. 따라서 우리가 '문체'라는 개념을 사용할 떠에는 반드시 고대 문체론의 합리적인 핵심을 비판적으로 받아들여야 하며, '문체'는 문학작품의 표현양식이라는 '문체'의 가장 원시적이고 기본적인 의미로 돌아가야만 한다. 즉, '문체학'이란 반드시 문학작품의 구체적인 형식의 특징인 작품의 언어, 구조, 형식, 체제 등 요소에 대한 연구임을 분명히 해야 한다는 것이다.

만약 문체학이 비교문학 연구영역에 포함되거나 비교문학연구의 중요한 연구대상으로 지정된다면, 문체학은 '비교문체학'이라 구분되어 문체학을 구성하는 한 부분이 된다. '비교문체학'은 비교문학의 연구방법을 사용하는 문체학 연구이다. 즉, 세계문학 혹은 국제문학의 관계라는 시각으로 세계 각 민족문학의 서로 다른 문체들의 발생, 형성, 변천, 존립과 멸망 및 그 내재적인 관련성을 종적 및 횡적으로 연구하고, 세계문학사상 각종 문체의 특징과 기능 및 그 민족의 역사와 문화 그리고 민족적 심미심리 등 각 부분의 형성원인을 대비 분석하는 것이며, 그것들을 세계민족문학의 정체성(整體性) 및 관련성과 민족 개별성을 연구하는 효과적인 수단으로 삼는 것이다. 최근 몇 년 사이, 중국에서 몇 권의 비교적 수준 높은 문체학 연구저서[38]들이 출판되었다. 하지만 비교문학 연구대상 중의 하나인 비교문체학의 연구는 여전히 중요시되고 있지 않으며, 충분한 연구 역시 선행되고 있지 않아 현재까지 비교문체학에 대한 전문적인 저서는 한 권도 출판되지 않았다. 중국의 비교문체학은 중서(中西) 비교문체학과 동양 비교문체

---

38) 예를 들면, 裵斌傑의 『中國古代文體槪論』(1984年), 金振邦의 『文體學』(1994年)이다.

학으로 구분된다. 중서 비교문체학은 중국문학에 입각하여 중국과 서양문학의 문체구분에 대한 연구를 하는 것이고, 동양 비교문체학은 중국과 동양기타국가의 문체구분에 대해 연구하는 것이다. 또한 비교문학의 연구과제는 주로 세 가지로 구분된다. 첫 번째는 각 민족문학의 문체구분 및 그에 따른 근거와 기준의 비교연구이고, 두 번째는 문체의 국제적인 수용과 전파의 연구이며, 세 번째는 당대(當代) 문체의 세계성과 국제화에 대한 연구이다. 지금부터 이 세 연구과제에 대해 각각 자세히 알아보도록 하겠다.

2. 중국과 외국의 문체형성과 구분의 비교연구

서로 다른 민족들의 문체를 구분하는 근거와 기준에 대한 비교는 인류문학창작과 문학 관념의 기원, 생성과 변천규율에 대한 심도 있는 연구에 많은 도움이 된다.

문체를 구분하는 데 사용되는 근거와 기준은 각 나라의 문학전통에 따라 각각 다른 모습을 띤다. 일반적으로 문체 분류의 근거는 대체로 다음과 같은 네 가지를 포함한다. 첫 번째는 표현양식이고, 두 번째는 기능과 작용이며, 세 번째는 풍격과 특징이고 마지막으로 주제와 제재이다. 이러한 네 가지의 기준과 근거에 대해 각각 다른 선택을 하고 서로 다른 부분에 치중하게 되면서, 각기 다른 문체들이 형성되었다. 고대 그리스의 아리스토텔레스(Aristotle)가 주장한 '시(詩)' 삼분법은 유럽문학사 전체에 커다란 영향을 미치고 있다. 여기서 말하는 '시'란 문학을 의미한다. 즉, '시' 삼분법이란 문학작품이 생활을 모방하고 반영하는 방법들을 근거로 하여 문학을 서정시와 후대에 생겨난 소설을 포함한 역사시, 그리고 희극으로 구분하는 것을 가리 킨다. 서정시는 시인 자신의 사상과 감정, 그리고 인품을 표현해내는 일종의 자기묘사의 서술창법을 사용하고 있다. 그리고 역사시(혹은 소설)는 이야기 부분과 나머지 부분의 서술방식을 각각 다르게 하고 있다. 즉, 이야기 부분은 시인 및 작가에 의해 서술되고, 그 나머지 부분은 인물에 의해 직접적으로 서술되는 복합적인 서술방식을 사용하고 있다는 것이다. 또한 희극은 시인이 인물배역의 뒤에 숨어 있는 방식을 사용하고 있다. 고대의 인도 역시 서양과 마찬가지로 추상적인 '문학'의 개념을 '시(詩)'라고 지칭하였다. 여기서 말하는 '시'는 구체적인 장르의 '시가(詩歌)'와 희극을 포함한다. 인도인은 더 나아가 '시'를 '대시(大詩)'(장편 서사시)와 '소시(小詩)'(서정시)로 나누었다. 또한 희곡은 풍격, 제재, 정서 등을 근거로 하여 전설극, 창조극, 신마극(神魔劇), 약탈극, 투쟁극, 분쟁극, 감상극, 익살극, 독백극과 가도극(街道劇) 등 열 가지로 나누었다. 이러한 열 가지 희곡은 '열 가지 색(十色)'이라 불리기도 한다. 그리고 어떤 학자들은 또 희극을 '영웅희극'과 '극소 작극(極所作劇)'(통속희극)의 두 종류로 나누기도 하였다. 중국의 문학사에서 문체에 대한 구분은 시대와 사람에 따라 각양각색이다. 하지만 전체적으로 보면 문체에 대한 구분은 문학작품의 장르양식으로 치중 되어 있다. 전통적으로 중국에서는 서양의 '시(詩)'와 같은 문학의 추상적인 개념이 존재하지 않았으며, 구체적인 문체에 대한 개념인 '시(詩)'와 '문(文)'은 보편적으로 사용되었다. '시'와 '문'은 모든 중국문학 사를 관통하는 기본적인 문체의 개념이며, 문학 및 여러 글들을 구분 하는 우선적인 근거이자, 가장 고차원적인 구분이라 할 수 있다. 여기서 '시'와 '문'을 구분하는 주된 근거는 작품이 사용하는 언어와 작품의 외적형식으로부터 착안한 것이라 할 수 있다. 전통적으로 일본문학은 문학제재를 '시'(한시), '가(歌)', '일기', '물어(物語)', '초자(草子)', '지극(芝劇)'(희극) 등의 장르양식으로 나뉜다. 이러한 문체유형에 대한 구분방법은 기본적으로 문학작품의 장르에 근거한 것으로 중국의 구분방법과 비슷하다.

각 민족들이 문체를 구분하는 것은 민족의 특수한 관점에서 민족문학의 독특한 관념과 문학전통을 표현해내는 것이므로, 비교문체학연구를 할 때에는 이러한 각 민족들의 문체 구분에 대해 관심을 가져야만 한다. 또한 각 민족들의 문체구분과 관련된 몇 가지 기본적인문제에 대해서도 반드시 주의 깊게 살펴보아야만 한다. 예를 들어, 인도와 유럽의 문학전통에서는 '시'라는 것이 추상적인 '문학'의 별칭으로 사용되었으나, 중국의 문학전통에서는 하나의 문체를 나타내는개념으로 사용되는 이유는 무엇인가라는 문제는 비교문체학 연구를할 때 꼭 생각해봐야 할 문제라 할 수 있다. 인도와 유럽의 문학에서'시'는 일종의 예술화된 언어형식으로서 매우 광범위하게 사용되며,모든 문학양식은 반드시 시의 형식을 갖추도록 되어 있다. 역사시는'시'에 포함되고, 종교경전과 신화도 '시'에 포함되며, 희극 역시 '시'극이므로 '시'가 바로 문학 그 자체라 할 수 있는 것이다. 게다가 역사시와 희극은 고대인도와 유럽에서 광범위하게 유행하였기 때문에'시'라는 형식은 상당히 보편화 되고, 대중화된 언어형식이 되었다.그러나 이와는 반대로, 중국에서 '시'는 매우 귀족적이며 문인화된 문학형식이라 할 수 있다. 때문에 중국어를 할 때 평범한 말을 시적으로 표현한다는 것은 인도의 언어나 유럽의 언어를 할 때처럼 쉽지 않다. 바꾸어 말하면, 중국어에서 나타나는 '시적인 언어'와 '시적이지 않은 언어'의 차이는 인도와 유럽언어에서 나타나는 차이보다도 훨씬 크다는 것이다. 예로부터 중국인들은 '시'적인 언어에 정통하고 시를 읽고 이해하려면 특별한 학습을 선행해야만 했다. 하지만 인도와 유럽 및 중동지역의 민족들에게 시(詩)라는 것은 상당히 일상화된 언어라 할 수 있으며, 그들에게 있어 시적인 언어와 시적이지 않은 언어의 차이는 그다지 크지 않다. 심지어 고대 히브리어는 만약 자세하게 구분하지 않는다면, 시와 시가 아닌 언어를 정확하게 구별하기 어렵다. 또한 고대 아랍에서 시는 부족의 역사, 지식의 전승, 찬미, 풍자, 애정표현, 애도, 배불리 먹고 마신 후의 유쾌한 기분 등을 나타내는 일상적인 생활과 소통에 필요한 모든 부분에서 사용되었다. 이러한 민족문학에서의 시는 곧 문학이므로, 자연히 '문(文)'(산문)은 문학 밖으로 내몰리게 되었으며 독립적인 문체로 형성되지 못하였다. 때문에 중국의 '시'와 '문'에 대한 이분법과는 전혀 다른 독특한 문학 관념과 장르구분이 형성하게 되었다.

이처럼 고대 유럽인들은 '시(문학)'를 서정시와 서사시로 양분(兩分)하였고, 인도인들 역시 시(문학)를 '대시(大詩)'(서사시)와 '소시(小詩)'(서정시)로 구분하였으나, 중국, 일본, 조선 등 동아시아 국가들의 전통문학에서는 이러한 구분이 없는 이유는 무엇일까? 우리는 이 문제에 대해 생각해 볼 필요가 있다. 이 문제는 인도문학의 시는 서정과 서사라는 두 가지 기능을 지니지만, 중국 및 중국의 영향을 받은 동아시아 몇몇 국가에서는 어째서 서정문체만 존재하는가와 같은 문제와 밀접한 관계가 있다. 바꿔 말하면, 중국 등 동아시아 국가에는 왜 사시(史詩)라는 개념이 없으며, 심지어 엄격한 의미의 서사시조차 없는 이유는 무엇인가와 같은 문제와 연관되어 있다는 것이다. 중국은 역사시나 서사시와 같은 문체유형이 부족하다. 이러한 문체의 '유형결핍' 현상이 발생한 원인은 매우 복잡하다. 이러한 현상에 대해 수백 년 동안 중국과 외국의 수많은 학자들이 저마다 서로 다른 분석을 하였다. 독일철학가 헤겔(Georg Wilhelm Friedrich Hegel) 역시 중국에는 역사시라는 것이 존재하지 않는다고 생각하였다. 또한 중국에 역사시가 존재하지 않는 이유는 중국인의 '사고방식은 기본적으로 산문성을 지니고 있고, 역사가 시작되면서부터 이미 형성된 구체적인 역사 상황들이 매우 질서정연하고 산문형식으로 처리되었으며, 그들의 종교적인 관점 역시 예술표현에 적합하지 않기 때문이다. 이러한 점들은 역사시 발전의 커다란 장애물이라 할 수 있다'[39]라고 주장하였다. 중국의 역사학이 발전함에 따라 중국인들은 일찍부터 이성적인 윤리도덕을 의존하였으며, 감정적으로 영웅과 우상을 숭배하는 것을 민족정신의 응집력으로 삼지 않았다. 또한 중국시가(詩歌)언어가 대중화되지 않은 것과 중국문학 전통방식이 입으로 전해져 내려오지 않고 서면화(書面化)되어 전승된 것 역시 중국에서 '역사시'가 발달하지 못하게 된 이유 중에 하나일 것이다.

　또한 유럽 및 인도문학에서 희극은 하나의 중요한 문체로서 시와 나란한 위치를 차지하지만, 중국의 문학전통에서는 '시'와 '문'의 문체구분 방식에 희극이 포함되지 않는 이유에 대해서도 생각해 볼 필요가 있다. 중국에서 희극의 시작은 그다지 늦은 편이 아니다. 하지만 독립적인 체계의 '희극문학'의 성립은 고대그리스나 인도와 비교해 보면 매우 늦게 시작되었다고 할 수 있다. 고대그리스와 인도의 문학

---

39) 黑格爾:『美學』第3卷(下册), 朱光潛譯, 商務印書館, 1981年, 第170頁.

에서 희극은 하나의 장르로서 매우 중요시되었지만, 중국에서는 오랜 기간 동안 민간적이고 통속적인 오락으로 치부되어 경시되어졌으며, 정통문학의 대열에 들어서지 못하였다. 송(宋), 원(元)대 이후에서야 비로소 희극은 점차 '아(雅)'화(고상한 것) 되었으며, '희문(戱文)'(희극문학)은 점차 '희곡(戱曲)'으로부터 분리 되어져 나와 문학을 구성하는 한 부분으로 인정되었다. 희극문학은 중국전통문학에서 부차적인 위치에 처했고, 문체로서 오랫동안 정통문학의 인정을 받지 못했다. 이러한 현상은 마치 인도나 유럽의 문학과 다른 중국 문학의 몇 가지 특징을 반영하는 듯하다. 중국문학은 귀족문학이나 문인문학(文人文學)과 민간 통속문학 간의 격차가 매우 크고, 정통문학의 태도 역시 지나치게 진지하고 엄격하였으며, 대다수의 통치자들은 문학의 교화기능만을 중시하고 오락적인 기능을 경시하였다는 특징을 지니고 있다. 또한 중국의 '희곡'은 음악이나 춤보다 문학과 더 깊은 관계를 갖고 있는 곡(曲)중심의 성격을 지니고 있다는 것 역시 중국문학의 특징 중 하나이다. 이러한 특징들은 모두 비교문체학을 통해 주의 깊게 연구해야 할 문제들이다. 이와 마찬가지로 희극문학은 중동지역에서도 전혀 발전하지 못했다. 고대의 바빌론 문학, 유태문학, 아랍문학과 페르시아 문학 등에서 희극문학은 매우 경시되었으며, 심지어 희극은 중동의 각 민족전통문학의 문체를 구분할 때에 그 범위에 포함되지 못하기도 한다. 이렇듯 희극이 중동의 전통문학에서 배제되어버린 현상 역시 비교문체학을 통해 연구해야 할 중요한 문제 중의 하나이다. 이러한 문제들은 정치, 경제, 군사, 종교문화 등 각 부분의 여러 요인들과 밀접한 관계가 있다. 말을 타고 유목하며 정착하지 않고 이동하는 생활방식과 잦은 민족전쟁 및 종교전쟁 그리고 정치의 불안정 등은 모두 희극의 발생과 발전에 불리하다. 우리는 이러한 몇 가지 사실들을 통해 농업문명에서는 희극의 맹아(萌芽)가 발생할 수 있고, 도시문명에서는 희극이 번영할 수 있으나, 유목문명 속에서는 희극이 발전하기 어렵다는 사실을 발견할 수 있다.

모든 사람이 다 알고 있다시피 고대 그리스에서 희극이라는 문체는 '비극'과 '희극'이라는 두 가지 문체양식으로 세분화되어졌으며, 그중 비극은 가장 위대한 문학유형으로 여겨졌다. 그러나 이와 비슷하게 유구한 역사를 지닌 인도의 희극문학에서는 '비극'과 '희극'이라는 이원(二元)적인 구분이 없다. 즉, 인도에는 '비극'이라는 개념이 존재하지 않으며, '비극'이라는 문체유형 역시 존재하지 않는다는 것이다. 중국에서 희극문학의 종류는 남희(南戱), 북잡극(北雜劇), 명대전기(明代轉記) 등과 같이 희곡이 발생된 시대와 지역위치 및 음곡(音曲)의 체제를 주요 근거로 구분하며, 인도와 마찬가지로 '희극'과 '비극'에 대한 개념은 존재하지 않는다. 유럽에서는 이처럼 비극(悲劇)이 많이 발달하였고, 중국에서는 처음부터 끝까지 비극적인 완전한 비극은 거의 드물며, 인도에서는 모두 해피엔딩일 뿐 비극이 아예 없는 이유는 무엇일까? 이러한 의문 역시 비교문체학이 반드시 관심을 가져야 할 중대한 과제이다. '비극'이라는 문체유형이 각 민족문학에서 서로 다른 모습으로 발달된 이유를 밝히려면, 반드시 각 민족의 종교 및 전통문화심리에 대한 명확한 이해가 선행되어야만 한다. 일반적으로 서양인들의 사고는 이원적인 대립이라는 특징을 갖고 있으며, 선과 악의 대립, 인간과 자연의 대립, 개인과 사회의 대립, 생과 사의 대립, 영웅과 군중의 대립을 강조한다. 그러나 이와는 반대로 인도인들의 사고는 '원형(圓型)' 사유(思惟)방식의 특징을 갖고 있다. 이러한 사유방식은 끊임없이 윤회하는 '원(圓)' 속에서는 어떠한 것의 본성일지라도 서로 동일하고 잘 조화되며, 모순은 일시적이고 허황된 것이라는 것을 강조한다. 이런 사상관념은 인도의 희극문학 속에 잘 반영되어 있다. 즉, 모순이 충돌한 뒤에 찾아오는 조화로움과 평온은 인도의 모든 희극의 해피엔딩과 같은 것이라 할 수 있다는 것이다. 그리고 중국인은 불교를 통해 인도 세계관의 영향을 받았기 때문에, 희극에서의 표현역시 비슷하다. 중국인들은 해피엔딩을 선호하며, 선행에는 좋은 결과가 있어야 하고 악행에는 나쁜 결과가 있어야 한다는 심리적 기대를 가지고 있다. 그러한 까닭에 주광첸(朱光潛)은 1927년에 출판한 『비극(悲劇) 심리학』이라는 저서를 통하여 중국에는 명실상부한 비극이 없다고 주장하였다. 그러나 후대의 몇몇 학자들은 그의 견해에 반대를하며 중국에도 비극이 존재한다고 주장하였다. 그렇다면 과연 중국에는 비극이라는 것이 존재하고 있을까? 그리고 만약 존재한다면 중국의 비극과 서양의 비극 그리고 인도의 희극은 어떠한 관계가 있고 어떠한 차이점이 있는 것인가? 등의 의문점들은 비교문체학을 통해 계속 연구할 만한 가치가 있는 중요한 과제들이다.

상술한 문제들을 통해 문체에 대한 문제들의 답안은 문체의 드러나지 않은 부분에서 찾아야 한다는 것을 알게 되었다. 즉, 비교문체학연구란 결국 문체를 통해 여러 나라 문학의 기본적인 특징들과 그 특징이 형성된 원인들을 연구하는 것이라 할 수 있다.

3. 문체의 국제 이식(移植) 및 국제화

문체는 민족성과 시대성을 지니고 있다. 또한 문체는 다른 문학현상과 마찬가지로 전파성(傳播性)과 이식성(移植性) 그리고 국제성(國際性)이라는 성격을 띠고 있다. 문체의 국제이식(移植) 혹은 국제전파(傳播)라는 것은 비교문체학이 직면하고 있는 가장 기본적인 과제이다. 문체이식이란 한 민족의 문학이 여러 경로와 방법들을 통해 민족문학 밖으로 전파되어 다른 민족에게 수용되고 그 민족에 맞게 수정되어 새로운 문학유형을 형성하는 것을 가리킨다. 비교문체학에서 문체의 국제이식에 대한 연구는 다음과 같은 몇 가지 기본적인 문제들에 직면하고 있다. 첫 번째 문제는 '문체의 국제이식에 필요한 사회, 역사, 문화의 조건들은 무엇이며, 어떠한 제약요소들이 존재하는가'이며, 두 번째는 '문체이식의 수단과 방식은 어떠하며, 그 매개체는 무엇인가'이다. 마지막으로 세 번째는 '문체이식을 할 때 사용하는 주요한 방식들은 어떠한 것들인가'이다. 그렇다면 지금부터 문체이식에 대해 구체적으로 알아보도록 하자.

문체이식은 고립적이고 순수한 문학적 현상이 아니며, 사회와 역사 그리고 문화적으로 복잡하게 얽혀있는 현상이라 할 수 있다. 첫 번째로, 문체이식은 서로 다른 국가의 문화와 문학발전의 불균형에 의해 결정된다. 일반적으로 말해서 '문체'를 수출하는 민족과 국가는 다른 민족보다 문학이 앞서 발전하였으며 주변국가와 민족에게 문화적으로 광범위한 영향력을 미친다. 예를 들어, 고대그리스 문학은 유럽문학의 시초이며, 유럽의 각 신진 민족들은 보편적으로 고대그리스의 비극, 희극, 서정시, 서사시 등을 포함해서 각종 문체형식을 이식하고 계승하였다. 그리고 중국의 전통문화는 아시아문화의 전형이자 중심이라 할 수 있다. 한국, 일본, 베트남 등 아시아 국가들은 중국의 한시(漢詩)와 한문 문체를 직접적으로 수용하였으며, 이는 아시아 국가들의 문학발전에 거대한 추진력이 되었다. 또한 인도는 고대아시아의 또 다른 문화적 중심으로서, 인도의 희극(梵劇)과 우언고사 등의 문체 형식은 중국을 비롯한 기타 아시아 민족들에게 비교적 커다란 영향을 미쳤다. 두 번째로, 문체를 들여올 때에는 반드시 수용하는 국가의 문학발전과 수요에 부합되어야 한다. 또한 수용국의 문체 형식은 '낡고 좋지 않은 것은 버리고 새롭고 좋은 것을 받아들이는' 역사계기와 서로 완전하게 부합되어야 한다. 후펑(胡風)은 1940년도에 발표한 「민족형식 문제를 논함」이란 글에서 "새로운 문예는 그에 앞서 존재한 형식과 전혀 이질적으로 나타난 '비약(飛躍)'을 요구하며, …… 사회토대가 유사한 여타 민족으로부터 형식(및 방법)이입을 요구한다."[40]고 주장하였다. 예를 들어, 오사(五四)시기를 전후로 하여 서양에서 중국으로 들여온 현대소설, 현대 자유체(自由體)시, 현대연극, 보고문학 등의 새로운 문체들은 모두 중국문학이 스스로 발전하고자 하였던 절박한 수요에 부응한 것이다. 또한 1950~1960년대 미국과 일본 등지에서 중국 당대(唐代)의 '한산체(寒山體) 시'가 유행한 것은 역시 서양 청년들이 주류사회에 저항하던 시대추세를 반영한 것이라 할 수 있다.

또한 문체의 국제이식은 지역적인 요소나 문화교류적인 요소들의 제약을 받기도 한다. 세계라는 범주에서 보면 문체의 국제이식은 뚜렷한 지역성을 지니며, 하나의 문화권에서는 종종 서로 비슷하거나 같은 문체들이 통용되기도 한다. 예를 들어, 중국의 문체는 동아시아

---

40) 胡風: 「論民族形式問題」, 載『胡風評論集』中冊, 人民文學出版社, 1984年版, 第227頁.

지역에 비교적 널리 보급되었으며 아랍의 까시다① 등 시체(詩體)는 중동의 여러 나라와 이란을 포함한 비(非)아랍국가까지 비교적 넓게 전파되었다. 또한 유럽에 속한 여러 나라들의 문체들은 오랫동안 기본적으로 일치된 모습을 보였다. 문체의 보급방식, 경로와 매개에 대한 연구는 반드시 전파연구의 방법을 사용하여 문학이 전파된 경로와 단서들을 찾아내야 하며, 이를 통해 각 민족의 문학과 문화교류사의 연구에 관한 자료와 내용을 찾아내야 한다. 일반적으로 종교의 전파는 고대의 문체가 이식될 때 사용되는 가장 보편적인 방법이다. 인도의 문체가 주변국가로 이식되어진 것은 불교와 인도교가 주변국으로 전파되어 얻어진 직접적인 결과이며, 서양의 찬송가, 계시문학, 지혜문학(Wisdom literature) 등 문체양식의 전파 역시 기독교의 전파와 긴밀하게 연결되어 있다. 근현대에 들어와서 문체의 전파는 문화교류가 얼마나 빈번하며, 얼마나 심화되었는가와 밀접한 관계가 있다. 세계문학사상 문체이식의 방법 및 방식과 관련된 연구 중 많은 문제들은 연구할 만한 가치가 있다. 예컨대, 양셴이(楊憲益)는 「유럽 14행시 및 페르시안 시인 오마 캬이얌(Omar Khayyam)의 루바이야트(Rubaiyat) 체와 중국 당대(唐代)시가의 연관 가능성을 논함」②이라는 논문에서 유럽의 14행시가 어쩌면 아랍과 중국에서 기원되었을지도 모른다고 여겼으며, 리바이(李白)의 『월하독작(月下獨酌)』, 『고풍(古風)』 등은 형식 면에서 유럽의 14행시와 매우 비슷하며, 페르시아의 14행시 '루바이야트'는 시간과 지역상으로 볼 때 아마 중국 당대의 절구(絶句)에서 변천된 것일 수도 있다41)라고 주장하였다. 이러한 주장은 물론 가능성이 있는 추측에 불과하다. 이처럼 여전히 미해결된 채로 남아있는 문체의 전파와 이

41) 載『文藝硏究』, 1983年 第4期

식에 대한 문제들은 여전히 셀 수 없을 만큼 많다. 때문에 앞으로 우리는 비교문체학에 더 많은 관심을 가져야만 한다. 이외에도 비교문체학을 통해 문체이식현상을 연구할 때에는 문체가 이식되는 방식의 다양성과 복잡함에 주의해야만 한다. 예컨대 한국과 일본 그리고 베트남 등의 국가들은 상당히 오랜 기간 동안 중국의 한시를 답습하였으며, 한시의 문체 규율에 따라 시를 창작하는 등의 한시에 대한 완전한 모방을 추구하였다. 이러한 완전한 모방은 문체가 근거로 삼는 언어까지도 모방해간 것을 의미한다. 그러나 이러한 것은 문체의 이식이라기보다는 하나의 문학(한문학)이 다른 나라로 뻗어나간 것이라 이해해야 한다. 또한 수많은 상황 속에서 문체가 이식된다는 것은 하나의 언어 속의 문체가 또 다른 언어로 옮겨가는 것을 의미한다. 이와 같이 문체가 다른 언어로 옮겨져 가게 되면 문체가 근거로 하는 언어는 변할 수밖에 없으며, 문체 그 자체도 역시 변화가 생기게 된다. 결국 이식되어진 문체는 원래 있던 문체의 대략적인 구조와 외부 양식만 보존할 수 있을 뿐이고, 고유의 어체(語體)와 풍격은 사라져 버리게 된다. 다시 말하자면, 이식된 문체는 문체를 수용한 국가가 수용한 문체를 변형시키는 것과 긴밀한 관계가 있다는 것이다. 예를 들면, 당대(唐代)의 '변문(變文)'은 인도의 불경문체에서 기원되었다. 하지만 변문의 생성은 범문(梵文) 혹은 팔리어 불경의 간단한 이식으로 이루어진 것이 아니다. 인도의 불경문체는 대개 운문과 산문이 서로 뒤섞여있는 형식이다. 불경은 일반적으로 먼저 산문을 사용하여 이야기를 서술한 다음 운문인 '게송(偈頌)'을 사용하여 요점을 지적하고 개괄하거나, 운문과 산문을 번갈아 사용하는 형식을 갖추고 있다. 중국의 '변문'은 불경고사의 변체(變體)이지만 운문과 산문을 번갈아 사용하는 문체의 주된 특징과 강창(講唱)의 특색을 유지하였다. 변문은 일종의 새로운 문체로서 이전의 비교적 틀에 박힌 서사문체에서 벗어난 것이다. 이후 변문은 제궁조(諸宮調), 보권(寶卷), 탄사(彈詞), 고자사(鼓子詞) 심지어 원잡극(元雜劇), 장회체(章回體) 장편소설 등의 설창문학에 많은 영향을 주었다. 이에 대해 일찍이 원이둬(聞一多)는 "우리는 최소한 불경을 번역하고 불경에 대해 강연하는 것은 중국의 고사(故事)에 대해 사람들이 흥미를 느끼도록 하였으며, 이는 비교적 진보된 외국형식과 서로 결합되어, 중국에서 소설과 희극이 생겨나게 하였다라고 말할 수 있다. …… 만일 종교 세력이 들어오지 않았다면, 이러한 새로운 자극도 …… 우리는 어쩌면 여전히 '한비(韓非)', '설저(說儲)', 혹은 '연단자(燕丹子)'에 대한 이야기와 '구가(九歌)'와 같은 가무극을 써내고 있을 뿐, 원잡극과 장회소설 같은 것은 상상도 못했을 것이다. 그러나 모든 생명들의 규율과 같이 본토형식이라는 꽃은 피기 시작하면 절정에 이르게 되며, 절정에 이르게 된 이후에는 반드시 시들어 떨어지게 되기 마련이다. 이와 마찬가지로 두 문화가 확대되고 서로 접촉하여 뒤섞이는 것부터 새로운 외국의 형식이 필연적으로 들어오는 것에 이르기까지 모든 것은 역사운명으로부터 정해진 것이다."[42]라고 지적하였다. 이를 통해 문체의 이식이란 외국의 문체와 고유한 문체의 접목이라는 것을 알 수 있다. 고유문체의 생명력이 쇠약해졌을 때 외국의 문체를 수용하게 되면 고유문체는 붕괴될 수도 있다. 하지만 고유문체의 붕괴는 새로운 문체의 탄생을 촉진시키기도 한다. 이러한 문체생성의 순환현상은 문화와 문학의 변혁기에 더 많이 나타난다. 예를 들어, 중국 오사(五四)시기에 전통 문언시(文言詩)가 쇠퇴한 것은 서양자유시, 14

---

42) 聞一多: 「文學的曆史動向」, 『聞一多詩文選集』, 人民文學出版社. 1955年. 第136頁.

행시, 층시(層詩), 산문시, 일본의 소시(小詩) 등과 같은 서양과 일본의 신문체를 도입하는 촉진제가 되었으며, 이러한 새로운 시들은 전통적인 고시들의 속박과 규율을 깨뜨려 버렸다. 그러나 완벽하게 서양화가 되어버린 문체들은 중국 고시들과 한자 특유의 운율을 제대로 이용하지 못하였다. 때문에 원이둬 등은 '신격율시(新格律詩)'를 제기하였으며, 이는 구시의 운율과 신시의 형식을 조화시킴으로써, 효과적으로 신체시의 민족화를 촉진시켰다.

이와 동시에 비교문체학 연구를 할 때에는 반드시 문체의 이식이 복잡한 과정과 다양한 방식을 지니고 있다는 점을 주의해야만 한다. 어떤 상황 속에서는 꽃이 핀 나뭇가지를 다른 품종의 꽃나무에 접목하듯, 외국의 문체를 전체적으로 이식하지 않고 문체의 한 부분을 이입(移入)하기도 한다. 예를 들어, 인도의 우화(寓話)고사는 세계적으로 전파되었으며 전 세계적으로 많은 민족문학들은 인도고사의 구조와 양식을 받아들였다. 인도고사의 대표적인 양식인 액자구조는 바깥 이야기(외부 이야기)가 그 속의 이야기(내부 이야기)를 액자처럼 포함하고 있는 것으로, 페르시아의 『천 개의 이야기』, 아랍의 『아라비안나이트(천일야화)』와 이탈리아작가 보카치오(Giovanni Boccaccio)의 『데카메론(Decameron)』, 영국작가 제프리 초서(Geoffrey chaucer)의 『캔터베리 이야기(The Canterbury Tales)』 등은 이러한 액자구조를 사용하고 있는 대표적인 작품이다. 이러한 작품들은 부분적인 문체이식의 전형적인 예라고 할 수 있다. 또 와카(和歌)와 중국의 한시 역시 부분적인 문체이식의 좋은 예라고 할 수 있다. 일본의 와카는 일본민족의 독특한 운문(韻文)문체라 할 수 있으며, 특히 와카의 '5‧7‧5‧7‧7'의 율격형식은 매우 일본화된 것이라 할 수 있다. 하지만 이러한 와카의 율격형식은 한시의 5‧7

언 율격과 매우 밀접한 관계를 맺고 있다. 바꾸어 말하자면 와카는 부분적으로 한시의 5·7조 율격을 참고로 하는 동시에, 한시의 짝수 글자수와 대구를 만드는 대칭의 구조를 깨버리고 홀수글자수와 비(非)대칭 구조를 응용하여 사용하였다는 것이다. 때문에 비교문체학의 시각으로 보면 와카와 한시는 문체상에 깊은 연관이 있다고 할 수 있다. 또한 조선의 '『한림별곡』'체와 중국의 사(詞), '시조(時調)'와 중국의 사(詞), 가사(歌辭)와 중국의 사부(辭賦), 잡가(雜歌)와 원대산곡(散曲), 설창(說唱) 및 창극(唱劇)과 원·명·청대의 잡극(雜劇)은 모두 내재적인 연관성이 있다. 조선의 이러한 문체들은 비록 중국의 문체를 참고로 하였거나 혹은 중국문체의 영감을 받은 것들이나 모두 조선의 독특한 민족문체로 인정되어진다.

문체이식의 깊이가 깊어지고 그 범위가 넓어질수록 문체는 국제적인 성격을 띠게 된다. 문체의 국제화 및 세계화는 문체이식의 필연적인 결과이며, 그 속도는 최근 백여 년 동안 눈에 띄게 빨라졌다. 이러한 문체의 국제화는 서양의 여러 문체들이 동양의 각 나라에 수용되어 민족성을 지닌 전통적인 문체에 자극을 주거나 분열시키고 변형시켜, 결국 서양의 문체로 통합되어 버리거나 사라지는 모습으로 주로 나타난다. 중국의 장회소설과 일본의 '모노가다리(物語)', '소시(草子)' 등의 전통적인 장르는 서양의 소설이라는 문체로 대체되어졌으며, 조선의 '국어(國語)소설' 역시 서양의 문체로 대체되어졌다. 때문에 서양의 소설문체는 동양에서 지배적인 위치를 차지하는 산문형식이 되었다. 그리고 시가(詩歌)부분에서 서양의 자유체시 형식은 동양 각국의 현대 신시(新詩)의 주된 형식이 되었다. 중국의 시(詩), 사(詞), 곡(曲), 부(賦)와 일본의 와카(和歌), 하이쿠(排句)는 서양의 자유체(自由體)시로 대체되었으며, 조선의 시조(時調)와 사(詞) 그리고 베트남의 '6·8체시' 역시 자유체 시로 대체되었다. 이러한 상황 속에서 서양의 자유체 시는 결국 동방의 시가(詩歌)문학에서 통용되는 문체가 되었다. 또한 서양의 희극(연극)문학 장르는 비록 동양 각국의 전통희곡양식을 대체하지는 않았지만, 현대에 들어서 동양희곡에서 주도적인 양식이 도었다. 이를 통해 백여 년 동안 이루어진 동양문체의 서양화(西洋化)는 세계 각 나라 문체의 국제화의 주된 표현방식이 되었음을 알 수 있다. 때문에 일본의 몇몇 학자들은 현대일본의 장편소설, 시가, 희극들은 사실상 일본어로 쓰인 서양의 장편소설이자 서양의 시가와 희극이라고 밝혔다. 만약 단지 서양으로부터의 둔체이식이란 관점에서만 보면 이러한 견해는 기본적인 사실과 부합된다. 또한 어떠한 의미에서 보면 이러한 견해를 이용하여 중국현더문학의 현황을 개괄하는 것 역시 적절하다고 할 수 있다. 그러나 다른 한편으로 비교문체학 연구를 할 때 동양문체의 서양화는 절대적인 으미에서의 국제화가 아니라는 것에 주의해야 한다. 비교문체학 연구는 각종 문체의 경계가 국제화되는 과정에서 변화되고 재편성되며 여러 문체들이 서로 교차되고 융합되는 것에 대하여 관심을 가져야 하며, 문체의 민족화(民族化)와 국제화의 관계에 대해도 반드시 주시해야만 한다. 본래 문체의 특징이란 대부분 언어의 성격에 따라 결정되는 것이므로 언어의 차이는 문체의 전체적인 양상에 영향을 줄 수 있다. 이는 동일한 문체양식의 서로 다른 언어로 된 텍스트를 보면 분명하게 알 수 있다. 이러한 상황은 번역문학에서도 마찬가지로 존재하며, 작가의 독립적인 창작에서는 더 말할 필요도 없다. 예를 들어, 근대의 중국작가 린수(林纾)가 문언문(文言文)을 사용하여 서양의 작품을 번역한 것과 이후에 다른 번역가가 백화

문(白話文)으로 동일한 작품을 번역한 것은 그 문체의 풍격에 있어 매우 커다란 차이점을 보인다. 여기서 우리는 외국문체에 대해 매우 강한 개조능력을 지니고 있는 동양의 전통문학에 내재된 정신을 볼 수 있다. 현대 산문시(散文詩)도 이와 마찬가지이다. 중국의 현대 산문시는 전통산문의 예술적 정취와 운치를 지니고 있으며, 일본의 현대 산문시 역시 전통적인 '하이붕(はいぶん, 俳文)'의 단아함을 지니고 있다. 이는 현대 신시(新詩)도 마찬가지다. 중국신시는 한어의 독특한 리듬운율이 있어, 전통시사(詩詞)의 정식적 풍격을 가지고 있으며, 일본의 많은 신시도 와카 및 하이쿠식의 감정과 느낌이 있게 마련이다.

이와는 반대로 문체의 국제화 과정에서 동양문체가 서양문체에 영향을 끼친 경우도 있다. 예를 들어, 많은 사람이 아는 것과 같이 영미 시인 파운드(Ezra Pound)를 대표로 하는 '사상주의(Imagism)' 시가는 '이미지(Image)'를 중심으로 하며, 의식적으로 일본의 하이쿠와 중국의 고전 시사(詩詞)에서 문체특징을 받아들이고 참고로 삼았다. 이를 통해, 현대문체의 국제화는 결국 세계 여러 나라와 각 민족들의 문체들이 서로 교차되고 수용된 결과임을 알 수 있다.

이외에도 문체의 수용과 교차는 서로 다른 문체 간의 경계를 없애도록 하였다. 19세기 후기에 생겨난 산문시라는 새로운 현대문체는 산문과 시라는 두 문체의 상호작용을 통해 형성된 것이다. 이러한 현상은 20세기에 들어서면서 점점 뚜렷해지며, 특히 20세기 후반기에는 매우 뚜렷하게 나타났다. 포스트모더니즘(postmodernism)의 구조주의(post structuralism) 사조가 나타나면서, 원래 있던 각종 문체들의 경계는 날로 모호해졌으며, 서로 다른 문체들끼리 접목되면서 교차적인 문체들이 많이 생겨났다. 예를 들어, 신문보도와 소설은 서로 접목되어 '보고문학 혹은 '기사(記寫)문학'을 형성하였고, 소설과 산문은 서로 접목되어 소설화된 산문 혹은 산문화된 소설을 형성하였다. 그리고 시가와 소설은 서로 교차되어 서정소설을 형성하였고, 소품산문(小品散文)은 소설과 결합하여 '소(小)소설'을 만들어냈다. 또한 희극과 소설은 상호수용을 통해 공연에 사용하지 않고, 읽는 것만 가능한 '탁상희극' 등을 만들어냈다. 이렇듯 문체의 경계가 애매모호해지는 것은 작가가 문체를 돌파구로 삼아 새로운 문학을 창조하려는 노력을 반영한다. 문체의 경계를 없애거나, 재편성하고 재통합하는 등의 여러 혁신적인 추세들은 비교문체학의 연구에 또 다른 과제를 안겨주고 있다.

제2절 비교창작학(比較創作學)

1. '비교창작학'의 범위 제기

하나의 행위로서의 창작은 예술 활동의 과정이라 할 수 있으며, 하나의 결과로서의 창작은 문학작품 그 자체를 가리킨다. 비교창작학이라는 개념은 필자가 최초로 제기하는 새로운 비교문학의 범주이다. 비교창작학이란 문학작품의 각종 내부적 구성 요인에 대한 과문화(跨文化)적인 비교연구를 가리킨다. 여기서 말하는 '각종 내부적 구성 요인'이란 문체양식과 같은 외부형식을 제외한 기본적인 창작요소들을 가리키며, 이는 제재, 줄거리, 인물형상, 주제의 네 가지 요소들을 포함한다. 바꿔 말하자면, 비교창작학이란 문학작품의 제재, 줄거리, 인물, 주제에 대한 비교연구를 뜻한다는 것이다.

분명히 비교창작학 연구범위에 대한 이러한 정의는 현재 출판되고 있는 비교문학학과이론 교재 및 전문저서에서 말하는 '주제학'의 범위와 비슷하다. 그러나 필자는 본서에서 '주제학'이란 용어를 사용하지 않을 계획이다. 왜냐하면 '주제학'이란 용어는 그 속뜻과 용어의 이름이 맞지 않아 뜻이 통하지 않는 애매모호한 개념이기 때문이다. '주제학'이라는 용어를 사용한 중국의 수많은 비교문학 저서들도 역시 서양에서도 이 용어에 대한 정확한 명칭이 확정되어 있지 않다고 서술하고 있으며, "우리는 주제학이라는 학과에 대한 영문 명칭의 혼용을 통해, 이 학과에 대해 얼마나 많은 이견들이 존재하고 있는지를 엿볼 수 있다."라고 인정하였다. 또한 오랫동안 많은 학자들은 주제학에 대한 연구들이 비교문학에 속하는가에 대해 이의를 제기하였으며, "주제학의 정의에 대해서도 상당한 혼란이 있었다."[43]라고 언급하였다. 사실상 '주제학'이라는 개념은 서양보다 중국의 비교문학에서 더욱 애매모호하다고 할 수 있다. 서양에서조차 명확하게 정의 내려지지 않은 개념을 중국에서 '주제'라는 두 글자로 나타낸다는 것은 사실상 더 커다란 문제를 야기하는 행위라 할 수 있다. 중국에서 '주제'라는 것은 매우 명확한 의미를 지닌다. 중국에서의 '주제'는 사상의 개념으로서 문학작품 속에서 드러나는 중심사상을 가리킨다. 그렇다면 비교문학에서 '주제학' 연구는 서로 다른 작품들의 주제사상을 비교하는 연구여야만 한다. 하지만 실제 '주제학'은 사람들이 일반적으로 이해하는 '주제'를 전문적으로 연구하지 않는다. 서양에서 자주

---

43) 樂黛雲: 『中西比較文學教程』, 高等教育出版社, 1988年, 第175, 183頁.

쓰이는 학술용어를 빌려 말하자면, "'주제학'이라는 단어는 사용되는 과정 속에서 '해체(Deconstruction)'되어 버리고 '흩어져(scattered.'버렸다."라고 할 수 있다. 중국 비교문학에서 말하는 '주제학'의 '주제'는 실질적인 의미의 '주제'를 지칭하는 것 외에도 제재와 줄거리 그리고 대표적인 인물을 지칭하는데 사용되었으며, 심지어 이미지 및 상용어구 따위를 가리키기도 하였다. 때문에 '주제학'이라는 의미 속에는 수많은 '주제'들이 나타나게 되었으며, 그 속뜻과 용어의 이름이 맞지 않게 되었다. 결국 '주제학'이라는 개념은 겉으로 볼 때는 매우 정확하고 실질적인 개념처럼 보이나, 실제로는 매우 애매모호한 표현이라 할 수 있다. 물론 주제, 제재, 인물, 줄거리, 이미지 등은 작품 속에서 서로 밀접한 관계를 맺고 있는 떼려야 뗄 수 없는 것들이다. 하지만 이러한 것들은 작품 분석연구를 할 때 사용되는 각기 다른 개념들이다. 제재란 문학작품을 구성하는 자료로서 객관적인 세계 혹은 정신세계로부터 취한 묘사대상을 의미하고, 줄거리란 서사(敍事)성을 띠고 있는 작품이 제재를 처리하고 구성하는 것을 가리킨다. 그리고 인물이란 서사작품 속에서 사람의 모습으로 형상화된 예술형상을 가리키며, 이미지란 서정작품 속에서 감정을 구체적인 상징성 사물을 통해 표현해낸 것을 가리킨다. 마지막으로, 주제란 작품이 제재, 줄거리, 인물, 이미지 등의 여러 예술수단들을 통해 드러낸 추상적인 관념과 사상을 의미한다. 이러한 모든 것들은 유기적으로 구성되어 있어 문학창작을 할 때 서로 밀접한 관련을 맺기도 하고, 반대로 서로 구별되기도 한다. 때문에 '주제학'이라는 개념으로는 이 모든 개념들을 포괄할 수 없다.

이와 동시에 서양으로부터 들어온 '주제학'과 관련 있는 개념들은 중국에서 많은 문제점을 나타내었다. 가장 대표적인 예로는 모티브 (motif)라는 개념이 지닌 문제들이다. 무엇이 모티브인가에 대해 대부분의 비교문학학과이론 서적들은 많은 공을 들여 설명을 하고 있다. 많은 서적들은 '주제 연구'와 '주제학 연구'는 어떻게 구별하는 것이며, '모티브'와 '주제'는 어떠한 차이점이 있는가 등의 여러 물음에 대하여 논리적으로 서술하기도 하나 종종 너무 장황한 철학 속으로 빠져들어 쉽게 이해하기 어렵게 만들기도 한다. 이러한 상황이 나타나게 된 가장 주요한 원인은 중국학자들이 비교문학 서적들을 번역할 때 지나치게 원문에 얽매였고 중국어의 문화배경에 대한 기초적인 지식이 부족하였으며, 지나치게 서양화(西洋化)된 단어들을 사용했기 때문이다. 그 대표적인 예가 '모티브'③와 같은 단어이다. 이러한 번역들은 결국 옌푸(嚴復)가 "번역한 것이 마치 번역하지 않은 것과 같다."라고 지적한 바와 같이 비록 번역된 텍스트일지라도, 번역되지 않은 것과 같이 이해하기 어렵다. 많은 중국학자들은 영문의 'motif'를 '모제 (母題)'로 번역하여 사용하였다. 일단 이렇게 영문의 'motif'를 중문의 '모제'로 번역하게 되면, '모티브'가 무엇인가에 대해 명확하게 설명하기 어렵게 된다. 중국어에서 '모제(母題)'라는 단어가 있다는 것은 '자제(子題)'라는 단어가 있다는 것을 의미한다. 또한 주제(主題)라는 단어와 모제(母題)라는 단어의 존재는 모두 자제(子題)라는 단어가 존재한다는 가능성을 전제로 하므로, 이는 설명하면 설명할수록 더욱 애매해질 뿐이다. 이를 통해 '모제'라는 단어는 매우 졸렬한 번역의 결과물임을 알 수 있다. 하지만 중국에서 출판된 대부분의 비교문학 학과이론의 저서들은 모두 이러한 단어를 사용하고 있다. 사실상 중국에 '모제'라는 단어보다 'motif'를 더 잘 나타내는 단어가 없는 것은 아니다. 1984년도에 대만학자 진룽화(金榮華)는 이러한 문제에 대해 지적하며, 『육조지괴소설의 플롯단원 분류색인』④이란 책의 서문에서 특별히 다음과 같이 밝혔다.

> '플롯단원'이라는 단어는 바로 서양에서 말하는 'motif'를 의미한다. 선현들이 'motif'를 번역한 '모제(母題)'라는 단어는 마치 소리와 의미를 모두 살핀 듯 보이지만, 사실상 그 의미를 명확하게 번역하지 않았다. 'motif'가 가리키는 것은 하나의 이야기(故事)에서 더 이상 분석을 할 수 없는 가장 간단한 플롯이다. 때문에 '모제(母題)'라는 번역은 그보다 더 작은 '자제(子題)'가 있다는 오해를 불러일으킬 수 있으므로 적절치 못하다. 또한 어떠한 학자가 '자제(子題)'라는 말로 'motif'를 나타낸다면, 이는 가장 기본적인 플롯이란 것을 분명히 밝히는 것이지만, 그보다 큰 '모제(母題)'라는 개념이 있을 수도 있다는 오해를 불러일으키도록 만든다. 물론 하나의 고사는 여러 개의 'motif'로 이루어질 수도 있으나, 하나의 'motif'만으로 이루어질 수도 있으므로 '자제(子題)'라는 단어 역시 적절하지 않다.[44]

진룽화의 '플롯단원'이란 번역방법은 분명 어떠한 부연설명을 더하지 않더라도 그 의미가 명확하며 일목요연하다. 이와 비교해보면, 구태여 '모제(母題)'와 같은 단어를 사용해가며 각종 부연설명을 보충하는 것이 어찌 헛수고가 아니겠는가?

서양에는 중국에서 '주제학'이라고 일컬어지는 개념을 나타내는 공식적이고 보편적인 명칭이 존재하지 않는다. 그리고 현재 중국에서 사용되고 있는 '주제학'이라는 개념은 작은 것을 가지고 커다란 것을 나타내고, 부분을 가지고 전체를 개괄하는 모습을 나타내고 있다. 게

---

44) 劉守華: 『比較故事學』, 上海文藝出版社, 1995年, 第84頁.

다가 주제학의 연구범위는 '주제'라는 범위를 넘어섰으며, 다른 요소들까지도 포함해 버렸다. 또한 '주제학'과 관련된 '모제'란 단어의 의미는 매우 애매모호하다. 이러한 몇 가지 이유들 때문에 필자는 '주제학'이란 개념을 버리고, '비교창작학'이란 개념을 사용하여 '주제학'을 대체하려고 한다. '창작학' 혹은 '창작연구'는 문학연구와 문학비평의 핵심내용이다. 이와 마찬가지로 '비교창작학' 역시 비교문학연구의 중요한 영역과 대상이라 할 수 있으며, '비교창작학'은 '비교문체학'과 서로 돕고 보충하는 관계라 할 수 있다. 만약 '비교문체학'을 통해 연구하는 것들이 문학의 형식과 그 요소들이라고 한다면, '비교창작학'을 통해 연구하는 것들은 문학의 내용과 그 구성들이라 할 수 있다. 때문에 '비교창작학'은 단순히 '주제'만을 연구하는 학문이라 할 수 없으며, 주제를 포함한 내용 구성 요소들인 제재, 줄거리, 인물, 이미지, 주제 등을 연구하는 학문이라 할 수 있다.

2. 제재와 주제의 비교연구

제재란 문학작품을 구성하는 하나의 요소로서 객관적 혹은 정신적인 세계로부터 선택되어져 묘사되는 대상을 가리킨다. 그리고 제재의 비교연구란 서로 다른 민족이나 서로 다른 문학체계 속에서 동일한 제재가 전파되고 변이(變異)되며 서로 영향을 주고받는 상황들을 연구하거나, 혹은 서로 다른 언어의 문학 텍스트에서 동일하거나 또는 서로 비슷한 제재들이 어떻게 선택되어지고 사용되어지는지를 연구하는 것을 가리킨다. 이러한 제재의 비교연구 중, 전자는 종적인 제재의 전승사(傳承史) 혹은 변천사의 연구라 할 수 있고, 후자는 제재의 횡적인 평행 비교연구라 할 수 있다. 제재에 대한 비교문학의 본질은 일종의 문화사회학 또는 문학인류학의 연구이므로, 반드시 '초문학(超文學) 연구' 방법을 중점으로 사용하여 연구를 하여야만 한다. 이러한 연구를 통하여 우리는 작가들이 인류의 사회생활 중에서 어떠한 기본적인 문제들을 주시하고 있으며, 또 그들이 이런 문제를 어떠한 시각으로 보고 어떻게 표현하는가를 알아낼 수 있다. 또한 시대와 사회가 작가의 창작에 어떠한 영향을 미치는가에 대해서도 알 수 있으며, 서로 다른 시공간 속에서 동일한 문제에 대한 서로 비슷하거나 혹은 서로 다른 표현들을 발견해낼 수도 있다. 즉, 우리는 제재의 비교연구를 통하여 인류문학창작 속에 존재하는 규율성을 지닌 무엇인가를 찾아낼 수 있는 것이다.

제재에 대한 비교연구를 할 때 가장 먼저 직면하는 문제는 제재범위와 경계의 구분에 대한 문제로서 바로 제제의 명명(命名)에 대한 문제라 할 수 있다. 제재의 구분에 대한 기준은 사람마다 혹은 나라마다 서로 다르며, 제재를 바라보는 시각 역시 서로 다르다. 세계문학사상 유구한 문학 발전사를 지닌 국가들은 문학창작을 할 때 대부분 여러 제재들을 사용하였다. 그러나 창작과정 중에 어떠한 제재를 선택하는가와 자각적인 제재 분류의식을 가지고 있는가의 여부는 서로 별개의 일이다. 때문에 비교창작학의 제재 비교연구를 할 때에는 상술한 두 부분에 대해서 명확한 구분을 하여야만 한다. 각 나라의 문학사 속의 제재의식과 제재의 구분에 대하여 연구하는 것은 비교 제재사(題材史) 연구에 속한다. 이러한 연구들은 과거의 제재 구분이 비록 과학적이거나 합리적이지 않을지라도 역사상 존재하였던 모든 제재의 구분들을 중시한다는 특징을 지니고 있다. 이 연구의 기본적인 목적은 서로 다른 민족과 국가 그리고 지역의 문학체계 속에서 제재의 유형에 대해 자각적인 의식의 유무와 그 정도에 대해 알아보고, 제재구분의 범위에 대한 시각과 기준의 차이에 대해 알아보는 것이다. 또한 제재의식 및 제재구분의 배경인 사회, 역사, 문화적 근원들을 설명하는 것이라 할 수 있다. 세계문학사를 보면 각 나라의 문학마다 제재의식에 대한 자각의 정도와 제재유형에 대한 구분방법은 서로 다르다. 유럽의 몇몇 국가들의 문학과 일본문학의 제재 의식은 매우 강한 편에 속한다고 할 수 있다. 유럽문학은 교육소설, 사회소설, 역사소설, 고딕(Goth)소설, 정치소설, 유토피아 소설, 설교(說敎)소설 등 제재의 유형에 대해 매우 섬세한 구분을 하였으며, 일본의 강호(江戶)시대의 문학 역시 호색물(염정소설), 정인물(町人物)⑤, 황표지(黃表紙), 쇄락(洒樂)소설, 인정(人情)소설 등 각양각색으로 제재의 유형을 나누었다. 이와는 반대로 인도 전통문학의 제재유형에 대한 구분은 비교적 명확하고 간결하다. 인도에서는 보통 제재의 유형을 네 가지 기본 유형인 정치(주요하게 궁정권력투쟁), 애정(성애 포함), 전투(인간과 인간, 인간과 마귀, 신과 마귀 사이의 전쟁), 풍경(각 계절의 자연경치와 산천, 성보, 궁전)으로 나누었다. 또한 중국문학은 작품의 유형을 구분할 때에 대부분 문체와 풍격을 기준으로 하여 구분하였으며, 일반적으로 제재의 종류에 따라서는 구분하지 않았다. 근대에 이르러서야 루쉰은 일본과 유럽의 제재분류방식을 참고하여 중국의 전통소설들을 체계적으로 구분하였다. 루쉰의 이러한 구분방법은 제재의 유형에 따라 중국 전통소설을 구분한 최초의 시도라 할 수 있다. 중국과 마찬가지로 아랍의 전통문학의 제재유형들은 모두 현대에 들어와 구분되어지기 시작하였다. 예를 들어 아랍의 전통문학(시가) 중의 찬송시, 긍과시(矜誇詩), 풍자시, 애정시, 송주시(頌酒詩), 도망시(悼亡詩) 등은 모두 현대의 문학연구자들이 구분한 것이다.

세계문학을 인식하고 이해하는 시각과 방법을 찾기 위하여 현대적인 제재의식을 이용하여 세계 각국 문학작품에 대한 제재분류 연구를 하는 것은 비교창작학의 제재 비교연구에서 매우 중요한 부분이라 할 수 있다. 이러한 연구는 그동안 이루어졌던 제재의 구분에 얽매일 필요가 없고, 그 시대의 제재의식과 연구수단에 입각하여 복잡한 작품의 텍스트에 대해 새롭게 정리하고 분류할 수 있으며, 그 가운데서 비교문학 연구의 범위를 확정지을 수 있으며 연구의 기준을 확립시킬 수 있다는 특징을 지니고 있다. 이러한 제재의 구분은 대단히 복잡하고 체계적인 작업으로서 각각의 관점을 통해 서로 다른 제재의 유형을 구분해 낼 수 있다. 예를 들어 현실과 역사라는 관점으로 제재를 구분한다면 현실제재, 역사제재, 초(超)현실(환상)제재로 나눌 수 있다. 그리고 창작의 풍격을 중심으로 제재를 구분한다면 비극적인 제재와 희극적인 제재로 나눌 수 있으며, 신앙의 각도로 제재를 구분한다면 종교제재, 승려제재, 세속제재 등으로 나눌 수 있다. 또한 전쟁과 평화의 각도로 문학 제재를 구분한다면 전쟁제재, 호전제재, 반전제재 등으로 나눌 수 있다. 이외에도 사회계층의 각도로 구분한다면 궁정생활제재, 귀족생활제재, 평민(농민)제재, 상인제재, 무사(군인)제재 등으로 나눌 수 있고, 사회학의 관점으로 제재를 구분한다면 가정(家庭)제재, 혼인연애제재, 사회제재, 정치제재, 교육제재, 노년제재, 청소년제재 등으로 나눌 수 있으며, 지리 및 지역학의 관점으로 제재를 구분한다면 도시제재, 향토제재, 초원(草原)제재, 밀림제재, 해

양제재 등으로 나눌 수 있다. 이처럼 서로 다른 관점이나 연구방향에 따라 제재의 구분은 매우 다양하다고 할 수 있다. 인류가 생활하는 영역은 무한하고 광활하며, 인류가 직면하고 있는 문제들도 무한하다. 때문에 제재를 결정하는 구분 역시 무한하다고 할 수 있다. 대부분의 사회현상들은 문학작품 속에서 모두 그와 서로 상응하는 문학제재들로 나타난다. 예를 들어, 1950년대부터 1980년대까지 전 세계적으로 공산주의와 자본주의가 서로 대치됨에 따라 이와 관계가 있는 국가들의 문학에서 '냉전(冷戰)제재'가 나타났고, 마약 문제가 심각한 사회문제로 대두되었을 때에는 '마약의 제조, 판매, 흡입금지에 대한 제재'들이 나타났다. 그리고 횡령문제가 심각한 문제가 되었을 때는 '반(反)부정부패제재'와 '반(反)부패제재'들이 나타났으며, 테러문제가 사회적인 문제가 되었을 때에는 반(反)테러제재가 나타났다. 이처럼 문학작품에 사회현상들과 상응하는 제재들이 나타나는 경우는 매우 많다. 이러한 제재의 구분 중에서 어떠한 제재유형은 이미 인정된 기준을 사용하여 구분되어진 것들이고, 어떠한 제재유형은 연구자의 독특한 기준을 사용하여 구분되어진 것들이다. 때문에 제재의 구분에 대해 비교연구를 할 때, 연구자는 반드시 명확한 문제의식을 지녀야만 한다. 즉, 왜 제재의 비교연구를 하고, 비교연구를 통해서 무엇을 발견하려 하며, 또 무엇을 설명하고, 무엇을 해결하려 하는가에 대해 명확한 생각을 갖고 있어야 한다는 것이다. 이러한 연구들 중, 몇몇 연구들은 특정시기의 사회현상이 문학창작에 대해 어떠한 영향이 있는지에 대해 연구하고, 다른 몇몇 연구들은 특정한 사회문제에 대한 작가의 관점과 태도 및 그에 따른 사회현실에 대한 반작용을 연구한다. 그리고 또 어떠한 연구들은 특정한 제재유형의 작품에 포함된 사회적인 자료들과 정보들을 수집하고 활용하기 위해서 이루어지고, 어떠한 연구들은 각 국가마다 상이한 제재사용의 이유를 밝히기 위해서 이루어진다.

세계문학사 및 지역문학사의 시각으로 보면 비슷한 제재유형의 영향과 전파(傳播)는 비교창작학의 제재 비교연구를 구성하는 중요한 부분이라 할 수 있다. 제재의 영향과 전파에 대한 문제를 연구할 때에는 전파연구법과 영향연구법을 비롯한 초문학(超文學) 연구법 등의 여러 연구방법들을 함께 사용하여 연구해야 한다. 예를 들어, 인도의 종교문학은 육조(六朝)시기의 지괴(志怪)제재소설의 발생을 촉진시켰고, 중국의 『수호전(水滸傳)』과 같은 무협소설은 한국과 일본의 무협소설에 많은 영향을 미쳤으며, 당대(當代) 일본의 경제소설은 대만과 홍콩 및 중국 대륙에 전파되어, 중국의 당대 경제소설이라는 새로운 하나의 제재유형을 만들어냈다. 그리고 중국의 진융(金庸)의 무협소설은 동남아에 속한 몇몇 국가들의 문학에 비교적 커다란 영향을 미쳤고, 문예부흥시기에 활동한 영국작가 토마스 모어(Thomas More)가 이상국에 대하여 묘사한 『유토피아(utopia)』라는 작품은 유럽문학에 '유토피아 소설'이란 제재유형을 생기게 하였으며, 18세기 독일작가 H. 월폴(Horace Walpole)의 『오트란토성(The Castle of Otranto)』이라는 작품은 유럽과 미국문학에 영향을 끼쳐, 음산하고, 공포스러우며, 신비스러운 사건들을 제재로 하는 '고딕소설(Gothic novel)'이라는 것이 발생하도록 하였다. 또한 영국의 웰스(Herbert George Wells)와 프랑스의 베른(Jules Verne) 등이 19세기 초 처음 시작한 과학－환상소설은 20세기 세계 각국의 과학-환상소설의 원천이 되었으며, 영국의 디즈레일리(Benjamin Disraeli) 등의 작가들이 정치를 제재로 하여 쓴 정치소설은 명치유신(明治維新) 시기의 일본문학에 영향을 미쳤고, 일본의 정치소설은 량치차오(梁啓超)를 대표로 하는 중국의 정치소설에 영향을 미쳤다. 이외에도 유럽의 과학소설, 사회소설, 군사소설, 지역소설과 같은 제재 유형들은 일본을 통해 중국으로 들어와 중국 근대시기의 제재에 대한 관념을 변화시켰고 근대시기 중국소설에 많은 영향을 미쳤다. 이를 통해 제재의 전파와 영향은 각국의 문학교류와 문학관계에 있어서 사람들의 이목을 끄는 현상이며, 제재비교연구의 중요한 과제라는 것을 알 수 있다.

　사상사(思想史)의 관점으로 보면, 모든 작품들은 문학적인 방식으로 우주와 세계 그리고 사회와 인생에 대해 자신의 느낌과 견해를 나타낼 수 있다. 때문에 모든 문학작품들은 많든 적든 간에 직간접적으로 작가의 사상과 관념을 나타낸다고 할 수 있다. 일본의 하이쿠와 같은 짧은 서정시를 제외한 일반적인 작품 속에서 작가의 사상과 관념은 모두 제재의 선택과 처리 및 플롯의 구조와 인물형상의 묘사 등의 기본적인 과정을 통해서 자연스럽게 표현해낼 수 있다. 이러한 것들은 소위 말하는 '주제'를 형성한다. 주제의 비교연구는 비교창작학을 구성하는 중요한 부분으로서 서로 다른 민족문학 작품들의 주제에 대한 비교연구를 가리킨다. 이는 본질적으로 비교문학의 관점에서 문학의 사상에 대해 연구하는 것이다. 때문에 문학사 연구의 관점에서 보자면 이는 문학사상사의 비교연구라 할 수 있다. 주제 비교연구의 본질은 문학작품을 사상을 담는 텍스트로 여기는 것이며, 이 연구의 궁극적인 목적은 서로 다른 작가와 작품 속에서 인류의 공통적인 사유 방식과 사고과제들을 찾아내는 것이다. 때문에 주제비교연구는 '초문학(超文學) 연구'의 방법을 사용해 연구할 수밖에 없다. 이러한 연구들은 '문학성'과 관계된 문제들에 그다지 중점을 두지 않으므로, 문학의 심미적인 판단과 무관하다. 때문에 줄곧 '심미(審美) 지상주의자'들의 비평을 받아왔으며 종종 배척당하기도 하였다. 그러나 주제 비교연구와 관련된 연구 성과들은 끊임없이 발표되고 있다.

제재의 비교연구와 같이 주제의 비교연구는 작품에 표현된 중심사상에 대한 단순화로부터 시작된다. 하지만 주제와 제재는 서로 다른 특성을 지닌다. 즉, 제재는 객관적이고 구체적인 자료이나, 주제는 주관적이고 추상적인 사상이라는 것이다. 때문에 주제를 단순화하고 귀납할 때에는 반드시 이러한 제재와의 차이에 주의해야만 한다. 우리는 주제를 표현할 때 '보복(報復)' 주제, '보은(報恩)' 주제, '전쟁을 회고하는' 주제, '인생무상'의 주제, '여권(女權)주의'의 주제와 같이 하나의 개념 혹은 여러 가지 개념으로 구성된 구절(句節), 혹은 단어 등을 사용하여 간결하게 주제를 표현해낼 수 있다.

주제의 비교연구를 할 때 제재를 선택하는 관점과 그 범위는 모두 네 가지로 구분할 수 있다.

첫 번째는 사회학 영역에 관한 주제이다. 이러한 사회학과 관련된 주제들로는 사회개혁의 주제, 사회비판의 주제, 사회풍자의 주제, 개인이 사회에 반항하는 주제, 계급모순과 계급투쟁의 주제, 관료부패를 비판하는 주제, 가정비극(悲劇)에 관한 주제, 애정비극의 주제, 미인박명(美人薄命)의 주제, 연인이 결국 가족이 되는 주제, 인생을 즐기는 주제, 개인투쟁의 주제, 반(反)도덕의 주제, 회고(懷古)의 주제 등이 있다.

두 번째는 심리학 영역의 주제이다. 심리학과 관련된 주제들로는 행복과 환락(歡樂)의 주제, 비관주의의 주제, 영예(榮譽)의 주제, 애한(愛恨)의 주제, 질투의 주제, 연민의 주제, 두려움의 주제, 그리움의 주제, 염치의 주제 등이 있다.

세 번째는 종교 영역의 주제이다. 종교와 관련된 주제로는 신(하나님)에 대한 신앙의 주제, 죄와 벌의 주제, 참회의 주제, 신비주의 체험의 주제, 종교관용의 주제, 인과응보의 주제, 반(反)종교의 주제, 무신론의 주제 등이 있다.

네 번째는 철학 영역의 주제이다. 이러한 철학과 관련된 주제로는 천인합일(天人合一)의 주제, 인간과 자연화해(和諧)의 주제, 인간과 자연충돌의 주제, 인생의 유한함과 고독의 주제, 인간과 시간 공간의 주제, 인생무상의 주제, 사망과 영생의 주제 등이 있다.

물론 세상에 존재하는 모든 작품들은 서로 다른 주제를 나타내기 마련이므로, 주제는 무한하게 존재한다고 할 수 있다. 때문에 주제의 비교연구는 무조건적으로 모든 주제를 연구하는 것이 아니라, 세계 각 민족문학사상 시공간적인 한계를 뛰어넘어 끊임없이 반복되고 나타나는 기본적이고 공통된 주제들을 연구하는 것이다. 이러한 주제들은 그 수가 적지도 않지만, 또 끝없이 많지도 않다. 주제 비교연구의 목적은 공통된 주제를 찾아내는 것이며, 주제형성의 문화근원(根源)에 대해서 자세히 설명해내는 것이다. 일반적으로 주제의 비교연구를 할 때는 두 가지의 방법을 사용한다. 첫 번째는 사상사(思想史)의 입장에서 출발하여 어떠한 주제를 귀납해낸 다음, 다른 민족 및 다른 시대의 문학작품에서 비슷한 주제를 찾아내고 발견해내는 방법이다. 그리고 두 번째 방법은 이와 정반대로 문학사적 관점으로 다른 민족 및 다른 시대의 문학작품에서 어떠한 일치된 주제들을 총괄하고 추측해내는 것이다. 이 두 가지의 서로 다른 방법들은 서로 다른 모습을 띠고 있으나 결국 모두 '주제'의 시각으로부터 세계문학의 공통성과 연관성을 더욱 강화시킨다는 공통성을 지닌다.

3. 플롯과 인물의 비교연구

플롯이란 인물의 행위 및 사건의 진전에 대한 작가의 문학적인 서술을 의미한다. 특히 문학작품 속에서 플롯의 핵심요소는 인물형상이고, 인물형상은 플롯을 의지하므로, 플롯과 인물은 항상 떼려야 뗄 수 없는 관계라 할 수 있다. 비고창작학의 연구를 진행할 때, 어떠한 경우에는 이 양자(兩者)를 하나로 보기도 하고, 어떠한 경우에는 임시적으로 플롯과 인물형상을 분리하여 단독적으로 연구하기도 한다.

플롯의 비교연구에는 연구에 적합한 특정한 연구범위가 존재한다. 즉, 플롯의 비교연구는 신화전설과 민간문학과 같은 집단성을 띠고 있는 작품들의 연구에는 비교적 적합하나, 개별적인 작가의 작품연구에는 그다지 적합하지 않다. 특별한 경우가 아니고서는, 개별적인 작품의 플롯에 대한 단순한 비교연구는 항상 연구의 필요성과 타당성이 결여된 모습을 나타낸다. 일반적으로 집단성을 띠고 있는 작품들은 서로 비슷한 경향을 보이나, 개별적인 작가의 작품들은 서로 다른 경향을 나타낸다. 플롯의 비교연구가 비교성을 가지고 있는 이유는 신화전설과 민간고사 등의 플롯이 서로 비슷한 경향을 보이는 현상들이 내적으로 매우 심층적이고 연구가치가 있는 문화적 의미를 지니고 있기 때문이다. 때문에 신화전설과 민간고사 등 집단성을 띠고 있는 서술성 작품에 대한 플롯의 비교연구는 연구 가능성이 매우 높으며, 실질적으로 매우 필요한 연구라 할 수 있다.

세계 각 민족의 신화전설 및 민간고사들은 비록 그 수량이 매우 많고 저마다 민족적이고 지역적인 특색을 지니고 있지만, 기본적으로 플롯의 형태는 매우 유사하다고 할 수 있다. 이처럼 여러 신화전설과 민간고사들이 유사한 플롯의 형태를 지니게 된 원인은 세 가지로 정리할 수 있다. 첫 번째는 부족과 부족, 민족과 민족 사이의 계속되는 전쟁과 이에 따라 형성된 민족융합 및 민족이동과 민족 간의 교류를 통하여 각 민족의 구전문학들이 서로 영향을 주고받았기 때문에 각 민족 신화전설 및 민족고사의 플롯들이 비슷해지고 일치하게 되었다는 것이다. 그리고 두 번째는 고대인들의 생활핵심은 생존이며, 그들의 생활방식은 현대인의 생활방식에 비교하면 아주 단순하므로 비록 각 민족이 처한 환경과 시대는 제각기 다르지만 그들이 직면하고 있는 문제들은 대체로 일치한다고 볼 수 있다. 고대인들은 인간은 매우 연약하고 자연은 인간보다 강대하다고 생각하였기 때문에 태양, 물, 산, 동·식물 등의 대자연에 대해 경외와 숭배를 하였고, 초인과 영웅을 숭배하기도 하였다. 이 때문에 많은 신화전설들의 내용들이 유사한 성격을 지니게 되었다는 것이다. 마지막으로 고대인들의 사고수준은 비교적 낮기 때문에 자연과 사회 그리고 인간에 대한 사고 역시 상당히 단순하고 간단했다. 게다가 비(非)이성성, 비(非)논리적인 생각 및 이후의 민간고사에서 나타난 선악대립의 양극(兩極)모식은 신화전설과 민간고사의 사유(思惟)방식 면에서 상당히 많은 공통성을 지니게 하였다. 우리는 이러한 몇 가지 사실들을 통해 신화전설 및 민간고사에 대한 비교연구가 의심할 수 없는 비교성을 지니고 있으며, 엄청난 학술적 가치를 지니고 있다는 것을 확실하게 증명하였다. 19세기 독일의 그림(Grimm)형제 등의 연구로부터 시작된 비교 신화학과 비교 고사학(故事學)은 이미 독립적인 새로운 학과가 되었다. 어떤 의미로 보자면, 비교문학 그 자체는 비교 신화학과 비교 고사학으로부터 시작되었으며, 신화전설과 민간고사 비교연구의 기본적인 연구시작점은 바로 플롯이라 할 수 있다.

플롯이란 창작 속의 일관된 서사라 할 수 있다. 이론 및 개념상으로 '플롯'의 개념에 대해 서술하는 것은 그다지 어려운 일이 아니다. 그러나 서양의 여러 학자들과 학파들의 플롯에 대한 표현이 서로 다르고, 중국학자들이 서양의 개념을 번역하는 과정에서 융통성의 부족으로 인해 번역이 부자연스럽게 되었기 때문에, 중국에서의 플롯이란 매우 복잡한 개념이 되어버렸다. 중국의 어떠한 학자들은 플롯을 '주제'로 포함시켜 플롯연구를 주제연구의 한 부분으로 구분하였고, 어떠한 학자들은 플롯을 제재나 인물과 함께 논하기도 하였다. 필자는 중국에서 '플롯'이란 개념은 두 가지의 의미를 모두 갖고 있다고 생각한다. 그러나 비교창작학 연구에서 플롯이라는 개념은 다른 것으로 대체될 수 없는 개념이라 생각한다. 또한, 서양으로부터 들어온 모티브라는 단어는 진룽화(金榮華)의 주장처럼 '플롯단원'이라 번역해도 되고, '플롯원소(元素)'라고 번역해도 된다고 생각한다. 플롯원소란 가장 간단하고 가장 작은 서사(敍事)단위이다. 신화전설과 민간그사들의 서사텍스트들은 그 수가 매우 긶지만, 그 서사의 기본적인 성분을 구성하는 '플롯원소'는 유한하다. 마치 루빅 큐브(Rubik's Cube)로 무한하게 많은 모양들을 만들어낼 수 있지만 큐브를 구성하는 다른 색의 사면체는 단지 십여 가지에 불과한 것과 비슷한 원리이다. 플롯의 비교연구는 본질적으로 수많은 텍스트에서 찾아낸 공통점을 바탕으로, 다른 텍스트를 통해 그 공통성과 특수성을 나타내 보이는 것이다. 때문에 서양의 '역사지리(地理)학파'가 만들어 낸 민간고사 유형의 분류법(AT분류법)과 러시아학자 프롭(V. Propp)이 주장한 민간고사 '기능' 분석법은 모두 플롯비교 및 플롯원소 분류를 기본방법으로 하는 비교연구라 할 수 있다.

플롯의 비교연구는 기본적으로 두 단계로 나뉜다. 첫 번째 단계는 '플롯의 내용'에 대한 비교연구이고, 두 번째 단계는 '플롯원소'에 대한 비교연구이다. 전자는 신화전설 및 민간고사에 포함되는 특정한 텍스트의 기본적인 구성을 비교하는 것을 의미하며, 후자는 이야기의 플롯에 대해 '원소(元素)'의 단계까지 세밀한 분석을 한 후에 비교연구를 하는 것을 의미한다. 우리는 두 단계의 플롯에 대한 비교연구를 통해 서로 다른 서사텍스트 중에서 어떠한 플롯들이 일치하고, 어떠한 플롯들이 변이(變異)되었으며, 어떠한 플롯들이 독특한 특징을 지니고 있는가를 알 수 있다. 또한 플롯의 공통점과 차이점 및 그 변이된 모습들은 서로 다른 서사 텍스트 간의 관계를 보다 명확하게 나타내 보인다. 일반적으로 서로 다른 이야기의 텍스트 속에 공통된 플롯원소들이 많으면 많을수록 '플롯의 내용'은 비슷한 모습을 띠게 된다. 또한 플롯원소들이 어떻게 조합되느냐에 따라 이야기가 새롭게 형성되기도 한다. 때문에 우리는 플롯들의 분석비교를 통해 하나의 텍스트가 형성되는 것부터 전해지고 변이되는 모든 과정들을 추측하고 실증할 수 있으며, 서로 다른 지역 및 서로 다른 민족 간의 문화교류와 문학교류의 역사적 흔적을 찾아낼 수 있다. 또한 플롯들의 분석비교를 통해 서로 다른 시대와 지역, 민족과 국가들의 사유방식, 심미취미, 풍속습관, 도덕윤리에 대해 그 공통점과 차이점을 발견해낼 수도 있다. 이러한 것들은 바로 신화전설 및 민간고사 플롯의 비교연구가 궁극적으로 달성해야 하는 목표라 할 수 있다.

인물형상에 대한 비교연구들은 이미 여러 차례 연구되었다. 때문에 현재 중국의 비교문학 관련 논문들 중에서 인물형상에 관한 논문들이 상당히 많은 비중을 차지하고 있으며, 이러한 논문들에 나타난 문제점들 역시 상당히 많은 편이다. 중국 비교문학의 일반적인 인물 형상의 비교는 마치 하나의 모식을 형성한 듯하다. 대부분의 인물현 상 비교는 일단 두 작품 속에서 비슷한 인물형상을 발견해 내고, 그 인물 형상들을 비교하여 공통점과 차이점을 찾아내며, 찾아낸 공통점 과 차이점이 발생하게 된 원인들을 설명해내는 것이다. 이러한 비교 연구는 인물형상의 비교연구를 단순하고 저속하게 만들어버렸다. 때 문에 인물형상의 비교연구에 대해 글을 쓰는 것은 매우 쉽지만, 이에 대해 좋은 글을 쓰기는 대우 어렵다고 할 수 있다. 이러한 점은 평행 연구의 비교성 문제와 관련된다. 인물형상의 비교연구는 반드시 구체 적인 학술문제를 해결하는 것으로부터 시작되어야만 하며, 반드시 비 교의 합리성과 비교성이 확립되어야만 한다. 일반적으로 비교성이 확 립되려면 우선 일정한 관점과 기준에 따라 인물형상의 유형들을 확 립해야만 한다. 예를 들어, 신분기준에 따라 농민형상, 상인형상, 관 료형상, 지식인형상 등으로 인물을 나눌 수 있고, 성격을 기준으로 하 여 강자형상, 약자형상 등으로 나눌 수도 있으며, 기능(機能)의 기준에 따라 인물 형상을 피해자의 형상, 수난자의 형상, 가해자의 형상, 희 극문학에서의 광대형상, 사시(史詩) 속의 이야기를 하는 강의자의 형상 등으로 나눌 수도 있다. 이러한 인물형상을 구분하는 기준에 따라 수 많은 작품 속의 인물에 대하 인물형상의 비교연구를 할 수 있다. 그 러나 비교연구를 할 때 좀 더 충분한 근거와 더 많은 비교성을 갖기 위해서는 인물의 신분과 성격 그리고 그 기능을 유기적으로 결합하 여 비교의 기준을 확립하는 것이 가장 바람직하다. 예를 들면 다른 민족문학에서의 폭군형상, 뎡군(明君)형상, 간신형상, 청렴하고 공정한 관리의 형상, 노예형상, 독한 부녀자형상, 질투하는 부녀자의 형상, 용사형상, 겁쟁이 형상, 야심가 형상, 투기(投機)가 형상, 사기꾼 형상, 지혜로운 자의 형상, 우둔한 자의 형상, 인색한 자의 형상, 선행을 좋아하는 사람의 형상, 강직하여 아첨하지 않는 자의 형상, 권세나 재물에 빌붙는 소인배형상, 반역자 형상, 경건한 자의 형상, 마귀형상, 노름꾼 형상, 다정한 부녀자 형상, 사랑에 빠진 남자형상, 막돼먹은 건달형상, 올바른 군자(君子)의 형상, 세상을 원망하는 자의 형상, 세상을 우습게 아는 사람의 형상, 개혁가 혹은 개척자형상, 보수적인 사람의 형상, 나태한 자의 형상, 근면한 자의 형상, 성공한 사람의 형상, 실패자의 형상 등과 같이 인간의 형상은 참으로 복잡하며, 일반적으로 뛰어난 작가와 뛰어난 작품들은 이러한 인간의 복잡한 모습들을 잘 묘사해낸다. 하지만 이와 같은 인간형상에 대한 분류는 복잡한 인물형상을 지나치게 단순하게 만들어 버리기도 한다. 그러나 이러한 단순화는 비교연구의 비교성과 기준을 수립하기 위해 복잡한 것 속에서 공통적인 모습을 찾아내는 것이므로 인물의 형상에 대한 연구에 꼭 선행되어야만 한다. 이렇게 인물형상의 유형을 확립한 후 세계 여러 나라의 문학작품 속에서 비슷한 인물형상이 나타난 작품들을 가능한 한 많이 수집하여, 서로 다른 작품 속의 비슷한 인물 형상들을 가지고 평행관통(平行貫通)의 분석비교를 해야 한다. 만약 이러한 비교분석을 할 때 언급한 작품이 두, 세 종류밖에 없거나 혹은 그 수가 제한적이라면 규칙적이고 보편성을 지닌 결론을 얻어내기 힘들며, 이러한 한계는 비교연구의 학술가치를 떨어뜨릴 수도 있다. 인물현상의 비교분석 연구의 학술가치는 우리가 인간을 인식하고 연구하는데 필요한 비교분석을 할 수 있는 텍스트를 제공하는가의 여부에 달려 있다. 일반적으로 '문학은 인학(人學)이다'라고 말한다. 어떤 의미에서 보면 인물형상의 비교분석은 비교창작학의 핵심이라 할 수 있다. 이러한 비교분석은 인물형상의 과문화(跨文化)적인 비교분석으로서 일반적인 문학평론과 문학연구에서 말하는 '인물형상 분석'과는 다르다. 즉, 인물형상의 비교분석은 인물형상의 성격특징분석, 사회배경분석, 윤리경향분석, 시대특징분석, 심미가치분석 등을 포함하며, 이러한 것을 기초로 인물형상의 민족성 및 국민성과 연관된 내용을 찾아내는 것이다. 이러한 분석을 통해 우리는 인물형상의 묘사라는 측면에서 서로 다른 민족과 사회 그리고 서로 다른 시대 속의 작가들의 창작에 대한 공통점과 차이점을 알 수 있게 된다. 또한 비슷하거나 일치되는 인물형상의 묘사는 인생과 인격에 대한 작가들의 공통적인 인식과 서로 다른 작가들의 공통적인 인격이상(理想)과 도덕평가 그리고 윤리의식에서 형성되는 것이며, 서로 다른 민족과 다른 시대의 작가가 어떤 인물형상에 대한 다른 감정태도를 나타내는 것은 다른 민족문화, 인격이상, 도덕윤리 사이의 미묘한 차이를 반영한다는 것을 알 수 있다.

제3절 비교시학(比較詩學)

1. '비교문론(文論)'과 '비교시학(詩學)'

　문학이론에 대한 비교연구(약칭 '비교문론')에 대해 이야기하기 전에 이와 밀접한 관계가 있는 비교시학이라는 개념에 대해 먼저 언급할 필요가 있다. 모든 사람이 다 알고 있듯이 '시학(詩學)'이라는 개념은 고대 그리스 철학자 아리스토텔레스(Aristoteles)가 가장 처음 내놓았으며, '비교시학'이란 개념 역시 서양으로부터 온 개념이다. 이러한 사실은 20세기 프랑스학자 에티앙블(Rene Etiemble)의 『비교는 이성이 아니다. 비교문학의 위기』⑥라는 책에서 최초로 제기되었다. 그렇다면 에티앙블이 언급한 '비교시학'의 의미는 도대체 무엇일까? 에티앙블은 구체적인 문학작품에 대해 세부적인 비교연구를 하여 종합한 각각의 고정불변한 구성체계란 형이상(形而上)과 같은 원리에서 연역되어 나온 이론과는 다른 '진정한 실용가치를 지닌 미학(美學)'이라고 여겼다. 때문에 그는 만약 '역사적인 탐구와 비판적 혹은 미학적인 깊은 생각'이라는 대립적인 방법을 결합시킬 수만 있다면, '비교문학은 곧 거스르지 못하듯 비교시학으로 발전될 것'45)이라고 여겼다. 이러한 그의 말은 그 의미가 매우 명확하다. 그는 '비교시학'이란 문학이론 그 자체의 비교연구가 아니고, 현재 성립되어진 혹은 원래부터 존재하던 이론들에 대해서 비교연구를 하는 것만을 의미하지도 않으며,

---

45) 艾金伯勒:「比較不是理由」, 見幹永昌編『比較文學硏究譯文集』, 上海譯文出版社, 1985年, 第116頁.

형이상(形而上)학적인 추론이나 설명 역시 아니라고 하였다. 그는 비교시학이란 구체적인 문학현상에 대해 세부적인 비교를 한 후에 종합해낸 어떠한 체계와 규율이라고 주장하였다. 에티앙블의 관점에서 '비교시학'연구의 중심은 구체적인 작가와 작품에 대해 비교연구를 할 때 '미학적인 깊은 사고'에 대해 꿰뚫어 보는 것이다. 또한 그는 구체적인 문학현상과 작가나 작품을 연구할 때, 개별적인 현상들이 일반적인 현상의 수준으로 향상되고, 연구결과의 수준 역시 과문화(跨文化)적이고 개괄적이며 보편성을 갖고 있는 이론수준으로 상승되어야 함을 강조하였다. 만약 '비교문학사'의 연구목적이 인류문학의 종적(縱的)인 관련성을 밝히는 것에 있다고 한다면, '비교시학'의 연구목적은 인류문학의 정신적인 것들의 횡적(橫的)인 일치성을 찾아내고 밝히는 것에 있다. 이런 의미에서 비교시학은 비교문학연구의 가장 높은 단계라고 할 수 있다. 에티앙블의 이러한 '비교시학'의 개념은 중국의 대부분 비교문학개론 교재들에 인용되었지만, 거의 대부분 그 뜻을 잘못 이해하고 있다. 대부분의 비교문학학자들은 비교시학이란 '서로 다른 민족 및 문화체계의 문학이론에 대한 비교연구'라고 생각한다. 또한 '만약 비교문학을 문학의 비교연구라고 한다면, 비교시학은 문학이론에 대한 비교연구를 의미한다'라고 주장한다. 하지만 만약 이러한 주장들이 옳다고 인정받게 된다면, '비교시학'은 자연히 '문학이론의 비교연구'(약칭 '비교문론')와 동일한 것이 되어버리게 된다.

이러한 '비교시학'에 대한 오해들 때문에 중국에서의 '비교시학' 연구는 대부분 '문학이론'에 대한 비교연구를 의미하게 되었다. 물론 문학이론의 비교연구는 비교문학연구의 중요한 부분을 차지한다. 하지만 우리는 현존하는 문학이론과 학설에 관한 연구라는 것은 문학의 규율 그 자체를 연구하고 밝히는 것과 동일한 것이 아님을 명확하게 깨달아야만 한다. 또한 현존하는 문학이론에 대한 비교연구가 반드시 과문화(跨文化)적이고 공통적인 문화규율을 찾아내는 것만은 아니며, 소위 '공통의 시학'이란 것 역시 수립해낼 수 있는 것이 아님을 깨달아야 한다. 사실상 문학의 텍스트가 다의성(多義性)을 가진 것을 고려하면 모든 문학이론들은 단지 일정부분 문학실체에 대한 이론가의 인식을 반영할 수 있을 뿐이다. 문학이론은 문학을 사고(思考)의 대상으로 삼고 개념과 논리를 수단으로 삼은 사유(思惟)활동의 결과라 할 수 있다. 문학이론의 임무는 문학의 규율을 연구하는 것이다. 하지만 종종 피치 못할 장애물들 때문에 연구자는 특정한 관점과 특정한 의미상에서만 연구를 진행할 수밖에 없다. 쉬푸관(徐複觀)은 중국미학과 서양미학에 관한 문제에 대해 "서양에서 칸트가 미학(美學)을 성립한 후에 많은 미학 연구자들이 나타났으나, 그중 실질적인 예술가는 아주 적다. 또한 내가 이해한 바로는 서양의 예술가가 개척한 예술경지와 미학연구자가 개척한 예술정신은 실제로 매우 큰 차이를 지니고 있다."[46]라고 밝혔다. 쉬푸관이 지적한 이러한 현상은 단지 서양에만 있는 개별적인 현상이 아니다. 문학이론은 문학을 사고의 대상으로 삼으며, 문학에 종속되어 있지 않다. 또한 문학이론은 문학창작과 다른 독특한 사유방법을 지니고 있는 상대적으로 독립적인 것이라 할 수 있다. 서로 다른 시대 및 민족, 심지어 서로 다른 이론가들의 문학이론은 모두 뚜렷한 시대성과 민족성 그리고 개성(個性)을 지니고 있다. 바꾸어 말하자면, 각각의 문학이론들은 커다란 문학이라는 실체에 대한 서로 다른 한 측면의 인식만을 반영할 수밖에 없다는 것이다.

---

46) 徐複觀: 『中國藝術精神』, 春風文藝出版社, 1987年, 第6頁.

세계문학사 및 세계문학이론사(理論史)에서는 서로 다른 민족과 문화체계 속의 문학이론에 대한 사유방식과 이론표현방식 그리고 이에 대한 결론의 차이가 종종 문학창작활동과 문학작품 그 자체의 차이보다 훨씬 큰 경우들이 있다. 예를 들어, 그리스시대의 문예이론가인 아리스토텔레스(Aristoteles)는 "문학의 본질이란 '모방(模倣)'이다."라는 주장을 제기하였고, 동시대의 중국문예이론 저서『악기(樂記)』에는 "문학의 본질이란 '감물(感物)'(사물을 느끼는 것)이다."라고 표현되어 있다. 문학창작의 실천이라는 관점으로 보면, 아리스토텔레스가 말한 '모방'이란 개념은 중국문학에도 있었으며,『악기』에 나타난 '감물'이라는 개념 역시 서양에 존재하였다. 중국의『시경(詩經)』이 있는 사실 그대로를 나타낸 것은 자연현실과 인류의 사회현실에 대한 아주 뛰어난 '모방'이라 할 수 있다. 이러한 '모방'은 호메로스(Homeros)의 역사시에 나타난 농후한 신화색채 혹은 그리스 희극에서의 강렬한 숙명론과 비교해보면 '모방'과 '재현(再現)'의 현실적인 성격을 구체적으로 더 잘 드러낼 수 있다. 마찬가지로, 그리스의 서정시는 중국의 고시(古詩)와 같은 감물의 결과물이라 할 수 있다. 그러나 고대 그리스와 고대 중국의 문학이론에서 이 양자의 문학인식에 대한 인식차이는 '모방'설과 '감물'설의 커다란 차이를 만들어냈다. 물론 이러한 차이가 창작 자체의 차이를 완벽하게 반영한다고는 할 수 없다. 이는 문학이론이 반영한 것은 이론가의 문학에 대한 인식이지만, 이러한 인식은 문학규율 그 자체가 아님을 나타낸다. 또한 문학이론은 언제나 문학창작의 객관적인 사실을 피동적으로 반영하는 것이 아니며, 문학에 대한 이론가의 독특한 사고를 반영하는 것임을 보여준다. 다시 말해 연구자(문학이론가 및 그에 따른 이론)와 피연구자(작가작품)는 동일한 것

이 아니며 연구자는 반드시 피연구자의 실상과 본질을 반영해야만
하는 것은 아니라는 것이다. 결론적으로 역사상 현존하는 문학이론과
학설에 관한 연구는 문학의 규율 그 자체를 연구하는 것과는 다르며,
현존하는 문학이론에 대한 비교연구는 과문화(跨文化)적인 성격을 띤
공통의 문학규율을 찾는 유일한 방법이 아님을 알 수 있다.

　'문학이론'과 문학창작 간의 관계에 대한 이러한 인식은 '비교시
학'과 '비교문론'의 관계를 해결하는 데 도움이 된다. 상술한 바와 같
이, '비교시학'은 인류문학의 공통규율을 목적으로 하는 비교문학 연
구라 할 수 있다. 비록 문학이론의 비교연구는 과문화(跨文化)적이고 공
통적인 문학규율을 찾는 중요한 방법 중 하나이나, 단지 문학이론의
비교연구만을 통해서는 '비교시학'이란 목표에 완전하게 도달할 수
없다. 때문에 우리는 '비교시학'을 두 가지 부분으로 구분할 수 있다.
그중 첫 번째는 '비교문론'의 연구이다. '비교문론'의 연구란 각 나라
의 문학이론에 대한 비교연구를 뜻하며, 개념과 범위 혹은 하나의 명
제로부터 시작하여 현존하는 문학이론가들의 문학규율에 대한 인식
과 그 성과를 종합하고 검증해 내며, 참고로 삼는 것을 가리킨다. 그
리고 두 번째로는 각 나라 문학들의 총체적인 미학풍모와 공통적 미
학규율에 대한 연구이다. 이러한 연구는 문학사나 작가 혹은 작품에
대한 연구로부터 출발하여, 미시적인 분석을 통해 거시적인 개괄을
해내는 것이다. 때문에 이러한 두 부분이 서로 보충되고 하나가 되어
야만 비로소 완전한 의미의 '비교시학'이 완성될 수 있다.

2. 중국과 서양의 비교문론과 비교시학

   중국과 서양('중서(中西)'라고 약칭한다)의 비교문론과 비교시학의
연구는 최근 20여 년간 중국의 비교문학 연구영역 중에서 가장 관심
이 집중된 연구영역이자 연구 과제라 할 수 있다. 왕궈웨이(王國維), 주
광첸(朱光潛), 쉬푸관(徐複觀), 첸중수(錢鍾書) 등 앞 세대의 많은 학자들은
모두 이 분야의 개척 및 발전에 지대한 공헌을 하였으며, 이러한 앞
세대 학자들의 연구를 기초로 하여 최근 20년간 중국에서는 그보다
더 많은 중국 전통문학 및 미학사상에 대한 저서들이 출판되었다. 특
히 예랑(葉朗)이 집필한『중국미학사대강』⑦의 기본적인 논제는 미학(美
學)이지만 그는 이 저서를 통해 문예이론과 관련된 기본적인 자료와
대상까지 모두 언급해가며 수많은 독창적인 견해를 나타내 보였다.
그리고 차오순칭(曹順慶)의『중서비교시학』⑧은 중국 최초의 비교시학
과 관련된 전문 저서로서 중국과 서양의 문학이론에 모두 상응하는
개념과 범위에 대한 발견과 대비 및 상세한 설명의 면에서 많은 계몽
적인 견해를 보이고 있다. 또한 황야오몐(黃藥眠)과 퉁칭빙(童慶炳)이 책
임 편집한『중서비교시학체계』⑨는 많은 학자들이 합작하여 만든 논
문집으로 어느 정도 체계성을 띠고 있으며 중서비교시학에 대한 한
층 더 풍부한 내용들을 포함하고 있다. 이 밖에 쉬훙(徐虹)의『중국문
론과 서양시학』⑩, 양나이차오(楊乃喬)의『패러독스와 통합: 동방유가
및 도가시학과 서양시학의 문체론과 언어론 비교』⑪ 등도 읽어볼 만
한 가치가 있다. 이처럼 중서 비교문론과 비교시학의 영역은 이미 상
대적으로 풍부한 연구경험을 가지고 있지만, 이와 관련된 기본적인
이론문제들에 대해서는 여전히 반성하고 검토해야 할 필요가 있다.

중국의 전통적인 문학이론과 서양의 전통적인 문학이론에 대한 비교연구는 두 이질(異質)문화에 대한 평행연구라 할 수 있다. 때문에 이 연구가 성립되기 위해서는 두 이질문화에 대한 평행연구의 기준을 어떻게 수립할 것인가라는 문제부터 해결해야만 한다. 다시 말하자면 중서 비교문론의 가능성과 그 실행 가능성이 어디에 있는가를 명확히 해야만 한다는 것이다. 일반적인 현대학술의 관점에서 보면 '이론'이란 일련의 범위, 개념, 명제로 구성된 추상적이고 또 체계적인 사상의 서술방식을 가리킨다. 이와 마찬가지로, '문학이론'이란 일련의 범위, 개념, 명제로 구성된, 문학문제에 대한 추상적이고 또 체계적인 사상의 서술방식을 의미한다. 그러나 중국의 전통적인 문학 관념과 서술방식 속에서 서양의 개념과 명제와 같이 내용과 외연이 모두 명확한 것들은 거의 드물다. 중국은 전통적으로 문학적인 사고를 할 때 감상을 통해 느끼어 깨닫는 식의 서술방식을 사용하였다. 또한 총체적으로 문학의 대상을 파악하고 포용하는 것에 중점을 두었으며, 대상에 대해 상세한 분석을 하는 서양식의 방법은 사용하지 않았다. 때문에 서양의 추상적인 이론, 개념, 명제를 가지고 점진적인 연역법 및 추론을 통해 형성된 이론형태와 중국의 이론형태는 현저한 차이를 지닌다. 고대중국어(漢語)를 보면, 현대적인 의미의 '이론'이란 단어는 존재하지 않는다. '이론'이라는 단어는 영문의 theory라는 단어의 근대 일본식 번역이며, 후대에 들어서서 중국이 일본으로부터 차용해 온 것이다. 또한 비록 고대 중국의 문헌 속에서 '이론'이라는 글자는 찾을 수 있으나, 여기서 말하는 '이론'은 현대적 의미의 '이론'과는 차이가 있다. 예를 들어, 정구(鄭谷)의 시(詩) 중에 "이론이 맑고 은은한 것을 알게 되면, 생도는 이빈을 얻게 된다(理論知淸越, 生徒得李頻)."라는 구절에 나타난 '이론'의 의미는 현대 중국어에서의 '이론'이라는 단어의 의미와 완전히 다르다. 전통적인 동양의 학술은 서양과 같이 '이론'을 추구하지 않았으며, 그 문학적 관념과 그에 따른 표현 역시 서양과는 다른 모습을 띠고 있다. 왜냐하면 전통적인 동양에서는 추상적인 논리와 개념으로 구성된 체계를 수립하고자 하지 않았으며, 문학에 대한 감상과 느낌을 묘사하는데 주력하였기 때문이다. 서양의 이론은 객관성과 필연성을 중요시하지만, 중국은 개성성과 주관성을 강조한다. 또한, 서양의 문학이론과 문학창작은 그 분야들이 명확하게 나누어져 있지만, 중국은 이 두 가지가 긴밀하게 융합되어 있다. 게다가 쓰쿵투(司空圖)의『이십사시품(二十四詩品詩品)』과 같이 문학에 대한 중국인들의 고찰이 문학창작의 방식으로 표현되어진 경우들도 종종 있다.

때문에 만약 전통적인 중국인들의 문학에 대한 사고(思考)를 현대의 의미의 '이론'으로 간주해 버리거나 혹은 서양의 개념이나 사유방식으로 중국의 것들을 바꿔버린다면, 서양식의 '이론'을 기준으로 중국문학을 평가하게 되며 중국의 문학적 관념이 서양의 문학 이론적 가치 체계로 포함되어 버리게 된다. 이러한 연구들은 서양인들이 고대 중국의 문학이론을 쉽게 이해하도록 도와주지만, 종종 고대 중국 문학이론의 본래 모습과 그 의도를 곡해하도록 만든다. 예를 들어, 우리들은 고대 중국인들이 사용하였던 '개념'에 대해, 현대 연구자들의 이해를 중심으로 '자세한 분석'을 하고 있는 것일까? 아니면 고대 중국인들이 나타내고자 하였던 본래의 뜻을 밝혀내는 것에 주력하고 있는 것일까? 즉, 서양의 철학에서 말하는 "'천석학(闡釋學)'의 관점을 고수할 것인가 아니면 '현상학(現象學)'의 관점을 지킬 것인가?"라는 물음에 대부분의 연구자들은 자신의 연구가 고대 중국인들이 나타내고자 하였던 본래의 뜻을 밝히고 상세하게 해석했다고 생각한다. 하지만 동일한 용어에 대해 여러 연구자들의 해석이 각기 다르고 간혹 현저한 차이가 나는 이유는 무엇일까? 예를 들어, 현재까지도 여전히 '의경(意境)'이라는 개념과 '풍골(風骨)'이라는 개념에 대해서 여러 해석들이 병존하고 있다. 이러한 사실은 중국에서 '의경'과 '풍골'이라는 개념들이 서양과는 달리 일률적인 규범에 따라 사용되지 않았다는 것을 나타낸다. 이러한 상황에서 우리는 서로 다른 시대와 사람들의 같은 개념에 대한 공통적인 이해의 최대공약수를 찾아야 하는 것일까? 아니면 역사적으로 개인적이고 독특한 견해들을 존중해야 하는 것일까? 다른 한편으로 현재 우리가 고대 중국의 문론 개념에 대해 논할 때에는 최대한 과학적이고 학술적인 언어를 사용하여 명확하고 분명하게 설명해야 한다. 그러나 대부분의 중국 고대문론 어휘의 의미들은 '마음으로 느낄 수 있지만, 말로써는 전하기 힘들다(可意會不可言傳)'. 때문에 만약 우리가 중국의 고대문론 어휘들의 의미에 대해 설명한다 할지라도 그에 대한 정확한 이해를 하기는 힘들 것이다. 고대 중국에서 말하는 "도를 도라고 말하면 그것은 늘 그러한 도가 아니며, 이름을 이름지우면 그것은 늘 그러한 이름이 아니다(道可道 非常道, 名可名 非常名)."의 의미 역시 이러한 이치일 것이다. 이는 느낄 수만 있으며 상세히 설명할 수 없다는 점에서 서양의 것과는 다르다. 하지만 여기서 문제는 우리가 현재 사용하는 중서 비교문론에서의 비교기준이 중국의 문학이론 전통에서 나온 것이 아니며, 서양 학술의 영향을 많이 받은 현대 학술규범과 운용방식에서 생겨난 것이라는 점이다. 현대인들이 이해하고 간소화하며 정리한 중국 고대문론의 개념을 가지고 서양의 개념과 비교를 할 때에는 물론 서양의 현대적인 문학이론으로 중국

고대문론에 대해 '상세히 설명'하거나 논의할 수도 있다. 하지만 중국의 고대 문학이론으로 서양의 문학이론을 해석하고 서양의 문학이론으로 중국의 고대문학이론을 설명하는 '쌍방향적인' 설명은 실질적으로 실행되기 어렵다. 만약 중국 고대문론이 서양의 이론과 현대적인 방법을 통해 이미 상세하게 설명되어졌다고 생각해보자. 이런 상황 속에서 어떻게 중국과 서양의 문학이론에 대한 대등한 '양방향적인 설명'이 가능하겠는가? 그렇지만 만약 중서 비교문론에 대한 연구를 해야 한다면, 현대 학술규범에 따라 중국전통문학사상과 그 표현 속에 자주 반복되어 나타나는 어휘들을 선택하고 정리하며 설명하여야만 하고, 분명하지 않으며 애매모호한 것들 중에서 상대적으로 확실한 의미를 찾아내야만 한다. 그리고 더 나아가 그 내용과 외연에 대해 정의를 내린 후에야 비로소 고대 중국의 문학이론과 서양의 문학이론에 대해 비교를 진행할 수 있다. 이는 중서 비교문론의 연구를 할 때 종종 나타나는 난점으로 연구하기 어려운지 알면서도 어쩔 수 없이 해야 하는 것이며, 심지어 연구가 불가능한지 알면서도 해야만 하는 것이다. 이처럼 줄곧 중서 비교문론에 대한 연구는 어렵고 힘든 상황 속에서도 꾸준히 탐구되었고 추진되었다.

중서 전통문학이론 비교연구도 모든 비교문학의 '평행연구'와 마찬가지로, '비교성'의 문제를 추궁해야 한다. 중국과 서양의 전통문학이론은 서로 절대적인 비교의 가능성을 지니고 있다. 하지만 우리는 이러한 '비교 가능성'을 지나치게 높게 평가해서는 안 된다. 필자는 만약 중서 전통문론 비교의 목적을 '공통적인 시학'을 성립하는 것이라 정해놓고, 어느 곳에 놓아도 꼭 들어맞는 시학적 '통율(通律)'을 찾아 수립하길 바라는 것은 지나친 욕심이라 생각한다. 그러나 만약 우리가 중서 전통문론의 비교를 통해서 문학문제나 문화문제에 대한 현대학자들의 개인적인 견해를 나타내거나 비교를 통해서 중서문론에 관한 몇 가지 측면과 특징에 대해 이해하고 인식하게 된다면 중서 전통문론의 비교연구는 실행할 만한 가치가 있는 연구이며, 실행가능성이 있는 연구라 생각한다. 중서 전통문론 비교연구의 가능성과 그 한계는 바로 여기에 있다. 때문에 우리는 이에 대해서 반드시 분명하고 적절하게 인식해야만 한다.

중서 비교문론을 제외한 '비교시학'의 또 다른 목적은 동서양의 서로 다른 풍격특징 및 다른 미학풍모, 다른 발전규율 등의 비교연구를 포함한 동서양 문학에 총체적인 특징의 비교연구하는 데 있다. 이러한 연구는 '중서 비교문론'을 기초로 하여 논리적으로 진행된 것이므로, 이 연구의 논리적 기점(起點)은 '중서 비교문론'의 논리적 기점보다 한 단계 더 높다고 할 수 있다. 중국과 서양문학의 총체적인 특징에 대한 비교연구와 비교문론의 차이점은 중서문학의 총체적인 특징에 대한 비교연구가 근거한 자료들이 이론형태의 문헌뿐만 아니라 문예작품 그 자체일 경우도 있다는 점이다. 그리고 이 연구를 할 때에는 종적인 역사적 연구뿐만 아니라 횡적인 논리관계에도 주의해야 하며, 연구대상의 구체성과 실용 가능성뿐만 아니라 결론의 개괄성과 거시성까지 생각해야 된다는 점 역시 두 연구의 차이점이라 할 수 있다. 즉, 이러한 중국과 서양의 특징을 비교하는 연구는 사실과 역사자료를 기초로 한 역사연구의 방법과 논리적인 사변(思辨)을 특징으로 하는 철학연구의 방법을 결합시킨 것이라 할 수 있다. 이러한 의미에서 보자면, 중국과 서양문학에 대한 총제적인 특징의 비교연구는 중국과 서양의 미학연구나 중국과 서양의 심미적 문화에 대한 비교연구와도 서로 밀접한 관계가 있다고 볼 수 있다. 우리는 이 연구를 중국과 서양의 비교미학과 비교 심미·문화학의 단계까지 끌어올리거나, 이 연구에 대해 보편적이고 규율적인 견해와 결론을 낼 때에 반드시 문학과 예술의 관계성과 관련성을 충분하게 인식해야만 한다. 때문에 단순히 문학만 대상으로 하는 중서비교문학은 모든 형식의 문학예술을 연구대상으로 하는 총체적인 특징의 비교연구로 확장되어야 한다. 중국문학과 서양문학의 총체적인 특징과 그 규율에 대한 비교연구는 고도의 개괄성, 추상성을 지닌 복잡하고 어려운 연구라 할 수 있다. 이치대로라면, 마치 빌딩을 세울 때 기초공사가 완성된 후에야 시공을 할 수 있고, 아래층부터 차근차근 건물을 세워 올리는 것과 마찬가지로, 이러한 연구들은 반드시 풍부한 중국과 서양문학의 사례 연구들을 기초로 해야만 하고, 이러한 사례 연구들이 어느 정도 누적되어야만 비로소 연구를 시작할 수 있다. 그러나 사람들은 중국문학과 서양문학의 총체적인 특징을 간편하게 이해하도록 하는 관점과 연구방법들을 빨리 찾아내기 위해 매우 개괄적이며 추상적인 결론들을 도출해내기도 한다. 때문에 몇몇 연구자들은 실제로 연구를 할 때에 구체적인 사례연구와 개괄적이고 추상적인 연구를 동시에 진행하기도 하고, 심지어는 개괄적이고 추상적인 연구를 앞서 진행하기도 한다. 때문에 이러한 개괄적이고 추상적인 연구들은 종종 연구방법 중의 하나로 여겨지기도 한다. 이러한 연구들로 인해 도출된 결론들은 물론 비교문학 연구에 긍정적인 영향을 미치기는 하나, 그다지 보편적으로 인정받거나 정련된 결론은 아니며 과학적인 정론 역시 아니다. 때문에 설령 그 결론이 보편적으로 유행하는 결론일지라도 과학적인 정론과는 상당히 큰 차이가 있게 된다. 예를 들어 예랑(葉朗)은 『

중국미학사대강』이란 책에서 중국 미학비교연구와 관련된 몇 가지 유행하는 관념에 대해 고찰한 결과 "몇몇 사람들이 말하는 서양미학은 재현(再現)과 모방을 강조하여 '전형(典型)'적인 이론으로 발전되었으나, 중국미학은 '표현(表現)'을 중시하고 감정을 나타내는 것을 강조하였기에 '의경(意境)'의 이론으로 발전되었다는 관념은 사실과 부합하지 않는다. 왜냐하면 중국미학의 '도는 자연을 본받는다(道法自然)'[12], '만물을 관찰하여 추상적 상을 추출해낸다(觀物取象)'[13], '밖으로는 자연의 조화를 배우고, 안으로 마음의 근원을 터득한다(外師造化, 中得心源)'[14], '물상을 심중으로 헤아려 그 진리를 취한다(度物象而取其眞)'[15], '직접적인 체험 속에서 순수한 눈과 감각에 의존하여 자연을 관찰한다(身卽山川而取之)'[16] 등 개념과 명제들을 모두 '표현'하는 것으로 귀결할 수 없기 때문이다. 또한 중국고전소설이론 중에서도 '전형(典型)'론이란 것이 있을 뿐만 아니라, 매우 높은 수준까지 발전하였다."라고 밝혔다. 그는 또한 "서양미학은 '미(美)'와 '진(眞)'의 통일에 치우쳤고, 중국미학은 '미(美)'와 '선(善)'의 통일에 치우쳤다는 학설은 역시 매우 큰 편파성을 가지고 있다. 왜냐하면 쿵즈(孔子) 및 유가학설도 '미(美)'와 '선(善)'의 통일을 강조하지만, 라오즈(老子), 좡즈(莊子), 왕충(王充), 심지어 명·청시대의 왕푸즈(王夫子), 예셰(葉燮)와 같은 소설가나 희극가들은 모두 '진(眞)'을 강조하고, '미(美)'와 '선(善)'의 통일을 강조했기 때문이라고 밝혔다."[47]라고 주장하였다. 중국과 서양의 문예에 대한 총체적이고 거시적인 개괄은 비록 여러 장점들을 지니고 있지만, '실속 없이 범위만 넓다'는 지적을 피하기 어렵다. 매우 추상적인 이론에 대한 개괄 역시 이와 비슷하다. 왜냐하면 추상적인 것은 항상 구체적인 것을 없애버린 것에 대한 대가이기 때문

---

47) 葉朗: 『中國美學之大綱』, 上海人民出版社, 1985年, 第11-14頁.

이다. 그러나 이는 동시에 우리에게 과학적이고 정확하며 심도 있는 추상적인 결론들은 결코 특정한 시간과 공간 그리고 대상을 초월할 수 없다는 것을 일깨워준다. 예를 들어, 중국과 서양의 시학학(詩學學) 발전에 관한 서로 다른 역사단계를 고려하지 않고, 중국시학은 표현(表現)적이고, 서양시학은 재현(再現)하는 것이며, 중국인은 직감(直感)을 중시하고 서양인은 사변(思辨)을 중시한다고 막연하게 단언할 수 없다. 사실상 17세기 후의 중국 명・청(明, 淸)소설 및 소설이론들은 '재현'을 중시하였다. 또한 19~20세기의 서양문예와 미학에서는 '직감'과 '표현'을 중시하며 이를 찬양하기도 하였다. 이를 통해 이론개괄은 결론의 성립을 고려해야만 하며 반드시 시간 및 공간, 개별적인 것과 전체적인 것 등의 많은 부분의 제약을 받는다는 것을 알 수 있다.

근현대 중국문화와 서양문화의 교류가 날로 광범위해지고 깊어짐에 따라 20세기 이후 서양의 문학관념 및 문학이론들은 끊임없이 중국에 영향을 미치고 있으며, 중국과 서양의 전통문학이론들의 단절은 오래전 사라져 버렸다. 100여 년 동안 중국은 끊임없이 서양문학이론들을 수용하였으며, 수용된 서양의 문학이론들은 중국의 문학이론에 지대한 영향을 미쳤다. 때문에 20세기 중국과 서양의 문학이론 비교연구의 주요한 과제는 중국과 서양의 문학이론 사이의 영향과 수용관계를 정리해내는 것이다. 이러한 연구방면에서 뤄강(羅鋼)의『역사흐름 속의 선택: 중국현대문예사조와 서양문학이론』[17], 인궈밍(殷國明)의『20세기 중서문학이론 교류사론』[18], 천허우청(陳厚誠)과 왕닝(王甯)의『중국의 서양당대문학비평』[19] 등의 저서들은 대표적인 성과물이라 할 수 있다. 중국과 서양의 현대문학이론의 비교연구는 통상적으로 전파연구와 영향연구의 대상에 속하지 않으므로 여기까지 설명하도록 한다.

3. 동양 비교시학

비교적 활발한 연구가 진행되고 있는 중서 비교시학과 비교하자면, 중국의 동양 비교시학은 중국학계의 관심 밖에 있는 듯 보이며 심지어 현재까지 '동양 비교시학'의 개념조차 제기되지 않은 듯하다. 이러한 상황 속에서 '동양 비교시학'의 학술적인 위치는 더더욱 말할 필요도 없다. 일반적으로 말해 중국은 동양국가이며 동양의 비교시학은 중국을 중심으로 한다. 때문에 중국학자들은 동양 비교시학을 중요시할 수밖에 없다. 하지만 실질적으로 많은 중국학자들은 동양 비교시학을 중시하지 않고 있다. 이러한 현상이 생긴 원인은 매우 복잡하다. 첫 번째 원인은 근대 이후 나타난 '유럽 중심주의'가 중국 학술계에서 매우 큰 영향을 미쳤다는 것이다. 오사(五四)시기 급진적인 반(反)전통주의와 서양화(西洋化)사조 및 우(右)파적인 자산계습사상과 좌(左)파적인 공산주의사상을 포함한 30년대 이후의 마르크스·레닌주의(Marxism-Leninism)는 모두 서양으로부터 온 것들이다. 따라서 20세기 중국의 대부분 학자들은 서양화(西洋化)된 사조의 영향을 깊게 받았다. 중국학계에 한때 유행하였던 '말할 때마다 그리스를 언급한다'라는 말은 이러한 20세기 중국학자들의 잠재의식을 잘 보여준다. 두 번째 원인은 중국학자들이 할 줄 아는 제2외국어는 대부분 서양의 언어이며, 몇 명의 일본어를 할 줄 아는 사람을 제외하고 인도어, 아랍어, 이란어, 한국어 등의 동양 언어를 구사할 줄 아는 사람들의 수가 매우 적다는 점이다. 또한 동양의 언어를 구사할 줄 아는 사람들 중에서 비교문학 연구에 종사하는 학자의 수는 더더욱 적다는 점이다. 중국의 문학교육과 연구 분야에서 서양의 문학에 대해 교육하고 연구하는 사람들은 매우 많지만 동양문학에 대해 이해하고 있는 사람들은 2백 명도 채 되지 않는다. 때문에 '동양 비교시학과 같이 편협한 순수학술의' 영역에 종사하는 학자를 찾기는 매우 힘들다. 동양시학전통에 대한 무지(無知)와 소홀함으로 인해, 현재 중국의 비교시학 연구는 중국을 제외한 동양 각국의 시학들에 대한 연구를 하지 않는 비교시학 연구가 되어버렸다. 많은 사람들은 습관적으로 '동양'을 '중국'으로 대체하기도 하고, 심지어 '동양'이 즉 '중국'이라고 생각하기도 한다. 예를 들어, 『동방의식류(東方意識流)』라는 저서와 『동방의 포스트모던(東方後現代)』라는 저서에서의 '동방'은 바로 '중국'을 가리킨다. 비교시학연구에서 연구대상을 '중국'과 '서양'으로 양극화하고 단순화하는 것은 인도, 아랍, 일본, 한국과 같은 동방국가들의 시학전통을 간과한 것이 분명하며, 이러한 양극화와 단순화는 학자들이 이상적으로 여기는 '시학통률(通律)'을 수립할 수 없도록 만든다. 또한 단지 중국과 서방의 비교시학을 통해 얻어낸 결론들이 동양의 여러 나라들의 문학이론에도 적용되는가의 여부 역시 이러한 양극화가 낳은 문제점이라 할 수 있다.

이러한 동양을 경시하는 풍조는 시학문헌에 대한 연구과 관련서적의 번역 및 출판된 현황을 보면 쉽게 알 수 있다. 최근 백 년 간, 특히 최근 20년 사이에 중국에서 연구되고 출판된 유럽·미국 서양문학이론의 저서 및 교과서 등은 그 수가 이미 수백 편에 이르렀으며, 총서만도 수십 편이 출판되었다. 그러나 동양문학이론에 관한 저서는 황바오성(黃寶生)의 『인도고전시학』[20]과 니페이겅(倪培耕)의 『인도미론시학』[21] 이렇게 두 권만 출판되었을 뿐이다. 그리고 장보웨이(張伯偉)의 『중국시학연구』[22] 등의 중국시학을 전문적으로 연구한 전문저서들이 잠깐 한국과 일본의 고대시학을 언급한 것 외에, 중국에서는 여전히 일본, 한국, 아랍 등 동양의 국가들의 문학이론 및 시학에 대해 연구한 전문저서들이 출판되지 않은 상황이다. 또한 번역본이 출판된 상황 역시 큰 차이를 보이지 않는다. 중국에 번역된 서양시학에 관련된 문헌들은 대략 천여 편 이상이다. 그러나 동방시학에 관련된 문헌은 일본 제아미(世阿彌)의 『풍자화전』[23]과 수십 종의 근현대 일본의 관련저서들이 번역 출판된 것 이외에, 인도문헌은 진커무(金克木)가 번역한 『고대 인도문예이론 논문선』[24]이라는 얇은 단행본만 출판되었으며, 현대문학이론에 대해서는 타고르(Rabindranath Tagore)와 프렘 찬드(Prem Chand)의 문학논문집밖에 번역 출판되지 않았다. 게다가 한국, 베트남, 아랍, 페르시아 문학이론의 번역본은 여전히 존재하지 않는 상태다. 다행히도 차오순칭(曹順慶)은 『동방문론선』[25]이란 서적을 통해 동양의 여러 나라들의 전통문학이론과 문헌들을 선정하여 번역하였다. 이러한 그의 연구를 통해 중국에서는 동양문론에 대한 종합적인 번역서가 최초로 출판되었으며, 이는 중국독자들이 동방문학 이론을 이해하는 데 많은 도움을 주었다.

그러나 중국에서 동양시학과 관련된 외국의 저서들이 충분하게 번역 및 소개되거나 연구되지 못하였기 때문에 중국의 비교시학 학자들은 동양시학에 대해 많은 관심을 보이지 않았다. 게다가 중국의 많은 학자들은 시학이나 문학이론과 같은 학문들이 중국 외의 다른 동양국가들에서는 전혀 발달되지 않았을 거라 생각하기도 한다. 하지만 사실상 문학이론의 시각으로 보면 중국을 제외한 여러 동양국가들은 풍부한 시학유산들을 가지고 있다. 지셴린(季羨林)은 전 세계의 문예이론 체계에 대해 설명하면서, 예로부터 유럽과 중국 그리고 인도를 중심으로 하는 삼대(三大) 문예이론 체계가 형성되어 있다고 주장하였다.

인도의 시학은 세계에서 가장 먼저 그 형태를 갖추었으며, 인도시학만의 독특하고 뚜렷한 특징들을 지니고 있다. 인도의 시학은 언어학과 수사(修辭)학 그리고 문예학을 기초로 하며, 문학작품의 어법과 수사, 어의(語義), 어휘, 풍격에 대한 분석 및 독자와 관중에 대한 심미(審美) 수용의 심리 메커니즘을 중시한다. 현대적인 학술용어를 사용해 말하자면 인도의 고전시학은 형식주의 시학과 문예·심리학의 결정체라 할 수 있다. 또한 많은 학자들은 일본의 문학이론이 중국으로부터 전해져 들어간 것이며, 일본은 민족의 특색을 지닌 독특한 문학이론체계를 형성하지 못했다고 생각한다. 하지만 일본 문학이론의 특수성은 일본문예의 특수성을 기초로 형성되었으며, 사실상 '중국을 모방하였다'는 말로 대충 총괄할 수 있는 것이 아니다. 예를 들어, 일본의 '모노노아와레(物哀)', '유우겡(幽玄)', '가(花)', '사비(寂)', '즈이(粹)', '츠(通)', '코쇼쿠(好色)' 등의 심미적 관념들은 모두 일본의 독특한 미학적 의미들을 지니고 있다. 이밖에 한국, 베트남, 아랍, 페르시아 등의 국가들 역시 독특한 문예이론의 전통을 가지고 있다. 그러나 전통적인 동양의 시학은 서양과는 달리 이론형태로만 표현되는 것이 아니며, 동양인의 심미적인 이상과 흥취 역시 기존의 이론형태에서 표현되는 것보다 구체적인 문학창작 중에 표현되는 경우가 훨씬 많다. 동방비교시학을 연구할 때의 난점은 바로 여기에 있다. 만약 선인들이 제기한 의미에만 얽매여 있으면, 이는 결코 명확한 개념용어와 명제에 대한 연구가 아니며, 이러한 연구를 통해서는 동양 시학사상이 감추고 있는 보물들을 발견하고 발굴해낼 수 없다. 전통이론은 옛 선인들이 만들어낸 것이며, 문학예술에 대한 고대인들의 인식은 이를 잘 나타낸다. 그러나 우리 현대인들은 훨씬 더 좋은 학술장비들을 갖추고 있고 학술에 대한 고차원적인 시야를 지니고 있으므로, 동양문학의 창작에 대해 연구를 할 때 동방시학 규율의 새로운 이론견해에 대해 더 창조적으로 밝혀낼 수 있어야만 한다.

소위 '동양 비교시학이란 일종의 지역성을 지닌 시학의 비교연구라 할 수 있다. 중국과 서양의 시학에 대한 비교연구와는 달리, 동양 비교시학연구는 동양문화라는 연구범위 내에서만 진행된다. 역사상 동양의 여러 나라들은 문화적으로 서로 밀접한 관계를 맺고 있으며 그에 따라 활발한 교류가 이루어졌었기 때문에, 동양시학 속에도 직접적이거나 혹은 간접적인 영향관계가 존재한다. 예를 들어, 고대 인도의 시학에 대한 저서인 『문경(文鏡)』은 13세기에 이미 중국 장족(藏族)의 언어인 장문(藏文)으로 번역되었고, 이는 중국 장족의 문학이론의 형성에 영향을 미쳤으며, 인도불교의 직관적이고 돈오(頓悟)적인 사유방식은 중국의 선종철학(禪宗哲學)과 선종시학(禪宗詩學)의 형성에 매우 큰 영향을 미쳤다. 그리고 불교가 점점 동쪽으로 전파됨에 따라, 한국과 일본 그리고 베트남과 같은 국가들은 중국의 직접적인 영향과 인도의 간접적인 영향을 동시에 받게 되었다. 이외에도 이러한 국가들은 중국의 유교적이고 도가(道家)적인 시학관념과 시화(詩話), 소설평점(評點) 등의 시학 서술방식들의 영향도 받게 되었다. 또한 이슬람교의 심미적 관념과 페르시아의 미학(美學)은 동남아시아, 중앙아시아, 서아시아, 북미지역 각국과 중국서북이슬람 지역의 문학예술에 지대한 영향을 미치기도 하였다. 하지만 근대에 들어선 이후, 중국과 한국은 일본을 통해 서양을 배우게 되었으며, 일본으로부터 많은 문예이론에 관한 저서들을 번역하여 들여왔다. 때문에 쓰보우치 쇼요(坪內逍遙), 나쓰메 소세끼(夏目漱石), 구리야가와 하쿠손(廚川白村), 혼마 히사오(本間久雄)와 같

은 일본의 저명한 문예 이론가들의 이론적인 주장들은 중국의 현대
문학작가들과 현대문학이론에 커다란 영향을 미치게 되었다. 또한 인
도 현대문호 타고르의 문예사상은 중국과 일본의 현대문학에 비교적
큰 영향을 미쳤다. 이러한 사실들을 통해 우리는 동양의 시학이 예나
지금이나 서로 밀접한 관계를 맺고 있음을 알 수 있다. 중국의 시학
저서들이 아시아 각국으로 전파되는 것에 관한 문제나 유가의 시학,
불교의 시학, 이슬람교의 미학들이 아시아 시학에 미친 영향에 관한
문제 등은 모두 동방 비교시학의 중요한 연구과제들이다. 때문에 동
양비교시학에는 '비교성'의 문제와 비교의 공통적인 기준에 관한 문
제가 존재하지 않는다. 즉, 동양비교시학은 비교문학이 갖추어야 하
는 모든 전제 조건과 기초를 모두 지니고 있다고 할 수 있다.

중국시학에 입각하고 중국을 중심으로 하는 동양 비교시학 연구는
중국학자들의 입장에서 보자면 연구하기 좋은 조건과 환경을 갖추고
있다. 중국학자들은 중국과 일본의 비교시학, 중국과 한국(조선)의 비
교시학, 중국과 인도비교시학과 같이 중국과 다른 동양의 국가들을
연구대상으로 하여 비교시학 연구를 할 수 있으며, 동아시아 비교시
학, 남아시아 비교시학, 중동비교시학과 같이 앞서 말한 연구를 기초
로 삼고 범위를 더 확대하여, 동양의 다른 문화구역을 연구과제로 삼
을 수도 있다. 이러한 동양의 모든 문화구역을 대상으로 하는 종합적
인 비교시학연구는 매우 필요하고 중요한 연구이다. 하지만 현재 동
양비교시학의 수준으로 볼 때, 이러한 연구는 난이도가 매우 높으며,
이러한 연구를 하기 위한 기초 역시 상당히 부족한 상태이다. 때문에
반드시 거시적인 연구와 미시적인 연구를 결합시켜 동방전통시학의
관계에 대한 차이점을 찾아내야 하며, 동양시학의 보편성과 일반성

및 동양 각국과 각 민족의 특수성을 밝혀내야만 한다. 예를 들어, 일본문학의 관념은 중국의 관념과 많은 부분에서 차이를 보이고 있으므로 중일 비교시학 연구는 반드시 이러한 차이점이 문학창작과 문학적 관념을 통해 어떻게 드러나는지를 밝혀내야 하며, 이를 통해 양국의 문예특징을 더 깊이 이해하도록 해야 한다. 즉, 동방비교시학의 성과가 어느 정도 쌓인 다음 '동서양의 비교시학'을 연구해야지만 비로소 충분한 저력이 있다고 할 수 있다. 동서양의 주요한 민족과 국가들의 시학을 연구범위로 하는 완전한 '비교시학' 체계가 수립될 수 있는가의 여부는 동방비교시학의 연구가 얼마만큼 충분히 이루어졌는가에 달려 있다고 할 수 있다. 때문에 우리는 동방 비교시학에 대한 충분한 연구를 '비교시학'이 나아가야 할 방향으로 삼아야만 한다.

제4절 번역문학(飜譯文學) 연구

1. '번역문학'의 개념

'번역문학'이란 원작을 다른 언어로 바꾸어 만든 새로운 텍스트를 가리키며, 이는 문학작품이 확장되어 존재하는 상태라 할 수 있다. '번역문학'을 행위의 과정으로만 본다면 이를 '문학작품에 대한 번역'이라 할 수 있고, 최종적인 결과로만 본다면 '번역된 문학작품'이라 할 수 있다. 하지만 우리가 흔히 말하는 '번역문학'이란 문학작품에 대한 번역의 최종결과물인 '번역본'을 의미한다. 때문에 '번역문학'은 문학유형 중의 하나로 간주될 수 있다.

'번역문학'이란 한자어는 일본에서 최초로 제기된 것으로, 최소 20세기 초부터 누군가가 이 개념을 사용하기 시작했을 것으로 추측하고 있다. 일본문학의 영향을 많이 받은 량치차오(梁啓超)는 1921년에 '번역문학'이라는 개념을 중국에서 최초로 사용하였다. 제1·2차 세계대전 이후 일본은 번역문학에 대한 연구를 더욱 중시하였고, 수많은 연구 성과물들을 대량으로 출판하기 시작했다. 이때에 출판된 서적으로는 1954년에 출판된 가와토미 구니모토(川富國基)의 『명치문학사상의 번역문학(明治文學史上的翻譯文學)』과 1961년에 출판된 야나기다 이즈미(柳田泉)의 『명치초기 번역문학의 연구(明治初期翻譯文學的研究)』 등이 있다. 또한 1950년대부터 1960년대까지 일본에서는 『신조 일본문학 소사전(新潮日本文學小辭典)』, 『일본근대문학 대사전(日本近代文學大事典)』, 『비교문학사전(比較文學辭典)』을 비롯한 각종 문학참고서들이 출판되었으며, 이러한 참고서들은 '번역문학'이란 단어와 개념을 수록하고 있다.

'번역문학'은 하나의 문학개념으로서 '외국문학'이라는 개념과 중복되는 부분이 많다. 때문에 중국에서는 오랫동안 일반적인 문학 애호가들을 포함한 문학을 전공한 전문가들까지도 '번역문학'을 '외국문학'과 동일한 것으로 보았다. 예를 들어, 중국 모 대학의 중문과에 개설된 기초과목 중 '외국문학사'라는 수업에서 지정한 필독서 목록에 포함된 작품들은 모두 외국의 문학작품들을 번역가들이 중국어로 번역한 '번역문학' 작품들이며, 이 수업을 수강하는 학생들에게 외국문학작품의 원작을 읽도록 하지 않았다. 그렇지만 이 수업은 여전히

'외국문학사'라 명명되어 있으며, '번역문학사'라고 하지 않았다. 하지만 사실상 '번역문학'은 '외국문학'과 동일하거나 같은 개념이 아니다. 첫 번째 이유는 '외국문학'과 '번역문학'은 저자의 주체가 서로 다르기 때문이다. 번역가가 번역한 작품도 물론 외국작가의 작품이라 할 수 있다. 하지만 문학작품의 번역은 번역기가 번역하는 간단한 언어전환과는 확연한 차이가 있다. 문학작품의 번역은 반드시 언어적이고 기술적인 측면을 뛰어넘어 문학적이고 심미적인 측면까지 도달해야만 하며, 번역가의 창조적인 정신적 노동이 필요하기 때문이다. 이러한 견해에 대해 중국을 비롯한 외국의 많은 번역가와 연구자들은 자신들의 의견을 내놓았으며, 결국 '번역문학'이란 '번역성을 지닌 창작(역작)'이라는 결론을 내리게 되었다. 두 번째 이유는 원작 혹은 원본의 관점에서 보자면 번역의 결과물인 번역본은 원작과 독립되어 존재하는 것이기 때문이다. 번역본은 물론 원작으로부터 생겨난 것이다. 하지만 번역본이라는 것은 원작에 대한 간단한 복제품이 아니기 때문에 원작과는 또 다른 것이라 할 수 있다. 『세계판권공약(UCC)』과 『베른조약(Berne Convention)』 등 현행 국제성 판권법률들은 모두 원작을 보호한다는 전제하에, '번역문학'에 대한 판권을 인증해 주고 있다. 또한 일반적으로 원작의 작가가 별세한 지 오십 년이 지나고 나면, 번역가 및 번역본은 독립적인 판권을 지닐 수 있게 된다. 세 번째 이유는 수용미학이라는 관점으로 볼 때, 모든 텍스트의 궁극적인 완성은 독자로부터 실현되기 때문이다. 즉, 번역본을 읽은 독자는 원작을 읽은 독자와 다르기 때문에 번역본의 완성은 번역본을 읽은 독자로부터 실현된다고 할 수 있다. 또한 번역본과 원본을 읽는 독자들은 각기 속한 시대, 사회, 문화, 언어 등 여러 배경 요소들이 다르기 때문에, 번역본과 원본에 대해 상이한 평가를 내릴 수도 있으며, 각기 다른 모습으로 번역본과 원본에 대해 분석할 수도 있다. 총괄적으로 보자면, '외국문학'이란 문학이 국가별로 나누어져 있는 것을 나타내는 개념이며, '번역문학'이란 또 다른 언어로 바꾸어 만든 새로운 텍스트로 형성된 특수한 문학유형이라 할 수 있다.

번역문학의 성격과 객관적인 평가에 대해 제대로 이해하기 위해서는 먼저 '번역문학'과 '번역학'의 관계와 '번역문학'과 '비교문학'의 관계에 대해 명확하게 이해하고 있어야만 한다. 최근 몇 년간 국내외를 막론하고 많은 학자들은 '번역학' 혹은 '번역연구'라는 새로운 학과의 성립을 제기하였다. 서양의 많은 학자들이 흔히들 말하는 '번역연구'나 '번역학'(translation studies 또는 translation study)은 '번역문학'의 연구 속에 포함되지만, 그것들의 의미는 분명 '번역문학'의 의미보다 더 광범위하다. 또한 '번역학'이 연구하는 것은 언어 및 원본이 번역될 때 나타나는 규율이므로 이는 당연히 '번역문학'에 대한 연구를 포함한다. 바꾸어 말하자면, '번역문학'은 '번역학'이라는 학문을 구성하는 일부분이라 할 수 있다. 그리고 '문학번역'은 과언어(跨言語), 과문화(跨文化)적인 문학 활동이므로, 서로 다른 언어와 문화체계를 지닌 문학들 사이를 잇는 다리역할을 한다고 볼 수 있다. 때문에 '번역문학'은 당연히 비교문학의 연구대상에 속한다고 할 수 있다. 이렇게 되면 '번역문학'은 사실상 '번역학'과 '비교문학'이라는 두 학문의 경계를 뛰어넘은 것이 된다. 최근, 영국의 학자 수잔 베스네뜨(Susan Bassnett)는 "지금은 비교문학과 번역학의 관계를 다시 자세히 살펴봐야 할 시점이다."라고 주장하였으며, "지금부터 우리는 번역학을 주도적인 학과로 보아야 한다. 우리는 비교문학을 가치 있는 학문이라 여기지만, 비교문학은 여전히 종속적인 연구영역일 뿐이다."[48]고 언급하였다. 하지만 이러한 견해는 논리적이지 않으며, 상당히 애매모호하다. 비교문학의 연구내용은 단순한 번역문제만을 의미하지 않으므로 '번역학'은 근본적으로 '비교문학'의 학문적 내용을 모두 포함할 수 없으며, '비교문학'은 문학을 연구하는 것이나, '번역학'은 문학뿐만 아니라 언어적인 영역 혹은 문화적인 영역까지 함께 연구하는 것이다. 때문에 이 두 학문은 비록 서로 공통점이 있으나 각기 다른 학문이라 해야 한다. 따라서 우리가 '번역문학'을 비교문학의 연구대상으로 삼는 것은 매우 타당하다고 할 수 있다.

현재 출판되어 있는 비교문학 이론서적들에 소개되어진 '역개학(譯介學)' 및 '매개학(媒介學)'은 '번역문학'과 공통된 부분이 상당히 많으나, 몇 가지 면에서 상당한 차이를 보인다. 셰톈전(謝天振)은 그의 저서인 『역개학』을 비롯한 몇몇 교재에서 '역개학'이라는 개념을 사용하였다. 그의 주장에 의하면, 서양 비교문학계에는 '역개학'이라는 명칭은 존재하지 않으며, '번역연구'(translation studies)라는 명칭만 존재한다고 한다. 그는 "역개학이라는 학문은 비록 비교문학의 매개학적인 관점으로부터 시작되었으나, 최근 들어서 비교문화의 관점으로부터 시작된 번역(특히 문학번역)과 번역문학에 대한 연구들이 더욱 많아졌다."[49]고 언급하였다. 이러한 그의 주장을 통해 '역개학'의 연구범위는 문학작품의 번역을 넘어서, 문학 이외의 모든 번역을 포함한다는 것을 알 수 있다. 루캉화(盧康華)와 쑨징야오(孫景堯)의 『비교문학 입문(比較文學導論)』과 천뚠(陳惇)과 리우시앙위(劉象愚)의 『비교문학 개론(比較文學槪論)』이라는

---

48) 謝天振: 『譯介學』, 上海外语教育出版社, 1999年, 第8页.
49) 謝天振: 『譯介學』, 上海外语教育出版社, 1999年, 第1页.

저서들은 모두 프랑스학파가 주장했던 '매개학'이라는 개념을 수용하고 있다. '매개(媒介)'는 문학교류의 방법과 과정을 강조하며, 그 명칭 자체가 표현하는 것과 같이 "문학을 교류하는 과정에서 전달자 역할을 하는 사람이나 사물을 가리킨다."[50] 또한 루캉화와 쑨징야오는 "매개자(媒介者)는 개인매개, 환경매개와 문자매개로 분류할 수 있다."[51]라고 주장하였다. 이러한 주장들을 통해 우리는 '매개학'이 '문학전파'의 연구에 속한다는 것을 알 수 있고, '번역문학'연구는 작품의 번역본에 대한 연구를 중점으로 하며, 문학 자체에 대한 연구와 이를 기초로 한 번역가에 대한 연구도 이에 포함됨을 알 수 있다.

번역문학 연구는 비교문학의 내용을 구성하는 한 부분으로, 그 연구내용은 두 가지로 나뉜다. 첫 번째는 '역학(譯學)이론'이라 불리는 번역문학이론에 관한 연구이며, 두 번째는 번역문학사에 관한 연구이다.

2. 번역문학 이론의 연구

중국과 서양의 번역 문학사를 보면, 번역문학이 생겨난 이후에 번역문학의 경험과 방법 그리고 번역의 특성 및 규율에 대한 전체적인 평가가 이루어졌으며, 또한 번역가와 번역된 문학작품에 대한 감상과 평가가 시작된 후에야 비로소 '번역문학이론'이 형성되어졌다. 때문에 번역문학 이론은 비교문학 연구의 과제와 대상이라 할 수 있으며, 번역문학 이론연구 그 자체는 비교문학 연구라 할 수 있다.

---

50) 陳惇, 劉象愚: 『比較文學概論』, 北京師範大學出版社2000年, 第201页.
51) 盧康華, 孫景堯: 『比較文學導論』 黑龍工人民出版社1984年, 第156页.

번역문학 이론과 평론에 대한 비교문학 연구는 '번역학' 연구와 다소 다른 관점을 지니고 있으며, 그 입장 역시 차이를 보인다. 비교문학의 번역문학 연구는 일반적인 번역연구보다 언어상의 기교적이며 기술적인 면에 대해 더 적게 연구한다. 때문에 번역문학 이론과 평론에 대한 비교문학의 연구는 반드시 '비교문학'이라는 관점으로부터 출발하여, 번역이론이나 평론과 관련된 문헌자료들을 통해 아래와 같은 몇 가지 내용에 대해 상세하게 정리하여 총괄해야 한다.

　　첫째, 번역문학의 성질과 특징에 대한 번역가, 평론가, 독자의 인식.

　　둘째, 문학교류 속에서의 번역문학의 작용과 한계 및 특성.

　　셋째, 문학을 번역하는 과정에서 번역가가 발견하고 종합해낸 국가별 문학의 풍격과 특징.

　　넷째, 문학번역의 원칙과 기준 그리고 방법론적인 관점으로 본 비교문학의 가치.

　　중국과 외국의 번역문학 및 번역이론사를 연구하는 많은 학자들은 상술한 네 가지 내용에 대해서 각각 자신의 의견을 나타내었다. 모두 아는 바와 같이 중국의 번역문학은 2천 년에 가까운 유구한 역사를 지니고 있다. 또한 불경 및 불경문학이 수용되고 번역되었던 오랜 역사과정 속에서 중국의 고대 번역가들은 번역에 대한 경험과 번역방법에 대해 끊임없이 탐구하고 연구하여, 중국의 번역이론의 유구한 역사전통을 수립하고 독특한 이론체계를 형성하였다. 비교문학의 관점에서 보면 이러한 연구 활동은 엄청난 학술적 가치를 지니고 있는 고귀한 업적이라 할 수 있다. 예를 들어, 동진(東晋)시대의 번역이론가 다오안(道安)은 『마하발라야바라밀경초서(摩訶般若羅若蜜經抄本)』라는 저서에서 '삼불역(三不易)'[26] 이론과 '오실본(五失本)'[27] 이론을 제기하였다. 그중

'삼불역(三不易)'은 불경의 넓고 심오한 시각으로 번역을 할 때 겪게 되는 애로사항들을 논한 것으로, '성인(聖人)'의 손으로부터 나온 불경을 평범한 인간들이 번역하는 것은 사실상 '쉽지 않은(不易)' 일임을 인정하는 내용을 서술하고 있다. 또한 '오실본(五失本)'에 대한 그의 견해는 매우 창조적이다.

> 산스크리트 원전을 한문으로 번역할 때, 원래의 뜻을 잃어버리게 되는 다섯 가지 경우가 있다. 첫 번째는 원전과 한문의 문장배열이 서로 다른 경우이다. 이것이 일실본(一失本)이다. 두 번째는 원전은 수식어가 적은 소박한 문장인데 반해, 중국 사람은 문장의 수식을 좋아하므로 그 기호에 맞추어 번역하여 원래의 소박함을 잃어버리는 경우이다. 이것이 이실본(二失本)이다. 세 번째는 원전의 문장에는 반복이 많은데, 번역할 때 반복된 부분을 생략하는 경우이다. 이것이 삼실본(三失本)이다. 네 번째는 원전의 문장에는 어구(語句)를 풀이한 설명이 많은데, 번역할 때 그 설명문을 삭제하는 경우이다. 이것이 사실본(四失本)이다. 다섯 번째는 원전은 단락이 바뀔 때마다 이미 서술한 내용을 다시 반복한 문장이 많은데, 한문으로 번역할 때 중복된 부분을 삭제하는 경우이다. 이것이 오실본(五失本)이다.

'실본(失本)'이란 원작의 본래모습을 잃어버린다는 의미이다. 다오안의 '오실본(五失本)'설은 중국과 인도문학의 비교로부터 시작하여, 불경 번역 과정에서 비록 이상적이진 않지만 어쩔 수 없이 용납될 수밖에 없는 '본래의 모습을 잃어버린(失本)' 상황들을 서술함으로써, 불경번역의 기본적 특징과 규율을 종합하였다. 정리하자면 '오실본'이론이란 다오안이 중국문학의 관점으로 불경문학과 중국문학의 문체특징에 대해 비교한 것이라 할 수 있다. 비록 그는 '호(胡)'[28]와 '범(梵)'[29],

서역(西域)문자와 범어(梵語)문자의 차이를 정확하게 구분하여 설명하지는 못하였으나, 인도불교문학(모든 인도문학)의 특징에 대해서만은 명확하게 인식하고 있다. 그가 말한 '일실본(一失本)'은 불경언어와 중국어(漢語)의 구법(句法)의 순서에 나타나는 차이점과 관련된다. 즉, 중국어와 불경의 구법순서는 완전히 반대이기 때문에 불경을 중국어로 번역할 때에는 반드시 중국어의 구법으로 바꿔야만 한다는 것이다. 그리고 '이실본(二失本)'부터 '오실본(五失本)'까지는 모두 사실상 인도불경이 지루하고 간결하지 못하며 여러 번 중복되는 부분들이 있어 중국의 문장과는 달리 번거롭다는 문제에 대해 이야기하고 있다. 이러한 문제들은 인도의 '구전(口傳)'문학이 지니고 있는 근본적인 특징들과 밀접한 관련이 있다. 또한 한어문학의 심미적 이상(理想), 즉 다오안이 말하는 중국의 '문장은 언어는 간결하나 그 간결한 언어 속에 심오한 뜻이 모두 들어있는 함축적인 것이라 할 수 있으며, '원전은 수식어가 적은 소박한 문장인데 반해 중국 사람들은 문장의 수식을 좋아한다(胡經尚質, 秦人好文)'는 것은 분명히 이런 관점에서 말한 것이라 할 수 있다. 이러한 내용들로 볼 때, 다오안의 '오실본' 이론은 현재 알려진 중국문학과 인도문학에 대한 최초의 비교연구라고 말할 수 있다.

이후 대번역가 구마라집(Kumrajva) 역시 다오안과 동일한 문제를 제기하였다. 『출삼장기집(出三藏記集)』 제14권 『구마라집전』에 기재된 것을 보면 아래와 같다.

> 구마라집은 매양 승예를 위하여 서방의 말투를 논하고, 범어와 한자(漢子)의 같고 다름을 살피고 분별하여 말하였다. 천축국의 풍속은 문장의 체제를 매우 중요시한다. 그 오음(五音)의 운율이 현악기

와 어울리듯이 문체와 운율도 아름다워야 한다. 국왕을 알현할 때에는 국왕의 덕을 찬미하는 송(頌)이 있다. 부처님을 뵙는 의식은 부처님의 덕을 노래로 찬탄하는 것을 귀히 여긴다. 경전 속의 계송들은 모두 이러한 형식인 것이다. 그러므로 범문을 중국어로 바꾸게 되면 그 아름다운 문체(文體)를 잃게 되는 것이다. 아무리 큰 뜻을 터득하더라도 문장의 양식이 아주 동떨어지기 때문에 마치 밥을 씹어서 남에게 주는 것과 같다. 그러므로 다만 맛을 잃어버릴 뿐만 아니라, 남으로 하여금 구역질이 나게 하는 것이다.

사실상 여기서 말하고자 하는 것은 실본(失本)'에 관한 문제이다. 그러나 구마라집(Kumrajva)은 인도문학작품을 한문(漢文)으로 번역하면 원문의 화려한 문체를 잃어버리게 되고, 번역문은 마치 씹었던 밥과 같이 맛이 없을뿐더러 심지어 구역질이 나게 한다고 여겼다. 비록 이러한 결론은 반드시 과학적이지 않으며, 이탈리아의 유명한 작가인 단테가 말하였던 '번역할 스 없음'을 의미하기도 한다. 하지만 이러한 내용들은 그 시대의 번역가들이 번역문학을 탐구할 때 몸소 느낀 감명과 체험 그리고 경험들을 나타낸다.

여기서 주의해야 할 것은 구마라집이 주장한 "천축국의 풍속은 문장의 체제를 매우 중요시한다."라는 내용과 다오안이 언급한 "원전은 수식어가 적은 소박한 문장인데, 중국 사람은 문장의 수식을 좋아한다."라는 내용은 그 견해에 있어 분명한 차이점을 보인다는 점이다. 이러한 차이는 중국과 인도 문학의 심미가치에 대한 번역가들의 서로 다른 가치판단을 나타낸다. 인도문학의 관념에서 보자면 과장하여 겉치레를 하고 반복하여 읊조리는 문장들이야 말로 '문조(文藻)'의 미(美)를 지닌 것이라 할 수 있다. 그러나 중국문학의 심미적 관점으로 보면 인도의 불경문학은 너저분하고 간결하지 못한 것이므로, 중국에서 말하는 '문장(언어는 간결하나 그 간결한 언어 속에 심오한 뜻이 모두 들어있는 함축적인 것)'이라 여기지 않는다. 그렇다면 구마라집은 왜 원문의 '문조'를 그대로 번역하지 않고, 도리어 '너저분한 부분을 삭제'했을까? 아마도 그는 인도의 '문장'과 중국의 '문장'이 서로 다름을 알고 있었기 때문에 인도의 '문장'의 체제를 매우 중요시함과 동시에 번역문의 '너저분한 부분을 삭제'하였을 것이다.

그러나 동진(東晉)시기의 고승 후이위안(慧遠)은 『대지도론초서(大智度論鈔序)』에서 구마라집이 종전에 번역한 『대지도론(大智度論)』은 이미 중첩되고 번잡한 부분들을 많이 삭제하였지만, '문장의 멋을 아는 선비들은 여전히 번잡하다고 여기며' 여전히 좋은 '문장'이라 여기지 않는다고 주장하였다. 이러한 사실들을 통해, 중국어로 된 문학의 '문장'과 인도의 불경문학의 '문장'이 번역되는 과정에서 '문장'이 '문장 같지 않게' 되는 문제가 발생되거나 혹은 반대로 '문장 같지 않은 것'이 '문장'이 되는 문제가 발생함에 따라 더 많고 더 큰 '실본(失本)'의 상황들이 초래하였음을 알 수 있다. 하지만 '문(文)'[30]과 '질(質)'[31]은 상대적인 것이다. 역사적으로 중국의 글에는 '문'과 '질'이 분리되어 있었으며, 이와 마찬가지로 인도의 불경 역시 '문'과 '질'을 구별하였다. 회이위엔은 이러한 사실을 발견하고, 『대지도론초서』에서 다음과 같이 주장하였다.

> 그 원인을 탐구해보니 성인(聖人)들이 방법에 따라 표준을 만들어, 질박한 문체와 화려한 문체를 구분한다는 것을 알 수 있다. 만약 질박한 원문을 화려한 언어를 사용하여 번역하면, 의심하는 사람이

많아진다. 또 만약 화려한 원문을 질박한 언어를 사용하여 번역하면, 흥미 있어 하는 사람들이 적어진다. …… 따라서 후이위안(慧遠)은 번잡하고 추잡한 것을 간결하게 하여, 질박한 문체와 화려한 문체가 각기 형체를 갖추어, 서로 넘어서지 못하게 하도록 하였다.

후이위안은 인도의 '성인(聖人)'들이 본래 '방법에 따라 표준을 만들고' 서로 다른 대상을 근거로 이치를 따졌다고 여겼다. 또한 불경은 본래 문체상의 '문(화려함)'과 '질(질박함)'의 구별이 있으므로, 번역을 할 때 '질박한 원문을 화려한 언어를 사용하여 번역하거나' 혹은 '화려한 원문을 질박한 언어를 사용하여 번역'할 수 없고, 반드시 '질박한 문체와 화려한 문체가 각기 형체를 갖추어, 서로 넘어서지 못하게 하도록 하는' 경지에 도달해야만 한다고 생각하였다. 우리는 이러한 사실들을 통해 후이위안이 생존하던 시기에 들어서야 비로소 불경의 번역가들이 '화려함'과 '질박함'의 문제를 충분히 변별하여 볼 수 있었다는 것을 알 수 있다. 또한 문체의 '화려함'과 '질박함'에 대해 명확한 구분이 이루어졌다는 점을 통하여 우리는 이 시기의 불경번역이 이론적으로 성숙되어졌음을 알 수 있다.

불경번역의 역사를 보면 '화려함'과 '질박함'은 항상 '직역' 및 '의역'과 밀접한 관계를 맺고 있다. 일반적으로 '화려'한 것을 중시하는 이들은 '의역'을 하는 경우가 많고, '질박'한 것을 중시하는 이들은 '직역'을 하는 경우가 많다. 런지위(任繼愈)는 『중국불교사』(제1권)에서 "중국의 불경번역에 대한 역사를 보면 항상 '질박한 문체를 중시하는 유파(質朴)'와 '화려한 문체를 중시하는 유파(文麗)'가 공존하였다."라고 주장하였다. 중국에서 불경이 번역되기 시작한 동한(東漢) 달년에 활동한 대부분의 번역가들은 인도인과 서역(西域)인들 이었다. 그들은 대부분 중국어에 정통하지 못했기에 그들이 번역한 번역문들은 대부분 질박하며 순박하다. 안청(安淸)과 로카세마(Lokaksema)는 이러한 자각적이지 않은 '직역'파의 대표적인 인물이라 할 수 있다. 이후 위진 남북조 시기에 들어선 후 번역가들은 번역된 단어들의 중국화(漢化)를 추구하였다. 그들은 직역되고 음역된 단어들을 최소한으로만 사용하고, 범어(梵語)의 음을 중국어의 뜻으로 바꾸어 사용하였으며, 번잡한 것들을 간결하게 고쳤다. 또한 노장철학의 용어로 불경을 의역함으로써 의역이라는 새로운 풍조를 불러일으켰다. 즈첸(支謙), 캉썽후이(康僧會), 구마라집의 번역문들이 이러한 '의역'파의 대표적인 작품이라고 할 수 있다. 이후 수·당(隋·唐)시기에 들어서는 범어와 중국어에 모두 정통한 번역가들이 많아졌다. 때문에 번역문은 엄격하게 범문으로 쓰인 원문을 존중하였고, 불경번역의 수준도 전대미문의 발전을 하였으며, 원문을 중시하고 사실에 의거하는 번역풍조가 지배하게 되었다. 중국 번역문학 역사상 이러한 '화려함'과 '질박함'의 차이에 대한 쟁론과 '직역'과 '의역'에 대한 쟁론들은 서양 번역문학의 양대 학파인 '문예학파'와 '언어학파'의 모습과 매우 비슷하므로, 서로 비교하여 연구할 수 있다.

서양의 번역문학 이론들은 대성황을 이루며 잘 발달되었다. 또한 번역의 실행 가능성의 문제, 번역의 원칙 및 준칙문제, 번역문학의 방법문제, 직역과 의역의 문제, 번역과 창작의 관계문제 등 그동안 언급된 기본적인 이론문제들은 대체로 중국의 이론문제들과 일치한다. 예를 들어, 영국의 타이틀러(A·F·Tytler)는 『번역의 원칙에 대한 소고(Essay on the Principle of Translation)』(1790년)에서 번역의 세 가지 원칙을 제시하며 "첫째, 번역작품은 반드시 완전히 원작의 사상을 표현해야만 한다.

둘째, 번역작품의 풍격과 수법은 반드시 원작과 동일한 성질에 속해야만 한다. 셋째, 번역작품은 반드시 원작이 구비한 매끄러움을 구비해야만 한다."라고 언급하였다. 이는 중국의 번역가인 옌푸(嚴複)가『천연론·역예문(天演論·譯例文)』어서 제기한 "신, 달, 아(信, 達, 雅)"㉜ 이 세 가지 준칙과 완전히 일치한다.

총괄적으로 말해서 '번역문학이론'에 관한 연구는 상술한 네 가지 방면의 문제를 중심으로 하여 연구과제들을 발견해내고 수립해낼 수 있다. 종적(縱的)인 관점으로 보자면, 중국의 번역문학이론 발전사에 대한 체계의 수립과 연구는 매우 필요한 것이며, 이는 중국 비교문학자들의 중요한 임무라 할 수 있다. 현재 중국의 번역학사에 관한 많은 자료들은 이미 논문집과 자료집의 형태로 출판되어 있다. 예를 들어, 뤄신장(羅新璋)이 엮은『번역논문집』㉝은 한(漢)나라 때브터 1983년까지 번역과 관련된 문학이른들 중에서 180여 편을 정선하여 수록하였고, 중국번역종사자협회의『번역통신(翻譯通訊)』편집부가 편집한『번역연구논문집 1949-1983』㉞은 신 중국 성립 후의 번역이론에 관한 글들을 체계적으로 정리하고 그중에 60여 편의 글을 수록하였다. 그리고 양쯔젠(楊自儉)과 류쉐윈(劉學雲)이 편집을 주관한『번역신론 1983-1992』㉟은 앞서 출판된『번역연구논문집 1949-1983』을 이어 48편의 논문과 6편의 전문서적을 발췌하여 수록하였다. 또한 중국 번역학 이론의 연구성과로는 뤄신장(羅新璋)의 논문「중국 자성체계의 번역이론」㊱과 천푸캉(陳福康)의 저서『중국역학이론사고』㊲ 및 셰톈전(謝天振)의『역개학』㊳이 대표적이다. 그러나 이와 관련된 현존하는 저서들과 논문들의 연구범위는 대체적으로 일반적인 '번역이론'일 뿐 '번역문학이론'으로만 한정되어 있지 않다. 비교문학의 입장에서 본다면 앞으로 '번역문학이론'의 연구는 더욱 특성화되고 전문화되어야만 하며, 『중국번역문학이론사(中國翻譯文學理論史)』와 같은 저서들이 출판되어야만 한다. 또한 횡적(橫的)인 관점에서 말하자면 중국과 외국의 번역문학이론에 대한 비교연구를 강화해야만 한다. 현재 이 부분에 대한 연구는 상대적으로 취약하며, 외국의 번역이론에 대한 소개 역시 여전히 부족한 상황이다. 최근에 쉬쥔(許鈞) 교수가 엮은 『외국문학이론총서』[39]는 『당대 미국번역이론』, 『소련번역이론』, 『당대 프랑스번역이론』, 『당대 영국번역이론』, 『당대 독일번역이론』의 다섯 편의 저서를 수록하여, 번역 활동이 비교적 발달한 몇몇 국가들의 번역이론들을 체계적으로 소개하였다. 이러한 저서들은 우리가 외국의 번역이론을 이해하는 것에 도움을 줄 뿐만 아니라, 중국과 외국의 번역이론 및 번역문학에 대한 비교연구를 할 때 많은 도움이 된다.

3. 번역문학사 연구

번역문학사에 대한 연구는 비교문학을 구성하는 중요한 부분으로, 비교문학의 연구범위는 종적인 영역과 횡적인 영역으로 구성된다. 먼저 횡적인 영역은 비교문학의 기본이론 연구라 할 수 있으며, 여러 문학체계 간의 평행연구 및 문학과 다른 학문 간의 관통연구가 이에 속한다. 또한 종적인 영역은 비교문학 관점의 문학사연구이며, '영향·수용'사(史)의 연구, 문학관계사의 연구, 번역문학사의 연구 등이 이에 포함된다. 번역문학사는 그 자체가 문학교류사 및 문학관계사이므로, 일종의 비교문학사라고 할 수 있다. 또한 비교문학에서 분리되어 나온 비교문체학, 비교주제학, 섭외문학(涉外文學) 등의 학문들 역시 모두 비교문학사로 분류되며, 특히 번역문학사의 지식분야로 분리되는 경우가 많다. 이러한 시각으로 보면 번역문학 및 번역문학사에 대한 연구는 비교문학학과의 가장 기초적인 작업이라 할 수 있다.

앞에서 이미 언급한 바와 같이 '번역문학'은 '외국문학'과 다른 개념이다. 그렇다면 '번역문학사' 또한 '외국문학사'와 다른 개념이라 할 수 있다.

중국에서 출판된 여러 『외국문학사』와 같은 서적들과 교재들은 국가별 문학사[40], 지역 문학사[41], 총체(總體)문학사[42]에 관계없이 모두 외국 문학의 역사적 사실 및 작가와 작품을 서술대상으로 삼는다. 이러한 저서들은 모두 중국어를 사용하여 서술된 것들이나, 그것들이 서술하는 내용은 모두 원작에 관한 것이며, 번역본에 대한 내용은 거의 없거나 아예 언급조차 하지 않는다. 중국학자들이 중국어를 사용하여 '다른 나라의 문화' 및 '다른 나라의 문학'에 대해 서술한다는 그 자체가 넓은 의미의 '번역'이라 할 수 있다. 하지만 중국학자들이 중국어로 쓴 외국문학사는 도리어 번역가와 번역본이라는 부분을 소홀히 하며, 번역본을 뛰어넘어 원작과 직접적으로 대면하려고 한다. 하지만 문학사에 관한 서적 및 외국문학작품을 읽는 대부분의 독자들은 원작을 읽을 수 없으며, 또한 읽을 필요도 없다. 그들이 보는 것은 번역문학이다. 이러한 점들이 바로 우리의 『외국문학사』와 같은 저서들이 직면하고 있는 문제점이라 할 수 있다. 이 밖에 백 여 년 동안 중국에서 출판된 번역 작품들은 이미 만여 편에 달하며, 출판된 전체 문학서적 중에서 번역 작품의 수는 삼분의 일 정도를 차지한다. 하지만 현존하는 일반적인 『외국문학사』 저서들은 이렇게 훌륭한 문화와 문학의 자산인 번역문학을 연구범위에 포함해 설명하지 않는다. 또한 일반적인 중국문학사 저서들은 번역문학의 풍부한 내용들을 충분히 나타내기 어렵다. 이러한 점들은 번역문학은 문학연구의 독립적인 분야이며, 번역문학사는 외국문학사 및 중국문학사와 함께 나란히 문학사 연구의 한 부분으로 인정되어야만 함을 의미한다. 또한 문학사 연구의 삼대 영역인 외국문학사, 중국문학사, 번역문학사가 갖추어져야만, 완성된 문학사의 지식체계가 구성됨을 의미한다.

번역문학사에 대한 연구와 창작의 분야에서 앞 세대의 학자들은 이미 많은 업적을 남겼다. 중국 번역문학 연구의 선구자는 량치차오(梁啓超)이다. 그는 1902년에 장문의 「불전의 번역(佛典之翻譯)」을 발표하였고, 1921년에는 또 『번역문학과 불전(翻譯文學與佛典)』[43]을 출판하였다. 또한 아잉(阿英)은 1938년에 번역문학만을 설명한 『번역사화(翻譯史話)』를 발표하였으나, 안타깝게 완성을 하지 못하였다. 이러한 전문적인 저서들 외에도 후스(胡適)의 『백화문학사(白話文學史)』, 천쯔잔(陳子展)의 『중국근대문학의 변천(中國近代文學之變遷)』, 왕저푸(王哲甫)의 『중국신문학운동사(中國新文學運動史)』, 궈젠이(郭箴一)의 『중국소설사(中國小說史)』 등 1920~1930년대 출판된 몇몇 중국 문학사 저서들도 번역문학에 대해 서술하였다. 전문적인 번역과 번역문학에 대한 연구는 1984년이 되어서야 비로소 대량의 번역문학에 관한 내용들을 서술하고 있는 마쭈이(馬祖毅)의 『중국번역사・오사이전부분(中國翻譯史・五四以前部分)』의 출판으로 시작되었다. 이후 1989년에는 천위강(陳玉剛)을 비롯한 몇몇 학자들이 『중국번역문학사고』[44]라는 저서를 출판하였고, 1998년에는 궈옌리(郭延禮)의 『중국근대번역문학개론』[45]이 출판되었다. 또한 1999년에는 쑨즈리(孫致禮) 편저의 『중국의 영미문학번역개론』[46]이 출판되었으며, 2000

년에는 왕샹위안(王向遠)의 『20세기 중국의 일본번역문학사』[47]가 출판되었다. 상술한 저서들은 그동안 거의 연구되지 않았던 중국 번역문학사를 연구한 주요 저서들이라 할 수 있다. 그러나 전반적으로 번역문학의 유구한 역사 및 풍부한 성과와 비교해 보자면 중국의 번역문학 및 번역문학사에 대한 연구는 여전히 부족한 실정이다.

이러한 상황들이 초래하게 된 원인으로는 정치적, 문화적인 원인과 문학적, 관념적인 원인들이 있다. 상술한 바와 같이, 닳은 사람들이 습관적으로 '번역문학'을 '외국문학'이라 여기는 것은 번역문학 및 번역문학사 연구의 가장 큰 걸림돌이라 할 수 있다. 근 반세기 동안 중국 문학연구의 연구방향은 점점 더 세분화되었고, 다른 '분야'와의 사이는 매우 폐쇄적으로 변하였으며, 동시에 중국의 문학과 외국의 문학이라는 두 분야의 학식을 겸한 인재들의 수도 점점 더 적어졌다. 예를 들어, 외국어 전공의 전문가 및 교수들은 대부분 외국어 자체에 대한 연구를 하며, 번역 혹은 '번역학'에 대해서는 기본적으로 언어학 측면에서의 번역기법만을 연구하기 때문에 '번역문학'에 대한 연구를 전개하기 어렵다. 그리고 중국문학 전공의 전문가 및 중국문학 연구기관들도 이와 마찬가지로 폐쇄적으로 중국문학만을 연구하는데 익숙해져 있다. 판쥔(樊駿)은 최근 『학술사 편찬원칙에 관한 사고』[52]라는 글을 발표하면서 이러한 문제점에 대해 언급하였다. 그는 중국 현대문학사에 관한 저서들이 번역문학을 중시하지 않는다는 점을 언급하면서 이는 중국 현대문학 연구자들이 외국어와 외국문학이라는 두 영역에 모두 정통하지 않기 때문이라 지적하였다. 또한 그는 "그들의 입장에서 보자면, 이러한 '소홀함'이 발생하게 된 것은 고의

52) 樊駿: 『關于學術史編寫原則的思考』, 『文學評論』, 1990年 第4期

적인 것이 아니며, 사실상 번역문학을 중시할 수 있는 능력이 없었던 것이다."[48] 라고 주장하였다. 이러한 그의 견해는 대체적으로 사실과 부합된다. 사실상 중국문학사에 관해 조금이라도 아는 사람이라면 중국문학 속에서 번역문학이 얼마나 중요한 지위를 차지하고 얼마나 두드러지는 역할을 담당하고 있는지에 대해 잘 알고 있을 것이다. 그러나 만약 외국어나 외국문학에 대해 어느 정도의 교양이나 지식이 없다면, 번역문학이나 번역문학 연구에 대해 언급하는 것은 매우 어려운 일일 것이다. 하지만 최근 몇 년 사이에 이러한 상황들은 조금씩 개선되어지고 있으며, 셰톈전(謝天振)을 비롯한 많은 학자들은 번역문학 및 번역문학사에 대한 연구를 중시해야 한다고 주장하기 시작했다. 셰톈전은 번역문학과 번역문학사에 관한 여러 편의 글을 발표하였으며, '번역문학은 중국문학을 구성하는 중요부분이다'라는 관점을 제기하였다. 필자는 이러한 그의 관점에 대해 매우 타당하며 꼭 필요한 것이라 생각한다. 그러나 이러한 주장들은 번역문학이 중국문학을 구성하는 특수한 부분임을 명확히 인지한다는 조건하에 제기되어야만 한다고 생각한다. '특수하다'라고 하는 것은 번역문학이 어디까지나 번역되어 온 외국작품이며, 중국작가의 작품이 아닌 것을 인정하는 것이라 할 수 있다. 또한 번역문학을 중국문학을 구성하는 '특수한' 부분이라 하는 것은 번역가의 특수한 지적노동과 공헌을 인정하는 것이자, 번역 작품이 중국문학 속에서 특수한 위치를 차지하고 있다는 점을 인정하는 것이며, 번역문학의 특성을 인정하는 것이라 할 수 있다. 때문에 필자는 앞으로 출판되는 중국 문학사와 관련된 모든 저서들에 번역문학의 내용이 실려 있기를 희망한다. 그러나 일반적인 중국문학사 저서들은 형식적인 면에서 많은 제약을 받고,

번역문학에 대해 전면적이고 체계적인 설명을 하기 힘들므로 번역문학사와 같은 전문적인 저서들이 꼭 필요하다고 생각된다.

문학사 연구는 하나의 연구 활동으로서 반드시 명확하고 실행 가능한 이론과 연구방법을 사용해야 한다. 그러나 현재 번역문학사 연구는 시작단계이므로 어떻게 집필해야 하는가에 대해 참고하고 모방할 수 있는 모범적인 연구 성과들이 충분하지 않다.

필자는 번역문학 연구에 대한 범위와 관점에 따라 번역 문학사 저서들을 네 가지 유형으로 나눌 수 있다고 생각한다. 첫 번째 유형은 앞에서 제기한 『중국번역문학사초고』와 같은 종합적인 번역문학사 저서이다. 이러한 저서들은 중국에 번역 소개된 세계 각국문학의 역사를 전반적으로 서술하고, 번역문학 발전의 대략적인 상황을 보여준다. 그러나 이러한 종합적인 번역문학사 저서들은 여러 국가와 여러 언어들을 모두 포함하여 설명하므로, 그 내용은 여러 권으로 이루어진 총서를 제외하고는 대부분 개괄적일 수밖에 없을 것이다. 두 번째 유형은 궈옌리(郭延禮)의 『중국근대번역문학사』와 같은 각 시대별 번역문학에 대해 서술한 번역문학사 저서이며, 세 번째 유형은 량치차오(梁啓超)의 「번역문학과 불전」과 같은 전문적인 테마를 지닌 번역문학사 저서이다. 마지막으로, 네 번째 유형은 필자의 『20세기 중국의 일본번역문학사』와 같은 특정한 국가나 특정한 언어의 번역문학과 관련된 번역문학사 저서이다. 필자는 이 네 번째 유형이 앞으로 오랫동안 번역문학사의 연구와 번역문학사 서적들을 집필하는 가장 기본적인 방법이 될 것이라 생각한다. 왜냐하면 이러한 연구들은 개인이 단독으로 완성할 수도 있고, 학술적인 개성을 잘 구현할 수 있으며, 연구의 깊이도 보장되기 때문이다. 이러한 특정한 국가나 특정한 언어의 번역문학과 관련된 번역문학사 저서들이 전체적으로 탄탄한 기초를 쌓은 후에, 비로소 종합적이고 높은 수준의 『중국번역문학사』와 같은 저서들이 나올 수 있는 것이다.

이외에도, 번역 문학사를 집필할 때에는 반드시 번역문학사 내용의 구성요소들에 대해 명확히 파악해야만 한다. 내부적인 구성요소의 측면으로 볼 때, 번역문학사와 일반적인 문학사는 공통점과 차이점을 모두 지니고 있다. 일반적인 문학사의 기본적 구성요소는 아래와 같이 네 가지로 구분된다.

시대환경──작가──작품──독자

이에 반해, 번역문학사의 내용요소는 아래와 같이 여섯 가지로 구분된다.

시대환경──작가──작품──번역가──번역작품──독자

상술한 여섯 가지 요소 중에서, 앞의 세 가지 요소(시대환경, 작가, 작품)는 외국문학사 저서의 핵심이라 할 수 있다. 그러나 번역문학사는 그 중심을 반드시 뒤의 세 가지 요소(번역가, 번역 작품, 독자)에 두어야만 한다. 그중 번역문학사에서 가장 중요한 요소는 아무래도 '번역 작품'이라 할 수 있다. 왜냐하면 번역가의 번역활동에서 최종성과는 결국 번역 작품이기 때문이다. 만약 우리가 '번역문학사는 번역가의 번역에 대한 역사이다'라는 주장을 무조건적으로 따른다면, 이는 번역가를 번역문학사의 핵심이라 생각하는 것이라 할 수 있다. 그리고 만약 번역문학사 저서들이 번역가에 대한 내용을 중점적으로 설명하게 된다면, 저서들의 상당부분이 번역가들의 생애와 주요 활동들을 소개해야만 한다. 그러나 이러한 문학가나 문학 번역가들의 생애나 주요 활동들은『번역가 사전』과 같은 참고서 및 기타 문헌자료에서 쉽게 찾을 수 있으므로, 학술저서 특히 번역문학사와 관련된 저서들은 특수한 경우를 제외하고는 이러한 내용을 너무 자세하고 상세하게 설명할 필요가 없다. 때문에 번역문학사는 반드시 번역된 작품을 중심으로 집필해야만 한다.

그렇다면 이렇게 많은 번역 작품들 중에서, 어떠한 기준으로 작품을 선택할 것이며 어떠한 번역 작품에 대해 서술하고 어떠한 번역 작품에 대해 서술하지 않을 것인가? 또한 어떠한 번역 작품에 대해 상세한 설명을 덧붙이고 어떠한 번역 작품에 대해 요약하여 설명할 것인가?

이러한 문제들은 매우 현실적인 문제라 할 수 있다. 예를 들어, 20세기 중국에서 번역 출판된 일본문학의 번역본 수는 2천여 종에 달한다. 만약 번역문학사 저서가 모든 번역본에 대해 자세하그 상세하게 설명한다면 그 내용과 양은 한도 끝도 없이 많아질 것이다. 모든 역사연구 저서들은 연구대상에 대해 불필요한 것을 없애 중요한 것만 남기고, 중요도에 따라 적절한 평가를 내린다. 번역문학사도 이와 마찬가지로 먼저 유명하거나 중요한 작품과 번역본에 대한 역사를 서술해야만 하며, 이외의 것에 대해서는 번역문학사의 일반적인 현상으로 다루어야 한다.

일반적으로, 번역 작품의 역사적 지위는 세 가지 조건으로 결정된다. 첫 번째는 그 원작이 유명한 작가의 명작인가의 여부이다. 이는 번역 작품의 지위를 결정하는 선결조건이라 할 수 있다. 번역사(飜譯史)

적 관점으로 볼 때, 대부분 유명한 작가의 유명한 작품을 번역한 번역문학작품은 그 자체로 가치가 있다. 그러나 어떠한 원작은 해당 국가에서 그다지 중시되지 않았지만, 작품이 번역된 국가에서 중대한 영향을 미치는 특수한 상황도 존재한다. 일본의 문예이론가 쿠리야가와 하쿠손(廚川白村)의 『고민의 상징』이 바로 이런 상황을 잘 보여주는 예라고 할 수 있으며, 번역문학사는 이러한 부분에 대해서도 매우 중시해야만 한다. 두 번째는 번역가가 유명하고 유능한가의 여부이다. 이는 번역 작품의 역사적 지위를 결정하는 또 다른 중요한 조건이라 할 수 있다. 유명하고 유능한 번역가로 인정받는 것은 번역할 제목을 선정하는 능력이 얼마나 정확하고 믿을 만한가의 여부에 달려 있으며, 번역이 얼마나 자연스럽고 우수하게 되었는가의 여부에 달려 있다. 때문에 번역가의 지위는 얼마나 높은 수준으로, 얼마나 끊임없이, 또 얼마나 유명한 작가의 명작들을 번역하는가에 따라 달라진다고 할 수 있다. 세 번째는 유명한 작가의 유명한 작품에 대한 좋은 번역본들 중에서 최초의 번역본인가의 여부이다. 최초의 번역본이라는 것은 그동안 특정한 나라에 알려지지 않은 작품이 처음으로 소개되었다는 것을 의미하며, 최초라는 그 자체만으로도 역사적인 의미를 지닌다고 할 수 있다. 물론 이러한 주장이 재역본은 중요하지 않다는 것을 의미하는 것은 아니다. 하지만 최초라는 의미로 볼 때, 재역본은 최초의 번역본을 능가할 수 없다.

소재의 선택 문제를 해결하고 나면, 이러한 자료들을 어떻게 이용하여 문학사 저자의 학술적인 견해를 표현하는가의 문제가 남는다.

번역문학사를 집필한 작자의 학술적인 견해에 대한 문제와 번역문학사가 해결해야만 하는 문제는 대체로 네 가지로 요약된다. 그 네 가지 문제는 각각 첫째, 왜 번역을 하는가? 둘째, 무엇을 번역하는가? 셋째, 번역이 어떻게 되었는가? 넷째, 번역 작품은 어떠한 반향(反響)을 불러일으켰는가? 라는 문제이다.

먼저, '왜 번역을 하는가?'라는 문제는 제목 선정의 동기에 대한 문제라 할 수 있다. 번역가가 번역을 할 때 가장 먼저 하는 것은 바로 제목을 정하는 것이다. 수많은 대상들 중에 왜 이 작가의 이 작품을 선택하였고, 왜 다른 작가의 다른 작품을 선택하지 않았는가라는 의문 속에는 번역대상에 대한 작가의 인식과 판단이 존재하며, 번역가의 사상적 경향과 심미적 취향이 작용한다. 또한 번역가의 선택은 번역가가 속한 시대적 배경, 사회적 환경, 출판동향 등 여러 요소들의 제약을 받기도 한다. 때문에 번역문학사는 반드시 이 제목이 선정된 원인에 대해 자세하게 설명하고 분석해야만 한다. 또한 중국과 외국의 문화 및 문학교류사의 관점과 비교문학과 세계문학의 관점으로 제목선정에 대한 분석을 할 때, 번역가의 주체성과 중국이 외국문학을 수용한 과정 중 나타나는 규칙적인 특징을 밝혀내야만 한다.

두 번째로 '무엇을 번역하는가?'라는 문제는 번역의 대상이 되는 텍스트인 원작에 대한 적절한 소개와 분석을 요구한다. 분명 원작에 대한 번역문학사의 소개와 분석은 일반적인 외국문학사의 것과는 달라야만 한다. 외국문학사의 원작에 대한 소개와 분석은 본래 원작을 설명하고 해석하기 위한 것이며, 이는 외국문학사의 핵심적인 내용이므로 매우 상세하게 설명해야만 한다. 그러나 번역문학사의 원작에 대한 소개와 분석은 원작이 어떻게 번역 작품으로 바뀌어졌는가에 대한 독특한 관점에서 이루어지는 것이라 할 수 있다.

세 번째로 '번역이 어떻게 되었는가?'라는 문제는 번역 작품에 대해 분석하고 판단하는 것이라 할 수 있다. 이는 먼저 언어의 기교적 측면과 밀접한 관련이 있다. 번역 작품이 인정을 받으려면 가장 기본적으로 언어의 기교적 측면에 문제가 적어야 한다. 번역문학사는 이처럼 중요한 번역 작품들에 대해 개별적으로 분석해야만 하며, 필요시에는 원본과 번역본을 대조 분석하거나, 다른 번역본이 있다면 번역본끼리도 비교분석을 하여 각 번역문학들의 특색을 밝히고 그 우열을 가려야만 한다. 그러나 번역문학사는 번역에 대한 교과과정이 아님을 반드시 주의해야만 한다. 번역문학사는 모든 번역본에 대해 언어적인 분석을 할 수도, 할 필요도 없다. 만약 번역문학사가 모든 번역본의 언어적인 면에 대해 분석을 하게 된다면, 번역문학사는 번역기교에 대한 강의가 되어버릴 것이다. 때문에 언어적인 측면에서 번역 작품을 분석하고 평론을 할 때는 반드시 역사적인 사고를 기초로 하여야 한다. 현대 중국어의 형성과 발전이라는 시각에서 보자면, 번역문학에서 사용된 단어들의 변화는 현대 중국어의 점차적인 성숙과 매우 밀접한 관계를 맺고 있다. 즉, 번역문학들은 끊임없이 외국의 구법(句法)과 어휘 그리고 수사(修辭)방법들을 받아들임으로 중국어의 현대화를 촉진시키고 있다는 것이다. 중국어의 현대화 과정을 살펴보면 루쉰(魯迅)과 저우쭤런(周作人)의 일본어를 '직역'한 번역문과 같이 현재의 번역 수준으로 보면 매우 부자연스럽거나 심지어는 의미가 통하지 않는 번역문들이 많다. 하지만 이러한 글들에는 외국의 언어들을 본보기로 하여 중국어를 개량하려고 했던 선인들의 깊은 마음과 고심들이 녹아 있다. 때문에 우리는 현재의 이미 성숙된 현대 중국어의 기준으로만 옛 번역문들의 가치를 평가하고 폄하해서는 안 되며, 반드시 그 역사적인 가치를 인정해야만 한다. 또 다른 한편으로, 비교문학의 관점으로 번역문학을 볼 때 원작의 삭제, 추가, 개작으로 인해 일부 번역들이 왜곡되는 것은 번역가의 언어학적인 실수가 아닌 고의적인 행위임을 분명하게 인식해야 한다. 이는 번역문학 초창기에 흔히 보이는 현상으로, 이러한 현상은 량치차오(梁啓超)가 번역한 일본의 정치소설『가인기우(佳人奇遇)』번역본에 잘 나타나 있다. 우리는 이러한 언어적인 측면 외에도 문학적인 측면에서 번역 작품에 대해 평가를 내려야만 한다. 번역 작품에 대한 문학적인 측면의 평가기준은 기본적으로 원작의 풍격을 얼마나 정확하게 전달하였는가에 달려 있다. 만약, 언어적이고 기교적인 측면에 대한 평가를 '나무를 보는 것'이라 한다면, 문학적인 측면에 대한 평가는 '숲을 보는 것'과 마찬가지라 할 수 있다. 즉, 좋은 번역 작품은 반드시 '언어'적인 예술수준과 '문학'적인 예술수준이 모두 높아야만 한다.

네 번째로 번역 작품이 어떠한 반향(反響)을 불러일으켰는가에 대한 문제의 주된 요인은 독자라 할 수 있으며, 이러한 문제들은 번역문학에 대한 독자들의 반응을 의미한다고 할 수 있다. 여기서 말하는 '독자'는 두 종류로 구분된다. 첫 번째는 번역가, 연구자, 평론가, 작가를 포함한 문단 내부의 사람들이며, 이들은 문단 내부의 사람이기 전에 '독자'라 할 수 있다. 번역가 역시 독자로써 작품에 대한 번역가의 소개와 평론은 항상 번역 작품의 서언과 후기 등의 글로 표현된다. 이러한 번역 작품의 서언과 후기 등의 글은 그 자체로 한 편의 연구논문이라 할 수 있으며, 이러한 글들은 번역 문학사를 집필할 때 각별히 주의해서 봐야 할 자료이다. 그리고 작가와 작품 또는 번역 작품에 대한 학자들의 연구와 평론은 주로 논문이나 전문저서에서 나타난다. 이러한 연구자와 평론가의 의견은 일반적으로 모두 심오하고 체계적이다. 때문에 번역 문학사를 집필할 때는 반드시 이와 관련된 논문과 전문저서들을 심도 있게 연구해야 하며, 이를 '독자 반응'의 기본적인 자료로 사용해야 한다. 이러한 관점에서 보자면, '번역문학사'는 단독적으로 '번역'에 대해서만 논할 수 없으며, 반드시 번역대상에 대한 연구와 평가를 포함하여 서술해야만 한다. 따라서 전반적인 '번역문학사'는 '번역 및 소개에 대한 역사(譯介史)', 즉 번역사와 연구평가사(研究評價史)라 할 수 있다. 두 번째 종류의 독자는 상술한 문단 내부의 '독자'들을 제외한 일반적인 독자들이다. 일반적인 독자들에게 미치는 번역 작품의 영향은 비록 구체적인 서면자료로 증명하기 힘들지만, 번역본의 인쇄량, 발행량, 재판(再版)의 상황 및 해적판의 상황들을 통해 일반 독자들에게 미치는 번역 작품의 영향을 설명할 수 있다.

제5절 섭외문학(涉外文學) 연구

1. '섭외문학'이란

'섭외문학(涉外文學)'이란 무엇일까? 간단히 설명하자면 섭외문학이란 '외국과 관련된 문학'이라 할 수 있다. 즉, 외국을 무대 배경으로 하고, 외국인을 묘사 대상으로 하며, 외국의 문제들을 주제 혹은 제재로 하는 작품들을 가리킨다. 여기서 말하는 '외국'이란 개념은 중국의 입장에서 미국이 '외국'이고 미국의 입장에서 중국이 '외국'인 것과 같은 쌍방향의 관계적 개념이며, 특정한 국가를 특정한 입장에서 바라보는 일방적인 개념이 아니다. 각 나라의 문학작품들 중에서 '외국'과 관련된 모든 문학작품들은 '섭외문학'으로 분류할 수 있다. 또한 '섭외문학'은 과문화적(跨文化)이고 과국경(跨國境)적인 성격을 지니므로 우리는 '섭외문학'을 비교문학연구의 주요 연구대상 혹은 연구과제로 삼을 수 있다.

필자가 '섭외문학'이라는 비교문학의 새로운 개념을 제기하는 것은 새로운 개념을 사용함으로써 남들과 다른 주장을 하고 있다는 것을 나타내기 위해서가 아니라, 비교문학에서 이러한 개념을 확립하는 것이 꼭 필요하다는 것을 통감하였기 때문이다. 모든 사람들이 잘 알고 있듯, 프랑스학파의 학자들은 오래전에 '형상학'이라는 개념을 제기했다. 그렇다면 '형상학'란 무엇을 뜻할까? '형상학'의 개념을 중국에 소개한 멍화(孟華)는 "명칭에 나타나는 바와 같이 형상학(imagologie)이란 형상을 연구하는 학문이라 할 수 있다. 그러나 비교문학 의미에서의 형상학은 일반적으로 말하는 형상에 대해 연구하는 것이 아니며, 한 국가의 문학 속에서 나타나는 '타국의 형상'에 대한 묘사의 과정을 연구하는 것이라 할 수 있다."[53]라고 언급하였다. 하지만 필자는 '형상학'이라는 개념이 불완전하다고 생각하여 '섭외문학'이라는 새로운 개념을 제기하게 되었다. 물론 '형상학'이라는 개념과 필자가 제기한 '섭외문학'이라는 개념은 서로 공통되는 부분들이 있긴 하지만, 결코 동일한 개념으로 볼 수는 없다. 우선 '형상학'이라는 단어는

---

53) 孟華: 「比較文學形象學論文翻譯,研究·劄記代序」, 載孟華主編 『比較文學形象學』, 北京大學出版社 2001年, 第2頁.

어쩌면 프랑스어에서는 그 의미가 명확할 수도 있지만, 중국에서의 '형상'이라는 단어는 그 의미가 매우 애매모호하다. 만약 특별히 해설을 덧붙이지 않는다면 형상학은 문학이론의 '인물형상'을 연구하는 학문이라고 오해하기 쉽다. 더군다나 '형상학'이라는 명칭만을 통해서는 '섭외(涉外)'문학적인 성격을 알 수 없으므로 더욱 쉽게 오해가 생기게 되며, 섭외문학적인 성격을 분명하게 밝히기 위해서는 '비교문학 형상학'과 같은 번잡한 표현방법을 사용해야만 한다. '형상'의 본질은 그 구상성(具象性)과 비(非)추상성에서 찾을 수 있다. 그러나 섭외문학 속에서 다른 나라에 대한 작가의 묘사와 평가(사람들이 흥미를 느끼는 것)는 오히려 감상, 의견 등 비(非)'형상'적인 수단을 통하여 표현된다. '형상'이라는 것은 물론 문학작품들이 타국을 반영하고 묘사할 때 사용되는 중요한 방법과 수단 중 하나이나, 오직 형상이라는 것이 유일한 방법과 수단인 것만은 아니다. 일반적으로 '형상'은 특정한 대상의 모방(模倣)으로부터 이루어지는 것이나, 프랑스의 '형상학' 이론가들은 '타국의 형상'을 작가의 주관적인 상상의 '환상'이거나, 혹은 '사회전체에 대한 상상물'로 간주하였다. 때문에 그들은 문학을 연구할 때 작품 속의 다른 나라와 다른 민족에 대한 주관적인 상상과 허구적인 면을 중요시하였으며, 작품의 객관적인 사실에 대한 기록이나 이에 관한 이론의 요약과 표현에 대해서는 상대적으로 소홀히 하였다. 사실상 모든 문학현상은 주관적인 것과 객관적인 것 혹은 특수한 것과 일반적인 것의 집합체라 할 수 있다. 또한 모든 문학작품 속에는 절대적으로 객관적이며 사실적인 형상은 존재하지 않는다. 그렇다면 상술한 바와 같이 '타국의 형상'에 대한 묘사도 이처럼 허구적이며 주관적인데, '본국(本國)의 형상'을 묘사할 때에는 얼마나 더 허구적이며 주관적이겠는가? "노산(廬山)의 진면목을 알 수 없는 까닭은 단지 이 몸이 산 속에 있기 때문이다."[49] 라는 쑤둥포(蘇東坡)의 시가 보여주 듯, 다른 나라의 형상에 대한 작가의 묘사는 대부분 '본국에 대한 형 상'보다 객관적이며 사실적이다. 때문에 다른 나라를 여행하고 쓴 여 행기와 같은 문학들은 역사문헌의 부족함을 보충할 수 있는 사료적 가치를 지니고 있다. 즉, 다른 나라와 다른 민족에 대해 묘사한 문학 작품들 중에서는 문학적 가치가 풍부한 비(非)허구적인 작품들이 상당 히 많기 때문에 우리들은 이러한 작품들에 대해 연구를 해야만 한다 는 것이다. 예를 들어, 중세시기 이탈리아 여행가 마르코 폴로(Marco Polo)가 쓴 『동방견문록(The Travels of Marco Polo)』에 기재된 중국과 관련된 내용들은 현대학자들의 끊임없는 연구와 수많은 역사자료들의 고증 을 통해 대부분이 믿을 단한 사실임이 증명되었으며, 이러한 내용들 로 인해 『동방견문록』은 중국 역사자료의 부족한 점들을 보충하는 사료적 가치를 지니게 되었다. 또한 『동방견문록』은 구체적이고 형상 적이며 생동감 넘치는 묘사로 인해 세계가 인정하는 문학적인 가치 를 지니게 되었다. 이러한 작품들도 물론 '섭외문학'연구의 중요한 연 구대상이라 할 수 있다.

이상의 내용을 통해 우리는 '섭외문학'과 '형상학'이 서로 다른 개 념임을 알 수 있다. 이 두 개념의 가장 커다란 차이점은 그 속성과 범 위의 크기에서 찾아볼 수 있다. 일반적으로 '섭외문학'이 포함하는 속 성과 범위는 '형상학'의 그것보다 크다고 할 수 있다. '섭외문학'의 연구대상은 당연히 다른 나라에 대한 형상과 상상과 같은 '형상학'의 연구대상들을 포함하지만 이에 국한되지는 않는다. 즉, 섭외문학은 다른 한 국가의 모든 문학작품과 그 작품들의 모든 부분에 대해 언급한 것을 모두 포함한다는 것이다. 바꿔 말하자면, 다른 나라의 인물에 대한 형상과 다른 나라를 배경, 무대, 제재, 주제로 하는 모든 것들이 섭외문학의 연구대상이라 할 수 있으며, '허구'적이고 주관적인 순수 허구문학들과 사실적이고 기실적인 성격이 강한 여행기, 견문 및 보도, 보고문학, 전기문학 역시 섭외문학의 중요한 연구대상이라는 것이다. 다른 시각으로 보면, '섭외문학'은 일반적으로 오늘날 우리가 말하는 순수문학과 비(非)순수문학을 모두 포함하는 개념이라 할 수 있다. 때문에 이러한 섭외문학은 매우 뛰어난 문학 연구적 가치를 지녔으며, 순수문학을 뛰어넘는 여러 문화적 가치도 지니고 있다.

외국과 관련된 중국문학 혹은 중국과 관련된 외국문학과 같은 중국의 '섭외문학'들을 보면, '섭외문학'이 중국과 외국의 문학교류 및 문화교류의 역사에서 얼마나 중요한 위치를 차지하는지 알 수 있으며, 비교문학의 연구과제와 연구대상으로서 섭외문학이 얼마나 중요한가도 명확하게 알 수 있다. 중국에서의 '섭외문학'은 매우 유구한 역사를 지니고 있다. 중국과 인도의 문화교류가 시작되던 동진(東晋)시기에 파셴(法顯)이라는 고승은 불경을 구하기 위해 인도를 두루 돌아다녔으며, 중국으로 돌아온 후 그는 『불경기(佛經記)』라는 책을 저술하였다. 이 책은 중국과 인도가 문화교류를 시작한 이후 처음으로 인도에 대해 서술한 책으로 중국문학사상 최초의 '섭외문학' 저서라고 할 수 있다. 또한 당대(唐代)에 와서는 저명한 고승 쉬안좡(玄奘)이 『대당서유기(大唐西遊記)』를 저술하였고, 명대(明代)에 이르러서는 15세기 초기 정허(鄭和)가 탐험에 성공함으로써 대량의 섭외문학 저서들이 출판되어졌다. 예를 들어 정허와 함께 탐험한 세 명의 문인 작가들은 모두 이 탐험과 관련된 저서들을 남겼다. 그중 정허의 통역을 담당한 마환(馬歡)

은『영애승람(瀛涯勝覽)』이라는 저서를 통해 20개 국가에 대한 견문을 기술하였으며, 기행시도 덧붙였다. 그리고 페이신(費信)은『성차승람(星槎勝覽)』이라는 저서를 집필하여 정허와 함께 탐험한 견문들을 기록하였으며, 기행시도 덧붙였다. 또한 궁전(鞏珍)의『서양번국지(西洋番國志)』역시 정허(鄭和)와 함께한 일곱 번째 탐험에 관한 견문을 기술한 저서이다. 이러한 저서들은 산문과 시를 함께 사용하여 기술하였으며, 그 문자 자체만으로도 상당한 문학성을 지닌다. 그리고『삼보태감서양기 통속연의(三寶太監西洋記通俗演義)』라는 작품은 정허의 탐험을 제재로 한 장편 통속소설이며, 이는 전형적인 '섭외문학' 작품이라 할 수 있다. 또한 중국은 인도를 비롯한 '서양'뿐만 아니라 일본, 한국, 베트남 등 동아시아의 많은 국가들과도 매우 밀접하게 교류를 하였으며, 동아시아의 국가들과 관련된 작품들도 많이 쓰여졌다. 당대(唐代)시기 중국에서는 중국과 일본 혹은 중국과 한국의 교류를 제재로 하는 시가(詩歌)들이 대량으로 나타나기 시작했으며, 중국과 마찬가지로 일본과 한국 등 국가에서도 중국과 관련된 많은 문학작품들이 나타났다. 그 중 먼저 일본문학을 예로 들어 설명해보자. 8세기에 쓰인『혼죠분스이(本朝文萃)』등의 문헌 속에는 중국과 관련된 고사와 전설이 매우 많이 실려 있고, 비슷한 시기의 단편고사 총집『콘자쿠모노가타리(今昔物語集)』에는 180여 개의 중국을 제재로 한 이야기들이 기술되어 있으며, 『카라모노가타리(唐物語)』라는 저서에는 중국을 제재로 한 여러 작품들이 수록되어 있다. 그리고 일본의 한시(漢詩) 중에는 중국의 역사, 인물, 풍물에 대한 시나 중국인과의 우정을 노래한 시들이 많이 있으며, 일본의 고전희곡문학 '요쿄쿠(謠曲)'와 '조루리(淨琉璃)' 중에도『간고오조(漢高祖)』,『려후(呂後)』,『요우기비(楊貴妃)』,『간탄(邯鄲)』,『아키라군(昭君)』을 비롯한 '요쿄쿠(謠曲)' 작품들과 지카마츠 몬자에몬(近松門左衛門)의 『고쿠센야캇센(國姓爺合戰)』을 비롯한 조루리(淨琉璃) 작품과 같이 중국을 제재로 한 수많은 작품들이 있다. 또한 일본 시정(市井) 통속소설 중에서 대다수의 작품들은 중국작품을 본보기로 하여 개작한 것들이다. 근대에 이르러 일본 군국주의가 중국을 노리던 시기에는 일본문인들과 작가들 사이에서 중국여행 열풍이 불었으며, 이에 따라 '중국 기행문'이나 중국과 관련된 산문과 수필이 대량으로 쏟아져 나왔다. 또한 항일전쟁시기에는 많은 일본작가들이 '전쟁문학'을 썼으며, 그 당시 쓰인 전쟁문학 작품들 중에 대부분은 '침략문학(侵華文學)' 작품들이다. 때문에 히노 아시헤이(火野葦平)의 『부대삼부곡(兵隊三部曲)』, 우에다 히카루(上田光)의 『포경향(鮑慶鄉)』, 『황진(黃塵)』 등 중국 윤함구(淪陷區)[50]를 배경으로 하거나 제재로 삼은 산문, 소설, 보고문학 등이 한 때 문단을 주도하였다. 그리고 중일전쟁이 끝난 이후 일본의 몇몇 양심적인 작가들은 중국 인민들이 당한 재난과 피해를 돌이켜 보면서, 중국을 무대로 하고 침략전쟁(侵華文學)을 배경으로 하는 작품을 쓰기도 하였다. 또한 혼다 슈고(本多秋五), 나카노 시게하루(中野重治), 미나카미 쓰토무(水上勉)와 같은 몇몇 중국과 일본의 우호적인 관계를 주장하는 작가들은 중국을 제재로 하는 산문, 수필, 시가 등을 썼으며, 이와 반대로 시바 료타로(司馬太郎)는 중국과 일본 사이에서 발생한 외교적 관계의 분열을 제재로 하는 『타이완기행(台灣紀行)』을 집필하여 중국과 일본을 적대적인 관계로 보기도 하였다. 또한 중국을 제재로 한 역사소설과 전기소설은 다케다 다이준(武田泰淳), 이노우에 야스시(井上靖), 진순신(陳舜臣) 등의 많은 일본작가들의 중요한 창작양식이라 할 수 있다. 일본과 마찬가지로 한국에서도 중국과 관련된 문학작품이 매우 많이 쓰였다. 중국의 한국문학 전문가 웨이쉬성(韋旭升) 교수는 「한국에서의 중국문학(中國文學在朝鮮)」이라는 글을 통해 "한국의 문학작품들 중에는 중국에 대해 묘사한 작품들이 매우 많다. 몇몇 서정시나 산수시는 중국의 역사인물과 사건 그리고 명승고적지를 제재로 하였으며, 몇몇 전기와 소설은 중국을 무대로 하기도 하고, 중국인을 인물로 설정하기도 하였다. 한국에는 이러한 작품들이 매우 많으며, 특히 소설에서 차지하는 비율은 매우 높다. 아마 다른 모든 국가들의 외국을 제재로 하는 작품들은 이를 따라잡기 힘들 것이다."54)라고 언급하였다. 실제로 한국의 고전문학 작품 중 대부분은 중국과 관련된 작품이라 할 수 있으며, 『구운몽(九雲夢)』, 『사씨남정기(謝氏南征記)』, 『옥루몽(玉樓夢)』, 『열하일기(熱河日記)』 및 한국문학에서 가장 긴 소설 『완월회맹연(玩月會盟宴)』과 같은 한국의 고전문학 중에 최고라 손꼽히는 작품들 역시 대부분 중국과 관련된 '섭외문학' 작품이라 할 수 있다.

근대에 들어선 이후 세계의 각 나라와 민족 간의 교류가 전례 없이 밀접해짐에 따라 '섭외문학'이 발달하기에 필요한 조건들이 대부분 갖추어졌다. 또한 각 나라의 문학작품들 중에서 섭외문학 작품들이 차지하는 비중 역시 계속해서 높아졌다. 청말민초(淸末民初)시기 중국에서는 '섭외문학' 저서를 포함한 '외국과 관련'된 저서의 수량이 급증하였다. 그 중, 중수허(鍾叔河)의 『세계를 향한 총서』51)에는 1911년 이전에 중국인이 서양이나 일본을 방문하거나 여행한 것과 관련된 저서들이 많이 수록되어 있다. 총 10권으로 구성된 이 총서는 이미 27개의 판본으로 출판되었고, 총 600만 자에 달하는 엄청난 대작이며, 우리가 중국 근대시기의 '섭외문학'을 연구하는데 꼭 필요한 중요한

---

54) 韋旭升, 『韋旭升文集』(第3卷), 中央編譯出版社, 2000年, 第273頁.

문헌자료집이라 할 수 있다. 현당대에 들어선 후, 중국문학 작품들 중에서 '섭외문학' 작품 특히 순수문학 작품들이 점점 많이 쓰였다. 루쉰의 『등야선생(藤野先生)』, 귀모뤄(郭沫若)의 『목양애화(牧羊哀話)』, 『낙엽(落葉)』, 『캐러멜팔이 소녀(喀爾美蘿姑娘)』, 위다푸(郁達夫)의 『침륜(沈淪)』, 장즈핑(張資平)의 『요단강의 물(約檀河之水)』, 아이우(艾蕪)의 『남행기(南行記)』, 『남국의 밤(南國之夜)』, 바진(巴金)의 『침묵(沈默)』, 『바다여행 잡기(海行雜記)』 등 중국 현대문학사상 뛰어난 작가들은 대부분 섭외문학 작품을 집필하였으며, 특히 항전시기에는 일본인의 형상과 관련된 항일(抗日)문학작품들이 많이 쓰였다.

2. 섭외문학연구의 착안점: 문화적 편견 및 시간과 공간의 차이로 인한 시각의 차이

풍부하고 다양한 '섭외문학' 작품들로 인하여, '섭외문학'의 비교연구는 비교적 활발하게 진행되었다. 섭외문학 연구란 사실상 문학사상 외국과 관련된 작가나 작품을 특수한 문화와 문학현상으로 보고 비교문학적 시각과 방법을 이용하여 이를 연구하는 것이라 할 수 있다. 바꿔 말하면, '섭외문학'은 '외국과 관련된'것인 만큼, 연구자는 반드시 과문화(跨文化)적인 관점으로 섭외문학을 연구해야만 한다. 만약 연구자가 자신의 문화 속에만 갇혀 있다면 '섭외문학'의 특수한 성격을 명확히 파악할 수 없게 된다. 즉, '섭외문학'이 지니고 있는 과문화적이고 과국경(跨國境)적인 성격이 '섭외문학'을 연구하는 연구자에게 명확한 문화적 입장과 착안점을 제공한다는 것이다. '외국'이나 '외국인'과 관련된 모든 섭외문학작품들은 모두 문화적 편견과 시간과 공간에 따른 시각의 차이라는 문제점을 지니고 있다. 이러한 문제들은 섭외문학을 연구하는 연구자들이 반드시 주의해야만 하는 기본적인 문제이자, 연구의 기본입장과 착안점이 되는 것이라 할 수 있다.

우선 섭외문학에서 '고정관념' 혹은 '정형화된 시각'이라고 불리는 문화적 편견 특히 의식형태의 편견에 관한 문제에 대해 이야기해 보자.

모든 작가들은 특정한 종족, 시대, 계급 및 특정한 문화의 집합체 속에 속해있으므로 모두 자기만의 문화적 편견을 지니고 있으며, 심지어 작가 자신의 의식형태와 성향들은 작품 속에서 크고 작은 모습들로 나타나게 된다. 특히, 섭외문학의 작품에는 이러한 문제들이 더 잘 나타나 있다. 왜냐하면 문화적 편견과 의식형태의 선입견들은 이질(異質)문화와 대조되고 상충되면서 더욱 분명하게 드러나기 때문이다. '섭외문학'을 연구할 때의 가장 핵심적인 문제는 먼저 작가의 독특한 문화적 입장과 문학적 편견 그리고 의식형태의 편견에 대해 인정을 한 후 이러한 요소들이 작품 속에서 어떻게 표현되었는가와 그 주관적이고 객관적인 원인이 무엇인가에 대해 분석을 하는 것이다. 또한 분석을 통해 이러한 요소들이 다른 나라와 다른 민족에 대한 작가의 인식·판단·평가와 감정태도에 어떠한 영향을 미쳤는가를 밝히는 것이다.

각 시대의 모든 국가들은 자기만의 사회적 이상과 제도들을 정립하였으며, 독특한 신념, 신앙, 세계관, 가치관들을 지니고 있다. 또한 국가는 이러한 모든 것들을 통해 그 시대와 국가의 의식형태를 형성하게 된다. 본국의 의식형태를 다른 나라의 의식형태들과 비교해 보면 그 특수성은 더욱 명확하게 드러나게 되며, 자기나라와 다른 나라

사이에 나타나는 의식형태의 공통점과 차이점 혹은 모순 역시 더욱 명확하게 나타나게 된다. 일반적으로 말하자면, 의식형태의 속박에서 자유로울 수 있는 작가는 매우 드물다. 섭외문학을 통해 작가는 자신 혹은 자신이 속한 의식형태로 다른 민족과 다른 나라의 의식형태를 바라보고, 비교 또는 평가하여, 그것에 대해 인정하기도 하고 반대하기도 한다. 작가의 이러한 의식형태에 대한 일정한 견해는 종종 어떠한 섭외문학의 기본적인 사상경향과 가치관을 결정한다. 예를 들어, 유럽의 문학작품들 중에서 중국과 관련된 문학작품의 의식형태에 대한 견해는 중국과 중국의 역사와 문화에 대한 작가의 판단과 평가 그리고 감정적인 태도로 인해 여러 가지 모습을 나타낸다. 대표적으로, 18세기 영국의 저명한 소설인『로빈슨 표류기(Robinson's Crusoe)』를 쓴 디포(Daniel Defoe)는 또 다른 중요작품인『로빈슨 감상록』[52]을 통해 중국의 문화를 많이 묘사하였으며, 중국에 대한 자신의 의견을 나타내었다. 이 소설의 주된 줄거리는 로빈슨이라는 인물이 중국에서 장사를 하는 내용으로 구성된다. 로빈슨은 마카오와 난징(南京)을 거쳐 베이징으로 들어와 4개월 동안 머물며 낙타 18마리에 실어야 할 만큼의 많은 물건들을 사들였다. 하지만 그는 장사는 장사일 뿐이라고 생각하며, 중국인과 중국문화에 대해서는 매우 폄하하며 깔보았다. 이 작품 속에서 주인공인 로빈슨은 "그들[53]의 영웅, 생활방식, 정부, 종교, 재물들과 그들이 영예롭다고 생각하는 모든 것들은 언급할 필요도 없을 만큼 자질구레하다.", "나는 그들이 아주 궁색한 생활을 하면서도 매우 안하무인하고 오만한 태도를 취하는 것을 보았다. 아마 세상 어떠한 사람도 그들보다 더 가소롭고 혐오감을 주지는 않을 것이다.", "그들 중에서 가장 뛰어난 학자도 사실 매우 어리석고 둔하다. 그들은 천체의 운행에 대해 아무것도 모르며, 일식이라는 현상이 거대한 용이 태양을 껴안아 생기는 것으로 여긴다.", "나는 세상에서 가장 야만적인 원시인도 그들보다는 더 낫다고 생각한다."라고 말한다. 이러한 로빈슨의 말은 작가인 디포의 의식을 나타내는 것으로, 작가인 디포는 작품의 주인공인 로빈슨의 입을 빌려 중국의 정부제도, 종교문화, 풍속습관, 기술과 예술을 광범위하게 폄하하고 비난하였다. 또한 이 작품에 사용된 어휘들 중에는 중국을 깎아내리고 헐뜯는 말들이 많아, 들리는 말에 의하면 당시의 번역자인 린수(林紓)는 이 부분을 번역할 때 매우 화가 나서 원서와 번역원고까지 갈가리 찢어버릴 뻔 했다고 한다. 이상의 예를 통하 우리는 작가의 의식형태 및 견해가 섭외문학에 어떠한 영향을 미치는가에 대해 명확하게 알 수 있다. 디포는 근대 유럽의 대표적인 인물로 개척시기의 급진적인 자산계급을 대표하는 인물이자, 자산계급의 의식형태를 대변하는 인물이라 할 수 있다. 그는 자산계급이 선동하였던 자유무역 및 과학(科學)과 이성(理性)이란 잣대로 봉건제도의 중국을 평가하면서, 서슴없이 중국을 폄하하는 말을 하였으며, 그의 작품 곳곳에는 낙후된 중국에 대한 영국 자산계급과 대영제국의 상대적인 우월감이 잘 나타나 있다

최근 100여 년간, 세계적으로 현당대 '섭외문학'들의 의식형태에 관한 문제들은 더욱더 두드러지게 나타나고 있다. 대부분의 나라에서는 자본주의 의식형태와 공산주의 의식형태의 대립 및 서양의 열강국가들과 동양의 약소국가간의 대립의식에 대한 문제들이 가장 두드러지게 나타난다. 예를 들어, 서양의 중국과 관련된 문학작품에서 중국인의 인물형상은 아무 거리낌 없이 부정적으로 묘사되고, 요괴화(妖怪化)되었다. 홍콩의 저명한 학자인 우전밍(吳振明)은 『추악한 중국인, 서

양 속(俗)문화 속의 중국인 형상』[55]이라는 저서를 통해 서양소설 속 중국인의 형상에 관한 통계를 발표하였다. 그는 서양의 영어소설에서 중국 및 중국인(華人)과 관련된 작품이 전체의 약 1.5~2.0%를 차지한다고 밝혔으며, 이러한 소설 속에서 중국인이 부정적인 인물로 묘사되는 경우가 약 75%를 차지하고, 긍정적인 인물로 묘사되는 경우는 겨우 1%밖에 되지 않는다고 지적하였다. 우전밍은 서양의 통속소설 속에서 중국인이 "긍정적인 인물로 묘사되는 경우와 부정적인 인물로 묘사되는 경우의 비율 차이가 이토록 많이 나는 이유는 서양의 통속문화계의 집체의식형태 및 근대 시기 중국과 열강국가들의 열악한 관계와 밀접한 관련이 있다."라고 밝혔다. 또한 이외에도 여러 원인들이 복잡하게 얽혀 있으며, 이 모든 것들이 중국에 대한 서양 국가들의 '고정관념'으로부터 시작된다고 주장하였다. 그렇다면 '고정관념'(stereotype)이란 무엇일까? 우전밍은 미국에서 출판된 『웹스터 대사전(Webster's Dictionary)』의 설명을 인용하여 소위 '고정관념'이란 "한계나 범주를 확정한 정형화된 것이며 자기만의 특징과 개성이 결여되어 있는 것이다. 예를 들어, 어떠한 사물이나 인종에 대해 하나의 집단에 속해 있는 사람들이 모두 표준화된 이미지를 떠올리게 되는 것 역시 고정관념이라 할 수 있다. 고정관념은 지나치게 단순화된 의견을 나타내며, 엄청난 영향력을 지닌 진중치 못한 판단을 대표한다."라고 설명하였다. 또한 그는 저널리스트 월터 리프먼(Walter Lippman)의 저서 『여론』에 기재된 '고정관념'에 대한 해석을 인용하여, "고정관념은 항상 이성보다 앞서 있다. 이는 사물을 통찰하는 방식으로, 외부 세계의 사물이 우리의 지능영역에 도달하기 전에 이미 특정된 형태

---

55) 吳振明: 『醜陋中國人?––西方俗文化裏德中國人形象』, 香港創意文化企業有限公司, 1990年.

로 그 사물에 덧씌워져 있다."라고 설명하였다. 서양 현대문학, 특히 영국과 미국문학, 오스트레일리아 현대문학에서 중국과 관련된 문학 작품들에 나타나는 중국과 중국인에 대한 오만과 편견은 모두 이러한 '고정관념'으로부터 생겨난 것이며, 간사함, 악독함, 옹졸함, 호색함, 추악함과 같은 부정적인 모습들은 많은 서양 문학작품 속에서 묘사되는 중국인의 전형적인 특징이 되어버렸다. 이러한 다른 나라와 다른 민족의 형상에 대한 묘사의 왜곡과 희화화는 의식형태의 편견과 종족(種族) 혹은 인종에 대한 편견이 주된 원인으로 작용한다. 많은 서양 작가들의 작품 속에서 유색인종들은 항상 차별받고 모욕당한다. 심지어 몇몇 서양의 작가들은 중국인을 '황화(黃禍)[54]'라 여기기도 한다. 상술한 내용들로 보아, 종족적인 우월감은 의식형태의 편견과 마찬가지로 '섭외문학' 속에서 다른 나라와 다른 민족에 대해 오만과 편견을 나타내는 문제점을 초래하게 된다는 것을 알 수 있다.

섭외문학 연구에서 주의해야 할 두 번째 문제는 시간과 공간의 차이로 인한 시각의 차이에 대한 문제이다.

섭외문학은 과국경(跨國境)적인 성격과 과문화(跨文化)적인 성격을 지니고 있으므로, 작품 속에 묘사된 대상은 필연적으로 작가나 작품과 시간적 혹은 공간적인 거리감을 나타내게 된다. 이러한 거리감은 바로 '시공시차(時空視差)'라 할 수 있다. 먼저 시간적 혹은 공간적인 거리감은 다른 나라와 다른 민족에 대한 문학가의 감정태도에 영향을 미칠 수 있다. 일반적으로 작가가 묘사한 타국이나 타민족에 대한 시공(時空) 거리가 작가와 멀어질수록 그에 대한 묘사는 점점 허구적으로 변하게 되며, 작가의 주관적인 생각은 점점 뚜렷하게 나타나게 된다. 작가들이 작품 활동을 할 때 종종 이러한 시공시차를 사용하여 다른 나라와 민족에 대해 주관적인 묘사를 하는 것은 자신의 특정한 사상과 관념을 표현하기 유리하기 때문이다. 하지만 작가들 역시 아득히 먼 외국의 문화 속에서 자신의 사상과 생각을 지탱할 수 있는 무엇인가를 찾아야만 한다. 예를 들면 프랑스의 계몽주의 사상가이자 작가인 볼테르(Voltaire)는 일찍이 프레마르(Joseph de Pre-Francoismare)가 번역한 원대 잡극『조씨고아(趙氏孤兒)』에서 영감을 얻어 중국역사를 제재로 하는『중국의 고아(L'orphel in de la Chine)』라는 극본을 썼다. 이 작품을 통해 볼테르는 중국역사문화에 대해 긍정적인 감정을 나타내었으며, 특히 쿵즈(孔子) 및 유가사상에 대한 공감과 호감을 뚜렷하게 보였다. 그는 극중의 주인공을 통해 중국인의 충군애국의 도덕적 지조를 표현하였으며, 외국에서 들어온 야만적인 문화에 대한 중국문화의 거대한 감화력과 동화력을 나타내었다. 비교적 보수적인 정치사상을 지니며 기독교 교권주의를 반대하였던 볼테르는 중국의 인본주의적이고 이성적이며 자연적인 성격의 공자사상을 좋아하였으며, 중국의 상대적으로 안정된 통일된 황권정치는 그의 진보적인 군주정치사상에 영향력을 미쳤다. 이렇듯 볼테르는 중국을 제재로 하는 작품 속에서 중국의 문화와 방식을 인정함과 동시에 자신의 사상과 의식을 표현하였다. 하지만 볼테르 자신이 실질적으로 중국의 역사와 현실에 대해 얼마나 이해하고 있고, 이를 작품에 얼마나 반영하고 있는가는 또 다른 문제라 할 수 있다. 두 번째로는 시공시차는 섭외문학 속에서 다른 나라와 민족에 대한 이상화, 관념화를 초래하였으며, 이는 '유토피아 문학'을 구성하는 필수조건 중의 하나가 되었다. 많은 작가들은 자국의 사회현실에 불만을 느끼게 되면, 종종 다른 나라의 정서를 고의적으로 과장하고 미화시킴으로써 자신의 이상(理想)을 특정한 국가나 그 국가의 문화에 의탁하기도 한다. 예를 들면, 영국작가 몸(William Somerset Maugham)은 장편소설 『면도날(The razor's edge)』을 통해 인도의 전통문화와 종교를 이상화시킴으로써, 현대공업문명을 반대하고 자연적이고 원시적인 생활의 이상을 추구하는 작가의 생각을 표현해냈다. 또한 섭외문학의 시공시차는 종종 다른 나라와 다른 민족에 대한 작가의 가치판단과 감정태도를 결정하기도 한다. 일반적으로, 작가와 다른 나라 및 민족의 시간적 거리가 멀어질수록 그 작가와의 이해관계는 점점 적어지게 되며, 의식형태의 요소 또한 점점 적어지게 된다. 하지만 이와 반대로 심미적인 요소들은 점점 많아지게 된다. 예를 들어, 중국의 전통문화와 관련된 서양과 일본의 문학작품 속에는 일반적으로 고대 중국인과 중국 전통문화에 대해 긍정적이며, 심지어 이를 숭상하는 모습들도 보인다. 그러나 현대 중국의 모습을 묘사하는 서양과 일본의 문학작품들은 이와 완전히 반대의 모습을 보인다. 예를 들어, 일본의 어떤 작가는 고대 중국의 성인, 영웅, 장수, 재상의 모습들을 묘사할 때에는 매우 존경하는 마음을 나타냈으나, 그가 집필한 현대 중국과 관련된 많은 작품들 속에는 중국에 대한 멸시와 적의 그리고 왜곡으로 가득 차 있다.

3. 섭외문학 연구의 기본과제

중국의 비교문학 연구들 중 섭외문학은 매우 광활한 연구영역을 지니고 있다. 세계적으로 섭외문학의 작품은 매우 많지만 비교문학 및 과문화(跨文化)적 관점으로 이러한 작품들을 연구하는 사례는 매우 적다. 때문에 세계 비교문학학계에서 섭외문학의 연구는 여전히 취약한 영역이라 할 수 있다. 필자가 알고 있는 중국과 관련된 섭외문학 연구의 중요한 저서[55]로는 오언 올드리지(Owen Aldridge)의 『용과 독수리: 미국 계몽운동 중의 중국인』[56], 독일학자 쿠빈(Wolfgang Kubin)의 『'다름'에 관한 연구』[57], 미국학자 해럴드 아이작(Harold Isaacs)의 『미국의 중국 현상』[58], 포르투갈 탐험가 핀투(Fernao Mendez Pinto)가 편집한 『포르투갈인의 중국견문록』[59], 오스트레일리아의 탐험가이자 베이징 특파원이었던 모리슨(George Ernest Morrison)의 『중국풍정』[60], 오스트레일리아 화교학자 어우양위(歐陽昱)의 『오스트레일리아 소설 속의 중국인』[61], 우전밍(吳振明)의 『추악한 중국인?: 서방 통속문화 속의 중국인 형상』[62] 등이 있으나, 다른 분야의 저서들과 비교해 보면 그 수가 매우 적은 편에 속한다.

중국의 섭외문학연구는 외국작품들 중에서 중국과 관련된 문학작품과 중국의 섭외문학이라는 두 가지 영역을 중점으로 하여 연구 과제를 발견해내야 한다.

첫 번째로는 외국과 관련된 중국문학작품이다. 이러한 작품들은 비교적 많이 발표되고 출판되었다. 그러나 오랫동안 이러한 섭외문학의 문헌자료들은 전반적이고 체계적인 정리가 되지 않았으며, 현재까지 중국의 섭외문학과 관련된 전문저서는 한 권도 출판되지 않았다. 과거 중국문학 연구의 고정관념에서 섭외문학은 항상 중국문학 연구의 가장자리에 놓이거나 분석할 만한 가치가 없는 작품으로 간주되었으며, 순수문학 작품으로도 여겨지지 않아 계속 등한시 되어왔다. 또한 비록 몇몇 작품들은 그와 관련된 문학사에서 언급되긴 하였으나, 그 연구와 평론의 주된 관점이 국가별 문학연구로 한정되었고 비교문학의 과문화(跨文化)적 시야가 결여되었었기 때문에 외국과 관련된 중국문학에 대한 연구는 여전히 초보적인 단계에 머물러 있다고 할 수 있다.

외국과 관련된 중국문학작품의 연구는 대체로 두 가지의 큰 연구 방향으로 나눌 수 있다. 먼저는 중국문학 작품에 나타난 외국인의 형상에 대한 연구이다. 연구자들은 중국의 문학작품 속에 나타난 외국인의 형상에 대해 개별적인 연구를 할 수도 있고, 총체적이며 전체적인 연구를 할 수도 있다. 개별적인 연구를 통해서는 중국의 문학작품들 중에서 외국인의 형상을 묘사한 작품 혹은 특정한 시기, 특정한 부류에서 외국인의 형상과 관련된 작품에 대해 연구할 수 있다. 예를 들어 필자의 「일본의 침략문학과 중국의 항일문학: 일본병사의 형상을 중심으로」[56]란 논문은 섭외문학적 관점으로 항전시기 중국의 항일문학 작품 속에 나타난 일본 병사들의 형상을 총괄적으로 분석한 것이다. 필자는 이러한 분석을 통해 중국의 항일 문학 속의 "일본 병사들에 대한 이해와 묘사는 분명 프롤레타리아 계급의 국제주의적 입장에서 이루어졌으며, 민족주의적 혹은 국가주의적 입장에서 이루어진 것이 아니다. 그리고 일본 병사에 대한 객관적인 평가와 분석을 할 때 사용된 연구방법 또한 중국의 좌익문단에서 흔히 쓰던 계급분석의 방법이다. …… 이러한 작품이 나타나게 된 이유는 두 가지 측면으로 생각해 볼 수 있다. 첫 번째로는 대적(對敵)선전의 필요로 인해 이러한 작품들이 나타났다는 것이다. 또한 두 번째로는 일본 군인들의 '충군애국(忠君愛國)'을 핵심으로 하고, '의리', '영예', '염치', '복수', '할

---

56) 王向遠: 「日本的侵華文學與中國的抗日文學――以日本士兵的形象爲中心」, 『北京社會科學』, 1997年 第3期.

복자살', '주인 혹은 상사에 대한 절대적인 복종' 등의 무사도(武士道)
정신을 기본적인 내용으로 하는 일본의 민족성과 민족정신에 대한
중국 연구자들의 깊은 인식과 깊이 있는 연구가 부족하였기 때문에
전반적으로 심도 있는 표현과 묘사가 불가능했다는 것이다. 때문에
'대적(對敵)연구 작업' 분야에서 이러한 작품들에 대한 연구는 사실상
그동안 한쪽으로만 치우쳐져 진행되었다 할 수 있다."라는 견해를 제
기하였다. 이러한 내용들을 통해 중국인이 쓴 글 속에서 외국인의 형
상에 대해 분석하는 것은 사실상 중국작가의 세계관 및 이러한 관점
을 형성하게 한 특정한 시대적 환경과 입장 그리고 동기에 대해 연구
하는 것임을 알 수 있다. 연구자와 연구대상은 본래 상당한 시대적
차이를 지닐 수밖에 없다. 때문에 연구자는 역사를 통찰하는 안목으
로 문학사 속의 외국인의 형상에 대해 연구해야 하며, 이러한 형상과
역사진실 간의 차이에 대해서도 객관적이고 과학적으로 연구해야만
한다. 우리는 이러한 연구를 통하여 섭외문학과 관련된 중요한 자료
들을 정리할 수 있으며, 이를 통하여 또 다른 연구를 진행할 수 있다.

외국과 관련된 중국문학작품의 두 번째 연구방향은 섭외문학에 대
해 종합적이고 거시적인 연구를 하는 것이다. 종합적인 성격을 지닌
특정한 테마에 관한 전문서적을 집필하려면 반드시 수많은 개별적인
연구가 선행되어야만 하며, 이러한 선행연구가 완벽하게 이루어져야
만 중국문학 속에서 언급되었던 외국과 외국인에 대해 체계적으로
정리할 수 있다. 이를테면『중국문학에서의 인도인형상』,『중국문학
에서의 일본인형상』,『중국문학에서의 유럽인형상』,『중국문학에서
의 미국인형상』등의 저서들을 기초로 하여『중국문학에서의 외국
및 외국인』,『중국섭외문학사』혹은『섭외제재 중국문학사』와 같은

더 체계적이고 전면적인 중국 섭외문학에 관한 저서를 집필할 수 있다는 것이다. 이러한 연구들은 중국 문학연구에서 오랫동안 연구가 이루어지지 않던 중요한 분야에 대해 새롭게 연구를 시작하도록 만들었을 뿐만 아니라, '섭외문학'이라는 독특한 관점으로 중국과 세계 여러 나라의 문화교류를 바라보도록 하였다. 또한 이러한 연구들을 통해 역사적인 상황이 달라질 때마다 중국 문학가들이 외국을 관찰하고 평가하는 입장, 관점, 방법 및 심리적 상태가 어떻게 변화하는지도 관찰할 수 있게 되었으며, 중국인들의 세계관 형성과 세계관이 변화되는 과정도 밝힐 수 있게 되었다. 때문에 이러한 연구들은 현재 중국의 대외개방과 교류에 많은 긍정적인 영향을 미칠 수밖에 없다.

중국의 섭외문학에 대한 연구의 또 다른 영역은 중국과 관련된 외국문학에 대한 연구라 할 수 있다. 이러한 연구들은 물론 외국문학에 대한 연구라 할 수 있지만, 일반적인 외국문학에 대한 연구와는 차이점을 지닌다. 중국의 외국문학연구는 20세기 내내 꾸준히 이루어졌기 때문에 상당히 견고한 기초를 지녔으며, 꽤 많은 연구 성과들도 얻게 되었다. 이미 수많은 국가별 문학사에 관한 저서 및 외국의 작가나 작품에 대한 테마연구 저서들이 출판되었으며, 이미 출판된 종합적인 외국문학사 및 세계문학사에 관한 저서들도 수백 종이 넘는다. 이처럼 중국의 외국문학에 관한 연구들은 수많은 연구 성과들을 얻어내었으나 그 관점은 지나치게 획일적이라 할 수 있다. 즉, 작가나 작품에 대한 전기(傳記)식 연구와 교과서 식의 문학사 집필방법을 사용한 연구들이 중국의 외국문학에 관한 연구의 대다수를 차지한다는 것이다. 때문에 중국의 외국문학과 세계문학에 대한 연구가 심화되고 발전되려면 중국인만의 독특한 학술적 개성을 강화시켜 중국학자만의 독특한 장점과 외국학자들이 대체할 수 없는 특별하고 우월한 조건들을 이용하여 독창적인 연구를 해야만 하며, 이러한 연구를 위해서는 중국과 관련된 외국문학의 연구를 돌파구로 삼아야 한다.

여러 가지 요건들을 따져 봤을 때, 중화민족은 세계적으로 매우 중요한 민족 집단이라 할 수 있으며, 중국 역시 세계적으로 매우 강성한 나라라 할 수 있다. 중국의 고대문학이 세계적으로 매우 커다란 영향력을 지녔었으나 근현대에 들어선 이후 중국 문학의 영향력이 상대적으로 미미해진 까닭은 모두 외국 열강들과 밀접한 관계가 있으며, 이러한 밀접한 관계로 인해 세계 여러 나라에는 중국과 관련된 작품들이 존재하게 되었다. 이러한 작품들은 중국문제를 주제로 하기도 하고, 중국을 제재로 삼기도 하며, 중국을 배경으로 하거나 중국인을 주인공으로 삼기도 한다. 또는 중국인이나 중국과 관련된 평론이나 묘사를 하기도 한다. 한마디로 말하자면, 중국과 중국인은 외국문학사에서 중요한 위치를 차지한다고 할 수 있다. 그러나 중국을 묘사한 외국문학에 대해서는 중국과 외국에서 모두 심도 있게 연구하지 못하고 있다. 현재까지 몇 편의 단편논문을 제외하고, 외국의 학자가 자기나라의 문학 중에서 중국과 관련된 문학작품들을 찾아내어 체계적이고 전면적인 연구를 한 전문저서들은 여전히 출판되지 않았다. 하지만 중국 독자들은 중국과 중화민족, 그리고 중국문화가 외국에 소개된 상황에 대해 관심을 갖고 있으며, 이러한 외국작품을 통해 역사와 현실 속의 중국과 중국인에 대한 외국인의 태도와 평가를 알기 원하므로, 중국학자들은 반드시 이러한 외국문학을 중시해야만 한다. 중국정치, 철학, 역사와 관계된 외국 저서들의 중국에 대한 태도와 평가는 아마 문학작품의 구체적이고 생동감 넘치는 감정적인 표현들보다는 한수 아래일 것이다. 외국문학 속에 나타난 중국의 모습은 마치 외국인 손에 들린 거울 속의 중국과 중국인의 모습과 같다. 그 외국인이 들고 있는 거울이 일반적인 거울이든지 아니면 본 모습이 왜곡되는 요술거울이든지에 관계없이, 중국인 스스로 그 거울을 잡고 자신을 비춰보는 것은 중국인의 모습을 비추었던 외국인을 이해하고 또 중국인 스스로 자신을 이해하는 데 모두 도움을 준다. 때문에 비교문학 연구자들은 중국과 연관된 외국의 문학작품들을 하나의 독특한 문학현상으로 보고, 이를 비교문학과 비교문화의 연구방법으로 과학적으로 정리하고 연구해야만 한다. 또한 이러한 분야에는 특정한 국가의 문학 속에 나타난 중국제재에 대한 연구, 외국의 작가가 쓴 글에서 나타난 허구적인 중국인형상에 대한 연구, 외국의 작가가 쓴 글 속에 나타난 비(非)허구적인 중국인의 형상에 대한 연구와 같이 아직 연구되지 않았지만 반드시 연구해야만 하는 연구과제들이 많이 존재한다. 그중 중국을 제재로 한 문학작품들이 가장 많은 나라로는 한국, 일본, 베트남 등이 있다. 이러한 나라의 문학에 대해서는 반드시 체계적이고 총괄적인 연구를 해서 명확하게 정리를 허야 하지만, 중국을 비롯한 다른 나라에서도 모두 이러한 문학작품들에 대해 체계적인 연구가 이루어지지 않았다. 필자가 담당한 '십오(十五)'[63] 기간의 국가사회과학 프로젝트『중국제재 일본문학사』[64]는 바로 이런 방면의 부족한 연구들을 보충하고 섭외문학에 대한 풍부한 연구경험을 쌓고자 시작된 것이다. 필자는『중국제재 일본문학사』와 같은 연구과제들이 독창적인 측면에서 중일문화교류의 연구를 심화시키고, 더 나아가 중국문학 및 중국문화가 일본문학에 미친 거대한 영향을 밝히는 데도 도움이 된다고 생각한다. 또한 이러한 연구들은 중국 독자들에게 일본작가들이 '중국의 형상'을 어떻게 묘사하였는가에 대해 이해할 수 있도록 하고, 시대마다 끊임없이 변화하는 일본작가들의 '중국관'을 제대로 간파할 수 있도록 한다. 이와 마찬가지로 문학 연구자들이 중국을 제재로 한 다른 나라들의 문학에 대해서도 이러한 연구를 하게 되면, 상술한 것과 비슷하거나 동일한 결과들을 얻을 수 있을 것이다.

제6절 비교구역(區域)문학사와 세계문학사 연구

일정한 지역, 일정한 시간적 범위 내의 문학현상에 대해 총체적이고 종적(縱的)으로 진행되는 평론과 연구는 문학사(文學史) 연구에 속한다. 문학사 연구란 사실상 문학현상에 대한 종합적인 연구라 할 수 있다. 이는 종적인 시간의 흐름에 따른 문학의 변화 및 발전에 대한 연구와 횡적인 상호 관련성에 대한 연구를 통해 문학현상의 경중(輕重)을 따져 주요한 것과 부차적인 것을 구별한 후, 중요한 것만 남겨 이에 대해 과학적인 분석을 하고 객관적이고 적절한 평가를 내리는 등의 체계적인 정리를 하는 것이다. 때문에 문학사 연구는 그 자체로도 비교문학과 떼려야 뗄 수 없는 깊은 관계가 있다고 할 수 있다. '프랑스학파'를 대표하는 최초의 학자들은 모두 문학사(文學史)학자들이었으며, 그들은 문학사를 정리하는 과정에서 비교문학의 방법을 탐구하고 활용하였다. 프랑스학파를 대표하는 인물 중의 하나인 까레가 기야르에게 써준『비교문학』초판서언을 보면, "비교문학은 문학사의 한 갈래이다."라고 비교문학에 대해 정의를 내리고 있다.

문학사는 연구 및 논술의 범위에 따라 국가별문학사, 구역(區域)문학사, 세계문학사로 구분된다.

1. 국가별 문학사 연구와 비교문학

국가별문학사연구란 특정한 국가의 문학사에 대해 진행되는 연구를 가리킨다. 국가별문학사의 집필과 연구는 반드시 비교문학의 연구에 속하는 것만은 아니나, 이를 연구할 때에는 세계문학의 시야와 비교문학의 관념을 갖춰야 한다. 왜냐하면 모든 나라의 문학은 항상 다른 민족이나 국가의 문학과 긴밀하게 연관된 상태로 발전하기 때문이다. 한 나라의 문학은 다른 민족과 문학에 영향을 미치기도 하며, 이러한 영향은 다른 나라와 민족의 문학 발전에 매우 중요한 역할을 한다. 또한 한 나라의 문학은 외국으로부터 영향을 받기도 하며, 이러한 영향은 영향을 수용한 나라의 문학발전에 역시 매우 중요한 역할을 한다. 때문에 국가별 문학에 대해 연구할 때에는 반드시 이러한 개방적인 세계문학의 의식을 갖춰야만 한다.

전통적인 중국의 문학사 연구를 통해, 중국학자들은 문학연구를 할 때 반드시 비교의 방법을 운용해야만 한다는 것을 경험으로 터득하였다. 예를 들어, 한대(漢代)의 정쉬안(鄭玄)은『시보서(詩譜序)』에서 일찍이 "맑음과 혼탁함이 있는 원류(原流)가 궁금하면, 그 상하(上下)를 따라 살펴보고, 향긋함과 지독함이 있는 공기윤택의 풍화(風化)가 궁금하면, 옆의 행(行)을 관찰한다. 이것이 시(詩)의 대강이다."라고 말하였다. 그러나 이 시기의 비교의식은 여전히 중국문학 내부만으로 한정되어 있었다. 20세기에 들어서고 나서야 중국학자들은 비로소 세계문학의 눈높이로 문학을 바라보기 시작하였고, 자각적으로 비교문학의 방법을 운용하여 중국문학사를 연구하기 시작하였다. 또한 문학통사와 시대별 문학사, 그리고 전문주제 문학사와 관련된 중국문학사 저서들이 백여 편 이상 출판되었다. 이 시기에 출판된 대부분의 우수한 저서들은 모두 세계문학의 시야와 비교문학의 관점을 갖추고 있다. 특히 1920~1930년대 출판된 관련저서들은 이러한 분야에 훌륭한 본보기가 되었다. 1904년에 출판된 황런(黃人)의『중국문학사』는 중국 최초의 중국문학통사로서 비교문학 방법을 비교적 자각적으로 운용했다는 평가를 받고 있으며, 루쉰의『중국소설사략』과『한문학사강』역시 비교문학 색채를 뚜렷하게 보이고 있다. 특히 루쉰은 육조(六朝)시기의 지괴소설(志怪小說)에 대해 설명하면서 인도사상의 수용이 지괴소설에 미친 영향에 대해 자세하게 지적하였다. 후스 역시 그의『백화문학사』를 통하여 인도불경의 번역 및 그에 따른 중국에 대한 영향을 비교적 심도 있게 논술하였다. 그러나 이외의 대부분 중국고대문학사 저서들은 비교문학의 관념과 방법들을 종종 잘못 운용하기도 하였다. 특히 20세기 중반 이후에는 정치적 혹은 문화적인 요건의 제약으로 인해 연구자의 시야가 좁아졌기 때문에, 중국고대문학사와 관련된 저서들의 내용들은 대부분 폐쇄적으로 바뀌게 되었다. 또한 주변의 국가와 민족에 미친 중국문학의 영향력을 제대로 밝히지 않으며, 다른 나라들의 문학현상들을 충분히 고려하지 않은 상태에서 중국의 작가와 작품에 대해 평가를 하였기 때문에 종종 중국의 작가와 작품들은 상대적으로 낮게 평가되기도 하였다. 예를 들어, 당대(唐代) 시인 바이쥐이(白居易)에 대해 논할 때에 일본문학에 미친 그의 엄청난 영향에 대해 제대로 된 설명이 이루어지지 않았기 때문에 세계문학사적인 관점에서 그에 대한 평가는 제대로 이루어지지 못하였다. 또한 현존하는 대부분 중국문학사 서적에서 당대 시인인 한산(寒山)의 이름은 거의 찾아보기 힘들다. 하지만 그의 시(詩)는 현대일본문학과 미국문학에 상상할 수 없을 만큼의 커다란 영향력을 미쳤다. 이러한 시인들이 현대외국문학에 미친 영향은 다른 중국고대시인들이 미친 영향보다 훨씬 크다고 할 수 있다. 만약 중국시인들의 국제적인 영향력을 무시한 채 중국문학사 저서를 집필한다면 한산과 같은 시인들은 그 내용에서 제외될 수도 있으며, 이러한 문학가들에 대해 제대로 된 평가가 이루어지지 않는다면, 세계문학에서 중국문학의 위치 역시 정확하게 평가될 수 없게 된다.

중국 근현대문학사에 대해 연구를 할 때에 세계문학과 비교문학에 대한 의식은 더욱 중시되어졌다. 왜냐하면 중국의 근현대문학을 세계문학이라는 커다란 배경 속에 두고 중국문학의 사조, 유파, 운동 및 작가, 작품과 외국문학의 관계를 밝혀야지만 중국과 외국의 문화가 서로 충돌하고 융합되는 과정과 외국의 영향이 수용되는 과정에서 중국현대문학이 변화 발전되는 모습을 정확하게 밝힐 수 있기 때문이다. 비록 현존하는 많은 저서들과 교과서들은 이러한 내용을 다루긴 하였지만, 여전히 그 내용이 불충분하며, 그 수준도 그다지 높지 못하다. 그리고 많은 비교문학 저서들이 작가와 작품에 대해 분석을 할 때, 외국작가와 외국문학작품들이 중국문학에 미친 영향에 대해 지나치게 간단히 분석하거나 심지어는 건너뛰기도 한다. 이러한 현상들은 중국학자들의 외국문학에 대한 지식이 불충분한 데서 기인되거나, 중국학자들이 작가와 작품의 창조성에 대해 왜곡된 평가를 내리는 것으로부터 시작된다. 또한 루쉰, 저우줘런(周作人), 마오둔(茅盾), 바진(巴金), 궈모뤄(郭沫若)를 비롯한 중요한 작가들에 대해 연구하거나 설명을 할 때에도 그들의 번역문학에 대해서는 거의 언급하지 않거나 심지어 아예 언급조차 하지 않기도 한다. 이러한 연구풍토는 작가들의 전체적인 창작활동의 모습을 밝히는데 부정적인 영향을 미친다. 이상의 내용들을 통해, 국가별 문학사 저서의 학술 수준은 세계문학적 시야 및 비교문학적 관념의 유무와 밀접한 관련이 있으며, 비교문학의 방법을 운용하여 연구하였는가의 여부와도 밀접한 관련이 있음을 알 수 있다.

2. 구역(區域)문학사 연구와 비교문학

'구역(區域)문학'이란 몇몇 민족들의 문학이나 국가들의 문학으로 형성된 집합체를 가리킨다. 특정한 지역에 속한 각 민족의 문학들은 서로 긴밀한 관계를 맺고 교류하면서 어느 정도 공통성을 나타내게 되었으며, 이러한 공통점을 지닌 문학들이 모여 '구역문학'을 형성하게 되었다. 때문에 구역문학사는 구역문학에 대한 변화와 발전을 종합적으로 연구하고 논술하는 내용으로 구성된다.

'구역문학'의 형성은 '민족문학'과 '국가별문학'이 서로 교류하고 영향을 주고받아 생긴 결과라 할 수 있다. 일반적으로, 하나의 구역문학이 형성되려면 네 가지 기본적인 조건이 성립되어야만 한다. 첫 번째 조건은 지역상의 인접이다. 이것은 구역문학이 형성되는 데 있어서 가장 객관적이고 자연적인 전제조건이라 할 수 있다. 우리가 현재 사용하는 '서유럽문학', '동유럽문학', '오세아니아문학', '중동문학', '라틴·아메리카문학'과 같은 구분 역시 우선 지역상으로 구분한 것이라 할 수 있다. 두 번째 조건은 정치적인 조건이라 할 수 있다. 하나의 구역에 속한 나라들은 대부분 정치상으로 밀접한 관계를 맺고 있다. 이들은 평화적인 문화교류를 통해서나, 전쟁과 같은 문화교류를 통해서 구역문학을 형성하였다. 예를 들자면, '유럽문학' 구역이 형성되는 과정 속에는 로마인, 그리스인, 게르만인, 갈로인(Gallo), 슬라브인 등의 민족 간에 전쟁과 평화 그리고 문화상의 깊은 교류가 있었다. 이와 마찬가지로, 전쟁과 평화 등 서로 다른 정치적 환경 역시 긍정적 혹은 부정적으로 중동지역의 여러 나라들이 서로 관계를 맺도록 하여, 문학의 구역화 형성에 기본적인 조건을 충족시켰다. 세 번째 조건은 종교적 유대감의 형성이다. 민족문학의 교류는 종종 종교를 매개체로 삼기도 한다. 즉, 문학의 형식으로 종교가 전파되기도 하고, 반대로 종교적 방식과 방법의 힘을 빌려 문학작품이 전파되기도 한다는 것이다. 대부분 종교적인 관념은 문학작품 속에 스며들어 있기 때문에 동일한 종교 신앙은 각 민족문학의 상호 수용과 이해를 기초로 한다. 네 번째 조건은 언어의 연관성이다. 예를 들면, 중국문화를 중심으로 한 동아시아문학 구역에서 중국어는 상당히 오랜 기간 동안 한국, 일본, 베트남에서 사용되었으며, 이후 이들 민족의 언어 역시 중국어의 영향을 받아 형성되었다. 언어의 이러한 근본적인 뿌리

관계와 친화력은 동아시아문학 구역에서 아주 커다란 작용을 한다.

구역문학에 대한 이해와 구역문화를 구분하는데 있어서 시각과 범위에 대한 차이는 물론 존재하지만, 이러한 구역의 구분이 지나치게 세분화 되어서는 안 된다. 일반적으로 중세 고전문학 시기의 문학구역은 크게 네 개의 구역으로 나뉜다. 사대(四大)구역으로는 각각 한문화를 중심으로 한 동아시아문화 구역과 인도문화를 중심으로 한 남아시아·동남아시아문학 구역, 그리고 유태문화, 페르시아문화, 아랍·이슬람문화가 서로 중복되며 생긴 중동문학 구역과 고대 그리스, 로마문화를 원천으로 한 유럽문학 구역이 있다. 또한 근현대시기에 들어와서는 라틴아메리카 지역, 흑인아프리카 지역과 대양주 지역의 여러 민족문학이 흥기됨에 따라, 블랙 아프리카문학, 라틴아메리카와 오세아니아문학 등의 구역문학이 형성되었다.

그러나 상술한 각 문학구역들은 서로 단절되어 존재하는 것이 아니며, 그 구역에 대한 구분 또한 다분히 상대적인 것이라 할 수 있다. 예컨대 한문학구역과 인도문학구역은 불교문화를 연결고리로 하여 예로부터 깊은 교류가 이루어졌으며, 중국, 한국, 일본, 베트남 등 국가의 문학은 모두 인도불교문화 및 불교문학의 영향을 받았다. 또한 중동문화구역의 페르시아문학 역시 인도문화 및 인도문학과 여러 영역에 걸쳐 밀접한 관련을 맺고 있다. 이와 마찬가지로, 중동문학구역과 유럽문학구역의 관계 역시 비교적 밀접하며, 특히 이 구역이 '그리스화(化) 되었던 시기'와 십자군 동정(東征)시기에는 그 관계가 더더욱 밀접하였다. 이러한 상황들은 사대문명구역이 매우 상대적으로 구분된 것이며 오랫동안 변하지 않는 폐쇄적인 구조가 아니라는 것을 잘 보여준다. 아시아와 북아프리카지역의 삼대(三大)문학구역의 경계는 서로 교류하고 발전함에 따라 점차 사라지게 되었다. 또한 불교, 인도교, 이슬람교 등의 종교는 동양의 광대한 지역에 널리 분포되어 세계적인 종교가 되었으며, 동양의 여러 나라들의 문학에도 깊은 영향을 미쳤다. 동양의 각 나라 간의 문학들은 사회문화배경, 사유방식, 심미이상(理想), 가치추세 등의 면에서 점점 뚜렷한 일치성을 보이게 되었고, 이에 따라 '동양문화'와 '동양문학'들은 점점 뚜렷한 공통성을 나타내게 되었으며, 서양문학 혹은 유럽과 미국문학이라 일컬어지는 세계문학의 다른 한 부분과 다조적 관계를 형성하였다. 문계부흥운동 이후 서양의 유럽사회와 유럽문화는 근대시기로 진입하였다. 유럽문학은 근대 공업혁명을 배경으로 하여 문예부흥, 고전주의, 계몽주의, 낭만주의와 같은 몇 차례의 문예사상운동을 추진함으로써 유럽 각국의 내재적인 관련성을 더욱 강화하였다. 또한 18세기 이후 이러한 유럽문학은 점차적으로 미주 및 오세아니아 각국에 파급되어 광범위한 '서양문학'의 커다란 골격을 형성하였다. 때문에 크게 보자면 14세기를 전후하여 '서양문학'과 '동양문학'이 점차 형성되었다고 할 수 있으며, 세계 근현대 문학이 성성되던 시기는 사실상 '동양문학'과 '서양문학'이라는 양대 체계가 공존하던 시기라 할 수 있다.

구역문학사를 연구하고 이에 관한 서적을 출판할 때에는 상술한 사대문학구역을 『동아시아 문학사』, 『인도 및 남아시아, 동남아시아 문학사』, 『중동문학사』 혹은 『아랍·이슬람문학사』, 『유럽문학사』 등으로 각각 나누어 집필할 수 있다. 또한 '동양문학', '서양문학'이라 크게 구분하여, '동양문학사'와 '서양문학사'의 연구로 각각 나누어 진행할 수도 있다. 국내외 학술계의 동향을 살펴보면, 인도와 남아시아 및 동남아시아의 문학구역 그리고 중동문학구역에 관한 연구는 여전히 매우 부족한 상태이며, 그동안 연구가 거의 이루어지지 않았다. 또한 동아시아 문학사와 관련된 저서 역시 뚜렷한 성과를 보이고 있지 않다. 그 중에 장저쥔(張哲俊)의『동아시아 비교문학 개론』은 중국, 일본, 한국의 전통문학을 중심으로 하여, 중국문학이 한국문학과 일본문학에 미친 영향 및 동아시아 삼국(三國)문학 사이의 공통성을 체계적으로 정리한 저서라 할 수 있다. 이에 반하여, 국내외의 학계에서는『유럽문학사』혹은『구미(歐美)문학사』에 대해 비교적 많은 연구를 하였다. 60년대 초에 중국에서 출판된 양저우한(楊周翰)의『유럽문학사』는 현재까지 출판된 비슷한 저서들 중에서 여전히 최고로 손꼽힌다. 이 저서는 유럽의 각 민족문학의 상관성과 연관성 및 그에 따른 유럽문학사적인 특색과 각각의 위치를 분명하고 정확하게 서술하고 개괄하였다. 또한 이 저서는 유럽문학 연구와 비교문학 연구를 잘 융합시켰다는 특징을 지니고 있으며, 이로 인해 후대에 출판된 비슷한 저서들에 매우 커다란 영향을 주었다. 80년대 이후부터 동양문학의 총체적인 연구는 괄목할 만한 발전이 있었다. 특히 지셴린(季羨林)이 편집을 주관한『동방문학사』[65]와 롼원화(欒文華)가 편집을 주관한『동방현대문학사』[66]는 모두 이 분야에서 최고의 역작으로 손꼽힌다. 또한 필자의『동방문학사통론』[67]은 기존의 연구 성과들을 기초로 하여 구역문학에 대한 전체적인 생각을 집대성하였다. 예를 들어, 기존의 저서들이 사용하였던 문학구분 방법인 고대, 봉건시대, 근대, 현대, 당대와 같이 역사와 시간의 흐름에 따라 나열하는 방법을 버리고, 동양문학의 발전사를 '신앙의 문학시대', '귀족화의 문학시대', '세속화의 문학시대', '근대화의 문학시대', '세계성의 문학시대' 모두 다섯 가지의 문학시대로 구분하였다. 이를 통해 저자는 동양 구역문학사에 비교적 엄격하고 완전한 이론체계를 수립하고자 하였으며, 비교문학 연구방법들의 우수한 점을 충분히 발휘하여 구역문학사를 연구하도록 하였다.

3. 세계문학사 연구와 비교문학

'동양문학'과 '서양문학'이라는 커다란 체계는 스스로 발전하기도 하고 또 퇴보하기도 하였다. 이러한 동서양의 문학체계들의 발전과 퇴보는 동서양의 문화교류에서 비롯된다. 동양의 문학과 서양의 문학이 각자 따로 발전한 14~19세기의 500~600년간의 역사를 보면, 동양과 서양의 문화 및 문학의 관계는 사실상 18세기를 기준으로 하여 전기와 후기로 나눌 수 있다. 전기에는 중국문화와 아랍문화 등이 유럽의 근대화에 어느 정도 영향을 미쳤으며, 중국의 사대발명품과 아랍이 번역하고 보존하였던 고대 그리스 로마의 고서들은 유럽 문예부흥의 중요한 조건이 되었다. 후기에는 공업화된 서방열강들이 동양의 여러 나라들에 대해 정치, 경제, 문화 등 여러 영역을 통해 식민주의 침략을 시작하였고, 동양의 여러 나라들은 서양의 식민주의를 반대하는 투쟁을 하면서 전통사회에서 근대사회로 전환되었다. 때문에 18세기 이후, 특히 19세기에 이르러서는 동양과 서양이 서로 대립되고 충돌하면서 각자 다른 모습으로 발전하였으나, 실제로는 역사상 전례 없이 밀접한 관계를 나타냈다. 19세기를 전후로 하여 동양의 여러 나라들이 근대화되는 과정은 사실상 동양과 서양의 문화가 서로 충돌하면서 점진적으로 융합되는 과정이라 할 수 있으며, 동양문학의 입장에서 보자면 근대화 과정이란 서양문학을 도입하여 전통문학을 개조해가는 과정이라 할 수 있다. 잇달아 이루어진 서양문학과 동양문학의 근대화 과정은 동양문학과 서양문학의 거리를 좁혔을 뿐만 아니라, 두 문학 간 점점 많은 공통점을 나타나도록 하였다.

19세기 말부터 20세기 초에 이르러서는 이러한 추세가 점점 더 뚜렷해졌다. 세계비교문학사의 관점으로 볼 때, 이 시기의 동서양문학의 구분은 세계문학사를 이해하는데 더 이상 필요치 않게 되었다. 20세기 상반기의 동양문학은 이미 근대문학으로 진입하였으나, 서양의 문화와 문학의 지배적인 영향으로 인하여 서양의 문학과 더욱 밀접한 관계를 맺게 되었다. 동양의 문학들은 모더니즘 사조, 현실주의 사조, 좌익문학 사조와 같은 서양의 현대 문예사조들을 수용하기 시작하였으며, 얼마 지나지 않아 이러한 서양의 문학사조들은 동양과 서양에서 모두 통용되는 국제적인 문학사조가 되었다. 동양의 문학과 서양의 문학은 극렬한 문화적 충돌 속에서 어렵게 문화의 융합을 실현하였으며, 전통과 현대, 동양과 서양, 민족과 세계라는 모순이 대립하는 가운데 동양 각국의 문학들은 각기 다른 모습으로 '서양화(西洋化)'가 되었다. 그러나 동양문학들은 서양화가 되는 과정 중에도 끊임없이 '민족화(民族化)'를 모색하였다. 20세기 하반기에 세계대전이 종료되면서 동양에 대한 서양의 식민통치도 대체적으로 종결되었으며, 세계는 평화적인 발전의 새로운 역사시기로 돌입했다. 서양의 문학들은 여전히 동양의 문학에 대해 지배적인 영향을 미쳤다. 동양문학은 꾸준히 서양의 영향을 수용하는 동시에, 서양에서 들여온 현대적인 문학사조, 문체, 표현기법 등을 자기 것으로 변화시키고 소화해내어 민족문학의 전통과 서로 융합되게 하였다. 또한 동양 문학가들은 민족문학을 발전시키는 더 광활한 경로와 방법들을 탐구하였으며, 이로 인해 동양에서는 과문화(跨文化)적인 시야와 동방의 풍격을 고루 갖춘 세계적으로 인정받는 대작가들이 나타나게 되었다. 20세기 인도문단에 타고르(Rabindranath Tagore)라는 대작가가 출현한 것을 비롯하여, 일본 문학의 번영 및 라틴아메리카 문학과 블랙아프리카 문학의 폭발적인 흥기는 사실상 '서양문학 중심'의 구조를 상당 부분 무너뜨렸다고 할 수 있다. 이로 인해, 인류의 문학은 '세계문학의 시대'라는 새로운 시대로 돌입하게 되었다.

우리는 이러한 세계문학의 특징을 '상호추근(相互趨近)과 다원공생(多元共生)'[68]이라 요약할 수 있다. 여기서 말하는 '상호추근(서로 가까워짐)'이란 세계 각 나라의 문학들이 서로 긴밀한 관계를 맺는 것을 의미한다. 이 시기의 각 민족과 국가들의 문학작품들은 신속한 정보매체와 여러 나라 간의 문화 교류 및 더욱 성숙해진 번역문학을 통해 세계 여러 나라의 공통적인 정신적 산물이 되었다. 문학사조의 세계화와 심미풍조의 국제화 및 주제, 제재, 문체형식의 국제화는 세계 여러 나라의 문학들이 서로 가까워지고 있음을 나타내는 특징이라 할 수 있다. 그러나 '서로 가까워짐'이 '같아짐'을 의미하는 것은 아니다. 즉, '서로 가까워짐'이란 것은 문학의 민족성이나 민족적 개성을 소멸시켜 추상적인 공통성과 일체화를 추구하는 것이 아니며, 각 나라의 문학들이 더욱 개방적이게 되고 포용성을 지니게 되는 것을 의미한다. 때문에 '서로 가까워짐'은 사실상 중국 고대철학자가 말한 '화이부동(和而不同)'과 같은 의미라 할 수 있으며, 현대적인 학술용어를 사용해 말하자면 '다원공생'이라 할 수 있다. 모든 민족과 국가들의 문학은 다원화된 세계문학을 구성하는 하나의 요소라 할 수 있으며, 이는 매우 독특한 특징을 지니고 있고 다른 어떠한 것으로도 대체될 수 없다. 때문에 이러한 하나의 요소가 다른 하나의 요소와 밀접한 관계를 맺고 서로 의존적인 공생관계에 놓이게 되는 것은 현재 형성되어진 '세계문학'의 새로운 구조라 할 수 있다. 19세기 초 독일의 문학가 괴테(Goethe)가 최초로 제기한 '세계문학'이라는 개념은 현재까지도 광범위하게 사용되고 있다. 현재 인류의 문학은 서로 밀접한 관계를 맺고 있고 다원공생적인 성격을 띠고 있는 '세계문학'의 시대에 들어섰다. 하지만 우리는 이러한 시대가 지금 막 시작되었다는 것에 주의해야 한다. 수백 년간 형성된 동서양의 문화발전의 격차를 비롯하여 여전히 격렬한 사회제도와 의식형태의 대립충돌 및 몇몇 자본주의 국가의 문화적인 '언어패권'의 장악으로 인해 세계 각 민족문학들 간의 깊은 교류는 많은 제약을 받고 있으므로, 여전히 많은 국가와 민족들에게 진정으로 평등한 세계 각국 문학의 다원공생은 실현하기 어려운 목표라 할 수 있다.

세계문학시대의 도래는 우리가 총체적인 세계문학사를 연구하기 위한 충분한 필요성과 가능성을 제공하였을 뿐만 아니라, 역사상 유래 없는 연구기초와 연구조건도 제공했다. 소위 세계문학사란 세계문학을 하나의 커다란 통일체로 보고 거시적인 연구를 진행하는 문학사를 가리킨다. 여기서 말하는 '세계문학'은 기본적으로 두 가지의 의미를 지닌다. 하나는 세계 각 나라의 문학을 가리키는 것으로 세계문학의 연구범위라 할 수 있다. 또한 다른 하나는 세계문화의 유산으로서 전 인류적이며 시공을 뛰어넘어 공유할 수 있거나 공동문화재산으로 발전시킬 수 있는 권위적인 작가의 작품을 가리키며, 세계문학사 소재선정의 원칙에 대한 척도이자 평가기준이라 할 수 있다. 이와 동시에 세계문학사는 일종의 비교문학사라 할 수 있다. '비교'라는 것 역시 기본적으로 두 가지의 의미를 지니고 있다. 그중 첫 번째는 세계 여러 나라의 문학들이 각각의 역사시기마다 서로 교류하고 영향을 미쳤던 관계를 서술하는 것을 의미하며, 두 번째는 세계각국문학 진화발전의 과정 및 민족특색에 대해 비교연구를 하여, 이를 근거로 삼아 세계문학 발전에서 몇몇의 기본적인 규율을 찾아내고 각 민족문학이 세계문학의 총체적인 구조에서 그 특색과 위치를 밝히는 것을 의미한다. 이러한 사실들을 통해, 세계문학사는 본질적으로 비교세계문학사이며, 자각적으로 비교문학의 관념과 방법을 운용하여 집필한 거시적인 시야를 지닌 전 세계의 총체적인 문학사라는 것을 알 수 있다.

비교세계문학사를 연구하려면 반드시 세계문학사와 국가별문학사의 관계에 대한 문제들을 잘 해결해야만 한다. 세계문학의 연구는 반드시 국가별문학의 연구를 기초로 해야 하며, 국가별문학이 제공한 기본적인 자료를 충분히 이용하여 국가별문학사의 연구 성과들을 흡수해야 한다. 동시에 풍부하고 상세한 문헌자료와 그동안 전개된 작가와 작품에 대한 연구 면에서 세계문학사는 국가별문학 연구사와 비교해 볼 때 전혀 우세하지 않다는 것을 인정해야만 한다.

실질적으로 세계문학사가 설명해야 할 범위는 매우 광범위하나, 설명할 수 있는 양은 제한되어 있기 때문에 세계문학사가 수용할 수 있는 문헌자료들은 매우 한정되어 있다고 할 수 있다. 또한 언어적인 면에서도 세계문학사는 매우 큰 한계를 지니고 있다. 만약 개인이 독립적으로 세계문학사를 집필한다면 언어의 한계는 매우 클 수밖에 없다. 또한 설령 많은 사람이 집필하더라도 활용할 수 있는 언어의 종류에는 한계가 있기 때문에 세계문학사를 집필할 때에는 원어로

된 자료만을 활용할 수 없으며, 특히 작품에 대해 깊이 연구할 때에는 번역본을 사용할 수밖에 없다. 그러나 비록 세계문학 연구에 이러한 제한들과 어려움이 따르더라도 세계문학사의 종합적인 연구는 여전히 매우 필요하다고 할 수 있다. 세계문학사는 국가별문학사가 지니기 힘든 거시적인 관점을 지니고 있으므로, 이론적인 면에서 국가별문학사보다 우위를 차지한다. 또한 이는 사람들의 세계 각국문학에 대한 분리와 결합 및 개별적인 것과 일반적인 것, 혹은 부분적인 문제부터 전체의 문제까지의 모든 인지적인 수요를 구현해낸다. 때문에 만약 국가별문학사 연구의 기초가 없다면 세계문학사는 그 근원을 잃어버리게 되며, 만약 세계문학사의 전체적인 구도가 없다면 국가별문학사 역시 객관적으로 평가될 수 없을 뿐만 아니라, 자기 자신에 대해 깊게 인식할 수 없게 된다.

지금까지의 내용들을 통해, 여러 민족문학들의 발전에 대한 종적인 비교 속에서 세계문학사의 공통적인 발전규율을 찾아내는 동시에 여러 민족문학들의 횡적인 비교 속에서 각 민족문학의 특성에 대해 이해하는 것은 세계문학사를 연구하고 세계문학사와 관련된 저서를 집필하는 데 매우 중요한 역할을 한다는 것을 알 수 있다. 또한 이러한 횡적이고 종적인 연구가 이루어지려면 연구자의 독특한 견해로 자료들을 분석하여 조리 있고 논리적이며 개방적인 이론체계를 구성해야만 한다. 만약 그렇지 않으면, 세계문학사연구는 일반적인 문학 연구와 같이 역사의 흐름에 따라 세계의 주요한 몇몇 국가와 민족들의 문학을 한 곳에 편집하는 것에 지나지 않을 것이며, 결국 단지 여러 개의 국가별 문학들을 덧붙인 것에 불과하게 된다. 또한 이러한 연구는 '세계문학의 요약판'일 뿐 엄격한 의미의 '세계문학사'가 아니므로 세계문학사의 학술적인 성격과 연구목적을 제대로 드러낼 수 없게 된다.

서양의 학자들은 세계문학사 및 비교문학사와 관련된 저서들을 많이 집필하였다. 그중 특히 중국에 많은 영향을 미친 저서는 미국학자 존 메이시(John Macy)의 『세계문학사』[69]와 프랑스학자 F. 롤리에(Loliee)의 『비교문학사』[70]이다. 이 두 권의 책은(특히 후자는) 모두 비교문학의 방법을 운용하여 집필한 세계문학사 저서이나, 전체적으로 치밀하고 조리 있는 이론체계가 결여되어 있다. 또한 이 저서들은 일반적인 시대구분법을 사용하여 시기를 구분하였을 뿐만 아니라, 뚜렷한 서양 중심적 편견을 나타내고 있다. 때문에 동양의 문학들은 오래된 문학적 배경 정도로 밖에 언급되지 않거나, 혹은 아예 생략되어 버리기도 하였다. 1930년대 출판된 정전둬(鄭振鐸)의 『문학대강』[71]은 중국학자가 저술한 첫 번째 세계문학사이다. 이 저서는 비록 그 격식과 구성 면에서 상술한 서양학자들의 모식을 그대로 사용하였지만, 그 방대한 양을 비롯하여 동양의 문학을 중시하였다는 점과 비교문학의 연구방법을 운용하였다는 점에 있어서는 현재까지도 최고로 인정받고 있다. 최근 20여 년 동안 중국에서는 외국문학사 및 세계문학사와 관련된 많은 교재들과 저서들이 출판되었지만, 애석하게도 정전둬의 『문학대강』을 기초로 하여 많은 발전이 이루어지지 않았으며, 특히 자각적으로 비교문학 관념과 연구방법을 운용하여 집필된 저서는 거의 드물다. 또한 1990년대 초반 이후에 출판된 『비교문학사』와 『세계문학발전 비교사』라는 교재들은 모두 비교적 강한 비교문학사적 집필의식을 지니고 있지만, 아쉽게도 이론체계의 수립이라는 면서 새로운 진전을 이루지 못하였으며, 여전히 예전 외국문학사 교재들이 사용하였던 역사구분을 사용하였다. 세계문학사 연구의 이러한 현상들을 고려하여 필자는 천둔(陳惇), 류샹위(劉象愚) 교수와 함께 『비교세계문학사강』⑫이란 저서를 공동으로 집필하였다. 이 저서는 이론체계에 대한 끊임없는 시도와 탐구를 통해 새로운 이론구조체계를 성립하였다. 새로운 이론구조체계는 민족문학, 구역문학, 동양문학과 서양문학, 세계문학이라는 기본적인 네 개의 범위를 중심으로 하며, 이 네 범위가 형성한 평행관계(횡적인 연결)와 순차관계(종적인 연결)를 기본골격으로 삼아 세계문학사의 기본적인 모습을 그려낸다. 이 책은 총 세 권으로 나누어져 있으며, 각각 '세계 각 민족문학의 기원과 구역(區域)문학의 형성', '동양문학과 서양문학의 각기 다른 발전', '세계 각 민족문학의 상호추근과 다원공생'을 표제로 삼고 있다.

세계문학사를 이해하는 방법은 연구자마다 다르기 때문에 『세계문학사』를 창작하는 방법 역시 매우 많을 수밖에 없다. 하지만 어쨌든 『세계문학사』에 대한 연구는 세계문학의 총체적인 발전규율에 대한 연구자의 인식과 이해를 나타내야만 하고, 세계문학사에 대한 총체적 연구와 비교문학연구의 유기적인 결합을 구현해야만 한다. 또한 민족문학 혹은 지역문학의 횡적인 교류와 세계문학사의 종적인 변화발전을 유기적으로 결합하여야만 한다. 이는 비교문학과 세계문학 연구자가 이룩하기 위해 끊임없이 노력해야 할 목표라 할 수 있다.

① al-qasdah, 복합정형장시.

② 楊憲益: 「試論歐洲十四行詩及波斯唐人我詩想以延的魯拜集與我國唐代詩歌的可能聯系」, 『文藝研究』, 1983年4期

③ 母題, 중국어 발음은 '무티(mǔtí)'이며, 모티브를 음역한 것이다.

④ 金榮華: 『六朝志怪小說情節單元分類索引」, 中国文化大学中文研究所, 1984年.

⑤ 경제소설.

⑥ Rene Etiemble: 『Comparaison n'est pas raison. La crise de la littératurecomparée』, Gallimard, 1963年.

⑦ 葉朗: 『中國美學史大綱」, 上海人民出版社, 1985年.

⑧ 曹順慶: 『中西比較詩學」, 北京出版社, 1988年.

⑨ 黃藥眠, 童慶炳: 『中西比較詩學體系」, 人民文学出版社, 1991年.

⑩ 徐虹: 『中國文論與西方詩學」, 三聯書店, 1999年.

⑪ 楊乃喬: 「悖立與整合:東方儒道詩學與西方詩學的本體論、語言論比較」, 文化藝術出版社 1998年.

⑫ 『莊子」.

⑬ 『易經」.

⑭ 唐 · 張璪.

⑮ 五代 · 荊浩.

⑯ 宋 · 郭熙.

⑰ 羅鋼: 『歷史彙流中的抉擇––中國現代文藝思想與西方文學理論」, 中國社會科學出版社 1993年版

⑱ 殷國明: 『20世紀中西文學理論交流史論」, 華東師範大學出版社, 1999年.

⑲ 陳厚誠 王寧: 『西方當代文學批評在中國」, 百花文藝出版社, 2000年.

⑳ 黃寶生: 『印度古典詩學」, 北京大學出版社, 1993年.

㉑ 倪培耕: 『印度味論詩學」, 漓江出版社, 1997年.

㉒ 張伯偉: 『中國詩學研究」, 遼海出版社, 2000年.

㉓ 世阿彌: 『風姿花傳」, 中國社會科學出版社, 1999年.

㉔ 金克木 譯: 『古代印度文藝理論文選」, 人民文学出版社, 1980年.

㉕ 曹順慶: 『東方文論選」, 四川人民出版社, 1996年.

㉖ 삼불역(三不易): 시류나 풍속에 따라 성인의 원문을 절대로 바꿔서는 안 되는 세 가지 이유.

㉗ 오실본(五失本): 번역 과정에서 원본의 형태를 잃게 되더라도 그것이 허용되는 다섯 가지 경우.

㉘ 오랑캐(고대 중국 북방과 서방의 이민족).

㉙ 고대 인도에 관한 것.

㉚ 화려한 문장을 가리킴.

㉛ 질박한 문장을 가리킴.

㉜ 확실한 신빙성(信), 충분한 전달성(達), 표현의 우아성(雅).

㉝ 羅新璋: 『飜譯論文集」, 商務印書館, 1984年.

㉞ 中國翻譯工作者協會: 『翻譯研究論文集1949-1983」, 外語教學與研究出版社, 1984年.

㉟ 楊自儉 等編: 『翻譯新論1983-1992」, 湖北教育出版社, 1994年.

㊱ 羅新璋: 「我國自成體系的翻譯理論」, 商務印書館 『翻譯論集』에 수록, 1984年.

㊲ 陳福康: 『中國譯學理論史稿」, 上海外語教育出版社, 1992年.

㊳ 謝天振: 『譯介學』, 上海外語敎育出版社, 1999年.

㊴ 許鈞: 『外國文學理論叢書』, 湖南敎育出版社, 2001年.

㊵ 예컨대 『영국문학사』, 『일본문학사』 등이 이에 속한다.

㊶ 예컨대 『동방문학사』, 『유럽문학사』 등이 이에 속한다.

㊷ 예컨대 『세계문학사』, 『외국문학사』 등이 이에 속한다.

㊸ 일명 『中國古代翻譯事業』이라고 한다.

㊹ 陳玉剛 等: 『中國翻譯文學史稿』, 中國翻譯出版公司, 1989年.

㊺ 郭延禮: 『中國近代翻譯文學槪論』, 湖北敎育出版社 1998年.

㊻ 孫致禮: 『我國英美文學翻譯槪論』, 南京譯林出版社, 1999年.

㊼ 王向遠: 『二十世紀中國的日本翻譯文學史』, 北京師範大學出版社, 2000年.

㊽ 同上.

㊾ 不識廬山眞面目, 只緣在此山中(蘇軾『題西林壁』).

㊿ 피점령지구, 함락구.

51 鍾叔河, 『走向世界叢書』, 湖南嶽麓書社, 1985年.

52 본서는 1720년에 林紓와 曾宗鞏이 합작한 문언(文言) 번역본이 있다.

53 중국인들을 가리킨다(인용자 주석).

54 Yellow Peril. 독일 황제 빌헬름 2세가 주창한 '황색인종 억압론(黃色人種抑壓論)'에서 처음 사용된 말로, 황색인종, 특히 일본인과 중국인이 백인(白人)에게 주는 위협을 가리킨다.

55 대부분은 중문 번역본이 있다.

56 『龍與鷹―─美國啓蒙運動中的中國人』.

57 『關于"異"的硏究』.

58 『美國的中國形象』.

59 『葡萄牙人在華見聞錄』.

60 『中國風情』.

61 『澳大利亞小說中的中國人』.

62 『醜陋中國人？――西方文化裏的中國人形象』

63 '십오'는 중국의 열 가지의 오개년 계획을 가리킨다. 첫 번째 오개년 계획은 1957년부터 시작하였다. 따라서 열 번째 계획은 2001년부터 2005년까지이다.

64 王向遠, 『中國題材日本文學史』, 上海古籍出版社, 2007年.

65 季羨林主編 『東方文學史』, 吉林敎育出版社, 1995年.

66 欒文華主編 『東方現代文學史』, 海峽文藝出版社, 1994年.

67 王向遠 『東方文學史通論』, 上海文藝出版社, 1994年.

68 서로 가까워지고, 여러 방면으로 공생한다.

69 約翰・瑪西, 胡仲特 譯 『世界文學史話』, 開明書店, 1931年. 원제는 『The Story of World's Literature』이다.

70 洛裏哀, 傅東華 譯 『比較文學史』, 商務印書館, 1930年.

71 鄭振鐸, 『文學大綱』, 商务印书馆, 1927年.

72 比較世界文學史綱編委會, 『比較世界文學史綱』(上・中・下), 江西敎育出版社, 2002年.

후기

　　본서는 최근 몇 년 동안 필자가 베이징사범대학교 중문과에서 사용한 강의록을 기초로 하여 몇 번의 수정 끝에 완성되었으며, 학술저서의 엄격한 규정과 요구사항에 따라 집필했다. 필자는 본서를 출판한 이후에도, 여전히 본서를 강의교재로 사용하고자 한다. 필자는 줄곧 '좋은 학술저서'만이 교재로 쓰여야 한다고 생각하였다. 비록 필자는 본서에 대해 '좋은 학술저서'라고 단언할 수는 없으나, 적어도 '개인적인 견해를 충분히 나타낸 저서'라고 자부한다. 중국학자들은 비교적 오랜 기간 동안 '교재'와 '학술저서'를 각기 다른 것으로 간주하였다. 때문에 '교재'는 현존하는 연구 성과만을 귀납하여 정리하였을 뿐, 독특한 학술적인 견해를 나타낼 필요가 없었다. 이는 매우 비정상적인 현상이라 할 수 있다. 과거 루쉰의 『중국소설사략(中國小說史略)』, 량치차오의 『중국근삼백년학술사(中國近三百年學術史)』, 후스의 『백화문학사(白話文學史)』 등은 모두 강의의 내용을 적어놓은 강의록이자 자타가 공인하는 학술명저라 할 수 있다. 그 당시의 국문과(중문과)는 현재 사용하는 것과 같은 '공통 교과서'가 없었으며, 대부분의 교수들은 자신이 집필한 저서들을 교과서로 사용하였다. 이러한 풍토는 현재 우리가 참고하고 받아들여야 한다고 생각한다.

필자는 본서를 집필할 때, 커다란 골격과 구조의 결정에서부터 구체적인 문장의 구성에 이르기까지 의식적으로 간결함을 추구하였으며, 번잡한 수식을 사용하지 않았다. 왜냐하면 비교문학학과 이론 저서는 '세계화', 'XX주의', '과문화(跨文化) 대화'와 같은 추상적이고 공허한 화제로 겉돌기 쉽기 때문에, 독자들이 책을 다 읽은 후에도 여전히 비교문학연구라는 것이 도대체 어떠한 것인지에 대해 제대로 알지 못하는 경우가 많기 때문이다. 때문에 본서를 집필할 때 필자는 자각적으로 공허한 이론을 피하려 했으며, 가능한 한 평상시의 언어를 사용하여 가장 기본적이고 구체적인 문제들에 대해 명확하게 설명하고자 하였다. 본서의 내용은 크게 세 개의 단락으로 나누어져 있다. 이는 각각 비교문학의 '학과정의', '연구방법', '연구대상'의 내용을 중심으로 하고 있으며, 이를 통해 비교문학 학과이론을 명확하게 구성하고자 하였다. 또한 본서는 대부분의 비교문학 저서들이 언급하고 있는 중국과 외국의 비교문학 '학과사(學科史)'에 대한 설명은 생략하였다. 왜냐하면 '학과사'라는 것은 개별적이고 독립적인 연구영역이며, 학과이론과는 각각 별개의 것이라 생각하였기 때문이다. 또한 반드시 체계적인 정리와 연구를 통해 '학과사'에 대한 전문적인 저서를 집필해야 한다고 생각하기 때문이다. 본서는 대부분 논문의 집필방법을 따라 집필되었다. 때문에 인용해서 설명해야만 하는 몇 가지 기존의 학과지식을 제외하고는 대부분 바로 논제로 들어가 특정한 문제에 대한 필자의 사유과정과 관점을 서술하였다. 이러한 방법을 사용한 첫 번째 이유는 학술저서들의 지나친 거품을 걷어내기 위해서이며, 두 번째 이유는 본서를 교재로 사용할 때에 학생들에게 쉽게 소화시키고 흡수시키기 위해서이다.

필자는 본서를 탈고하면서, 특히 비교문학 학과이론이라는 영역을 개척하는 데 커다란 공헌을 한 여러 전문가들과 교수님들께 감사의 말씀을 드리고 싶다. 그중 루캉화(盧康華)와 쑨징야오(孫景堯)①의 『비교문학입문』, 천둔(陳惇)②의 『비교문학개론』, 웨따이윈(樂黛雲)③의 『중서비교문학교정』과 『비교문학원리신편』, 셰톈전(謝天振)④의 『비교문학과 번역연구』와 『역개학』 등은 필자의 비교문학에 대한 연구와 본서의 집필에 많은 도움을 준 저서들이다. 설령 이 저서들의 관점과 본서의 관점이 일치하지 않거나 심지어 반대이더라도, 필자가 상술한 저서들을 통해 많은 깨우침을 얻은 결과라 할 수 있다. 이 자리를 빌려, 필자는 이분들에게 심심한 경의와 사의(謝意)를 표한다.

동시에 필자는 특별히 본서의 출판을 위해 많은 심혈과 힘을 기울인 책임 편집자 야오민젠(姚敏建) 여사에게 감사를 표한다. 그녀의 효율 높은 작업을 통해 본서는 4개월 만에 출판되었다. 이는 필자가 이미 출판한 6권의 저서 중에서 가장 빨리 출판된 것이다. 자신의 책이 빠른 시간 내에 순조롭게 세상의 빛을 보게 되는 것만큼 작가를 더 즐겁게 하는 일은 없는 것 같다.

왕샹위안(王向遠)

2002년 2월 10일, 음력 설날이 다가올 때

베이징 후이룽관(北京回龍觀) 짜오신자이(棗馨齋)에서

---

① 盧康華, 孫景堯: 『比較文學導論』.

② 陳惇, 劉象愚: 『比較文學槪論』.

③ 樂黛雲 等: 『中西比較文學敎程』, 『比較文學原理新編』.

④ 謝天振: 『比較文學與飜譯硏究』, 『譯介學』.

옮긴이의 말

　2010년은 역자에게 비교문학 학자로서 많은 수확이 있는 한 해였다. 우선 중국 교육부에서 계획하고 베이징사범대학교 문학원이 주관한 제3기 '211 프로젝트'에 참가하여 『신세기 중국문학의 번역 및 연구 상황 2001-2005』(한국편)①을 편저하였다. 역자는 2001년부터 2005년까지 중국문학과 관련된 역서, 저서, 논문들이 한국에서 번역되고 연구된 상황들을 정리하면서, 해마다 더 많은 연구 성과들이 발표되고 연구의 내용들이 점점 세분화되고 있으나, 정작 비교문학의 커다란 틀을 제공하는 비교문학 이론에 관한 저서 및 논문이 상대적으로 부족하다는 것을 새삼 실감할 수 있었다. 때문에 역자는 비교적 실용적이며 비교문학 이론과 용어들을 새롭게 정립한 『비교문학의 열쇠』을 번역해야겠다고 마음먹게 되었다.

　『비교문학의 열쇠』을 처음 접한 것은 2003년 겨울, 왕샹위안(王向遠) 교수님의 비교문학 학과이론 수업을 청강할 때이다. 수업을 통해 교수님의 설명을 듣고 또 개인적으로 비교문학을 연구하는 중에 본서를 번역해야겠다는 의무감이 생겼다. 비록 한편으로는 역자가 이 저서를 번역하는 것이 오히려 원작에 손해가 될까 내심 두렵기도 하였지만, 교수님의 무한한 지지와 격려가 있었기에 이 책을 번역하게 되었다. 이렇게 후기를 쓰고 있자니, 이제야 다 못한 숙제를 제출한 느낌이다. 본래 두세 번째 장(章)에는 작은 소제목마다 내용과 관련 있는 논문들이 예문으로 실려 있었지만, 모두 중일(中日)비교문학에 관련된 논문이기에 대부분의 독자들이 한국독자임을 고려하여 저자와 상의 끝에 빼버렸다. 내심 아쉬운 점이 없진 않으나, 머지않아 중일비교문학과 관련된 논문들도 한국에 많이 소개되어 한국의 비교문학 연구가 다각적으로 발전하고 한층 더 높은 수준으로 성장할 것을 믿어 의심치 않는다.

비교문학을 연구하는 학도라면 누구나 외국의 비교문학 이론에 관한 양서(良書)들이 한국학계에 많이 소개되길 바랄 것이다. 동시에 이러한 양서의 소개야말로 비교문학 학자가 이행해야 할 책임과 의무라고 생각할 것이다. 또한 서양의 비교문학에 관한 이론서뿐만 아니라, 동양의 비교문학 양서들이 한국에 많이 소개되기를 바랄 것이며, 한국의 비교문학 관련서적도 그들과 어깨를 나란히 해 서로 교류되고, 영향을 미치길 희망할 것이다. 이러한 의미로 볼 때, 최근에 출판된 박성창 교수의 『비교문학의 도전』과 같은 '한국 비교문학의 발전사'를 일목요연하게 잘 정리한 역작을 외국에 소개하는 것 또한 우리의 사명이라고 생각한다.

더 나아가 역자는 한국의 비교문학이 더욱 발전되기 위해서는 다음과 같은 몇 가지 연구들이 선행되어야 한다고 생각한다. 첫 번째 연구는 한국비교문학 서지목록 및 논문연감을 지속적으로 편찬하는 것이다. 시대별 혹은 연도별로 비교문학과 관련된 저서들을 체계적으로 정리하는 것은 비교문학 연구의 기초라 할 수 있으므로, 비교문학의 발전을 위해서는 이러한 연구들이 필히 선행되어야만 한다. 그리고 두 번째는 한국의 문학작품들이 외국에서 번역되고 연구된 상황에 대해 체계적으로 연구하는 것이다. 이러한 연구를 통해 우리는 각국에서 이루어지는 '한국비교문학'에 대한 연구의 특성을 명확하게 알 수 있으며, 한국비교문학의 전체적인 모습을 바라볼 수 있다. 마지막으로는 한국비교문학사의 연구이다. 이러한 연구를 통해서 우리는 현재까지 이루어진 한국비교문학 연구의 상황을 정확하게 파악할 수 있을 뿐만 아니라 이러한 연구 상황들을 거울로 삼아 한층 더 수준 높은 연구들을 진행할 수 있다. 비교문학 연구에 있어서 상술한 연구들은 아무리 강조해도 지나치지 않을 만큼 중요하며, 이러한 기초적인 연구들이 선행되지 않고서는 심도 깊은 비교문학 연구가 이루어질 수 없다.

본서를 번역 하는 동안 역자는 '마라톤 선수'가 경기코스의 경사도, 날씨, 체력 등의 여러 가지 요인을 고려해 전략을 세우는 것을 흉내내어, 빠듯한 학사일정과 끝도 없는 개인독서 시간을 따져가며 나름대로 치밀하게 계획을 세웠다. 하지만 종종 예상치 못한 일들이 생겨 계획을 수정해야만 했으며, 결국 예상보다 빠듯한 일정으로 여기까지 달려오게 되었다. 이제야 두 팔과 두 다리를 쭉 펴고 지난날들을 돌이켜보니, 뙤약볕 아래서 막노동을 한 후 시원한 물로 깨끗이 샤워한 기분처럼 매우 후련하다.

번역을 한다고 온갖 폼은 다 잡고 시작했지만, 사실상 번역하는 과정은 끝없는 배움의 연장선이었다. 역자는 이 번역을 통해 학술적인 기본기와 언어 실력이 한참 부족하다는 것을 실감하였다. 미루어보건대, 이 번역서는 중국학자 옌푸가 주장한 번역의 세 가지 기본적인 원칙인 "신(信), 달(達), 아(雅)"(확실한 신빙성, 충분한 전달성, 표현의 우아성)의 경지에 도달하지 못했을 것이다. 역자는 다만 본서가 이 세 가지 원칙 중에 첫 번째 단계인 '신'의 경지만이라도 도달했기를 바라는 마음이다. 때문에 본서는 학계의 많은 선후배 학자님들의 비평과 교정이 절실히 필요하며, 이러한 교정과 비평을 통해 더 높은 학술적 이상을 실현하고, 더 높은 학술zz 수준을 이룩하길 바란다. 또한 본서가 한국 비교문학 학과이론 분야에 긍정적이든 부정적이든 작은 영향이라도 미칠 수 있다면 저자와 역자는 더할 나위 없이 기쁠 것이다.

번역하는 기간내내 이 책을 핑계 삼아 여러모로 잘 챙겨주지 못한 빵점짜리 남편임에도 불구하고 항상 옆에서 든든한 내조를 해준 나의 사랑하는 아내에게도 심심한 감사의 마음을 표하고, 이 책을 나의 사랑하는 가족, 항상 기도로 후원해 주시는 부모님과 장인, 장모님께 바친다.

끝으로 "비교문학 이론에 관한 양서를 소개하는 것 역시 비교문학 학자의 책임과 의무이다."라는 생각으로 고민하고 있던 중, 한국학술 정보(주)의 이주은 님이 본서의 가치를 알아주어 비로소 본서가 세상의 빛을 보게 되었다. 이 자리를 빌려 진심으로 감사 드린다. 또한 편집에 노고를 아끼지 않은 편집부원 여러분께도 깊은 감사를 드린다.

2011년 5월 16일
베이징사범대학교에서 문대일

---

① [韓]文大一 編著, ≪新世紀國外中國文學譯介與研究: 文情報告2001-2005≫(韓國卷), 中國社會科學出版社(출판예정).

찾아보기

왕샹위안(王向遠)

1987년부터 베이징사범대학교 중문과에서 재직하여, 1996년에 파격적으로 교수로 임용되었다. 2000년부터 비교문학 전공 박사생 지도교수를 맡고 있으며, 중국동방문학학회 회장, 중국외국문학학회 이사, 중국비교문학학회 이사 등을 겸직하고 있다. 최근 출판한『왕샹위안 저작집(王向遠著作集)』(총 10권)에는『중국비교문학백년사』,『번역문학연구』,『중일현대문학비교론』,『동방문학사』,『일본 좌익역사관 비판연구』등이 수록되어 있으며, 이를 통해 비교문학 학과의 새로운 영역개척과 독특한 학술견해를 인정받았다. 또한 중요 학술지에 발표한 논문은 110여 편에 달하며, 중국비교문학 학계의 선도적인 리더로 활동하고 있다.

문대일(文大一)

베이징사범대학교 중어중문학과에서 박사학위를 취득했다. 한국외국어대학교, 덕성여자대학교, 우송대학교, ACTS 등에서 강의했고, 현재는 서원대학교 국제학부에 조교수로 재직 중이다.

초판인쇄 | 2011년 7월 28일
초판발행 | 2011년 7월 28일

지 은 이 | 왕상위안
옮 긴 이 | 문대일
펴 낸 이 | 채종준
펴 낸 곳 | 한국학술정보㈜
주   소 | 경기도 파주시 교하읍 문발리 파주출판문화정보산업단지 513-5
전   화 | 031) 908-3181(대표)
팩   스 | 031) 908-3189
홈페이지 | http://ebook.kstudy.com
E-mail | 출판사업부 publish@kstucy.com
등   록 | 제일산-115호(2000. 6. 19)

ISBN   978-89-268-2424-5 93820 (Paper Book)
         978-89-268-2425-2 98820 (e-Book)

내일을여는지식 은 시대와 시대의 지식을 이어 갑니다.